海柏利昂
HYPERION
下

丹·西蒙斯

a novel by

DAN SIMMONS

李漢聲
李漢威
譯

目錄 CONTENTS

HYPERION

IV

貝納瑞斯號第二天抵達邊緣城的時候已經過了中午，其中一隻魟在離目的地下游不到二十公里時累死在挽具上，貝提克化生只得切斷牠的韁繩，另一隻則撐到大家安全地將纜繩繫在風化的碼頭上，便也因全身乏力而翻過身來，兩側的呼吸孔不停冒出氣泡，貝提克一樣下令切斷牠的韁繩，邊解釋道如果牠順著急流而下，說不定還有幾分存活的希望。

旭日尚未東升，朝聖者便醒了過來，看著兩岸風景溜過，彼此間沒說什麼話，也沒人想出該怎麼對馬汀·賽倫諾斯開口，但詩人似乎並不在乎……他邊喝酒邊吃早餐，並對著朝日唱著淫穢的歌曲。

從昨晚起河道就開始變寬，今晨已經是條兩公里寬的藍灰色高速公路，穿過草海南方低矮的綠色丘陵。距離草海這麼近的此地已經看不到樹木，棕色、金色與石南草色的馬鬃海岸樹叢漸漸亮了起來，變成兩公尺高、北方草類的大膽青綠色。整個早上，丘陵慢慢地被壓扁，現在只剩下兩岸幾處低矮的草覆陡壁，一抹幾乎不可見的陰影掛在東邊與北邊的地平線上，住在水系星球的朝聖者得提醒自己，那看來像海洋的跡象，其實是幾十億公頃的草原。

邊緣城從不是什麼大型前哨城市，目前更是完全荒廢了，往碼頭的小土路兩側幾十棟房子帶著廢棄建築物的空洞眼神，河岸旁的痕跡顯示出這裡的人幾週前就已撤離，至於朝聖者休憩所，一棟在山脊上的三百年老客棧，也早付之一炬。

貝提克化生陪伴他們走上低矮丘陵的山頂。「你現在打算怎麼樣？」卡薩德上校問生化人。

「根據我們和教會簽訂的契約，完成這趟旅行之後我們便自由了，我們會把貝納瑞斯號留在這裡等你們回來，我們則開船順流而下，然後便各走各的路。」貝提克說。

「和大家一起撤離嗎？」布瑯·拉蜜亞問。

「不，我們在海柏利昂上有自己的目的與朝聖地。」貝提克微笑說。

眾人抵達了丘陵圓圓的山頂，他們背後，貝納瑞斯號不過是艘繫在頹圮碼頭上的小船。在邊緣城，胡黎河自此向西南流入藍色迷霧之中，上游則向西轉去，一路漸窄，指向無法通行的下瀑布區，那兒從邊緣城上溯約有十幾公里。他們的北邊與東邊則是草海。

「我的天啊！」布瑯·拉蜜亞深吸了一口氣。

好似他們翻過了世上的最後一座丘陵，下方散亂的碼頭、船塢與小棚標示著邊緣城盡頭與草海的起點。無盡延伸的草原，隨著微風激盪著美麗的漣漪，像綠色波浪一樣拍打丘陵的基部。無窮的草原沒有任何間隙，向四方地平線奔去，視線所及之處都是一般高的草，遠處完全看不到一點馬轡山脈白色山峰的影子，儘管知道山脈就在東北方大概八百公里之外。眼前大片的海洋幻象幾近完美，連風吹起的草莖反光都像是汪洋遠處的浪花。

「好漂亮！」從來沒有看過這種景象的拉蜜亞讚嘆。

「日出與日落時更是驚人。」領事說。

「真令人如痴如醉。」索爾·溫朝博喃喃自語，舉起嬰兒讓她也可以觀看，她快樂地手舞足蹈，全心全意地看著自己的手指。

「一個維護周詳的生態系。謬爾會很高興。」海特・瑪斯亭滿意地說。

「糟透了。」馬汀・賽倫諾斯說。

其他人轉身瞪著他。

「該死的風船車不見了！」詩人說。

其他四位男子、一位女子與一位生化人沉默地看著眼前廢棄的碼頭與空無一物的草原。

「不過是遲了。」領事說。

馬汀・賽倫諾斯爆出一陣笑聲。「或者早就跑了，我們昨晚就該到這。」

卡薩德上校拿起了他的軍用望遠鏡掃視地平線。「我不覺得他們會丟下我們先走。船車是荊魔神教會親自派出，他們照顧我們朝聖團可是不遺餘力。」他說。

「我們可以用走的。」雷納・霍依特說，教士臉色蒼白疲累，明顯受到疼痛與藥物的掌控，看起來連站都站不穩，更別提走路了。

「不可能。」卡薩德說：「全程有好幾百公里遠，而且草叢又高過我們頭頂。」

「可以用羅盤。」教士說。

「羅盤在海柏利昂上沒用。」卡薩德說，繼續用他的雙筒望遠鏡掃視。

「那用導航儀。」霍依特說。

「我們是有慣性導航儀，但那不是重點。這些草很銳利，走不到半公里，我們就會被削成碎片。」

領事說。

「而且還有草原蝮蛇。」卡薩德說，放下望遠鏡。「這是個維護周詳的生態系沒錯，但可不能任意遊蕩其間。」

霍依特神父嘆了口氣，半摔半躺地倒在山頂的草地上，好似鬆了口氣地說道：「那好吧，我們回頭。」

貝提克化生向前一步，說道：「如果風船車沒出現的話，我們船員會很樂意用貝納瑞斯號將各位載回濟慈市。」

「不，你們開船先走吧。」領事說。

「喂，他媽的你就不能等一下？」馬汀·賽倫諾斯大叫。「我可不記得選你當獨裁者，朋友。我們得去草海的另一邊，如果該死的風船車沒出現的話，我們必須另外找條路。」

領事扭身對著矮小的詩人。「靠什麼？船嗎？要花兩個星期才能向北沿著馬鬃海岸繞過大陸北岸抵達歐德荷或其他出發地，而且那是平常有船開的時候，現在海柏利昂每艘能出海的船恐怕都被徵收，拿去撤離民眾了。」

「那靠飛船好了。」詩人咆哮說。

布瑯·拉蜜亞大笑。「喔，對呀，我們這兩天在河上看到好多艘飛船啊。」

馬汀·賽倫諾斯迅速轉過身來，握起拳頭彷若要揮向那位女子，然後他微笑著說：「好嘛，女士，那妳說該怎麼辦？也許我們該犧牲個活人獻給草原蝮蛇，說不定會感動交通大神喔。」

布瑯・拉蜜亞的凝視降到了冰點。「我以為活人獻祭比較符合你的個性，矮子。」

卡薩德上校走到兩人之間，帶著命令的口吻說：「夠了，領事說的對，我們在這兒等到風船車抵達為止，瑪斯亭君、拉蜜亞君，麻煩你們隨貝提克化生去視察、卸下我們的裝備，霍依特神父與賽倫諾斯君則去找一些木頭來構築營火。」

「營火？」教士問，山頂上熱氣逼人。

「晚上用，要讓風船車知道我們在這兒。現在開始行動！」卡薩德說。

落日時分，眾人安靜地看著汽艇順流而下，即使在兩公里外領事也能看到船員的藍色皮膚，古老的貝納瑞斯號棄置在碼頭上，看起來已經成為廢棄城市的一部分。當汽艇消失在遠方後，眾人回頭看著草海。河岸陡壁長長的影子匍匐蔓延上那片領事當成浪花與淺灘的地方。遠處草海的顏色似乎一直變化，先是閃爍的海藍色，然後緩緩變暗，成了一抹深邃的碧綠色。琉璃色的天空與金紅色的夕陽融為一體，照亮了他們所在的丘頂，讓朝聖者的皮膚好似散發著液體般的紅光，唯一的聲音是風吹過草海的呢喃。

「我們的行李可真是他媽的多。特別是對一群只買了單程票的傢伙來說。」馬汀・賽倫諾斯大聲地說道。

沒錯，領事心底暗表贊同，他們的行李在丘頂的草地上堆成了一座小山。

「在那些東西中，說不定有拯救我們的希望。」空氣中傳來了海特．瑪斯亭和緩的聲音。

「怎麼說？」布瑯．拉蜜亞問。

「怎麼，你帶了一條能擋荊魔神的內褲嗎？」馬汀．賽倫諾斯說，接著向後一躺，雙手放在腦後看著天空。

聖堂武士慢慢地搖了搖頭，黃昏餘暉將他長袍兜帽裡的臉蒙上了一層陰影。「我們就別拐彎抹角了。直接承認吧！在這趟朝聖之旅上，我們都帶著某種器具，希望能夠在面對痛苦之王的時候，用來改變我們無可避免的結局。」

詩人朗聲大笑。「我連他媽的幸運兔腳都沒帶咧。」

聖堂武士的兜帽動了一點。「不過你帶了《詩篇》的原稿，對吧？」

詩人一語不發。

海特．瑪斯亭將他那令人無法察覺的視線轉向站在左邊的高個子。「而上校，有好幾個箱子上都寫了你的名字，裡面是武器嗎？」

卡薩德抬起了頭卻沒說話。

「當然囉，哪有打獵不帶武器的笨蛋。」海特．瑪斯亭說。

「那我呢？你知道我偷偷帶了什麼祕密武器嗎？」布瑯．拉蜜亞問，兩手盤在胸前。

聖堂武士奇特的口音很平靜。「我們還沒聽過妳的故事，拉蜜亞君，現在猜測還太早。」

「那領事呢？」拉蜜亞問。

「喔，是了，我們的外交官朋友帶的武器是什麼很明顯。」

領事從他對著夕陽的沉思回過頭來。「我只帶了幾件衣服和兩本要看的書。」他誠實地說。

「啊，但你那艘留在城裡的太空船是多麼美麗啊。」聖堂武士嘆道。

馬汀．賽倫諾斯跳了起來。「他媽的太空船！」他叫道：「你能夠呼叫它，對吧！天殺的，還不趕快把你的狗哨拿出來，我在這兒坐都坐累了。」

領事拔了一撮草撕成細條，一分鐘後才說：「即使我可以呼叫我的船……你們都聽到貝提克化生的話，通訊衛星與中繼站都停止運作了……就算我可以呼叫它，我們也不能在馬轡山脈北邊降落，那將會是立即的災難，比荊魔神在山脈南側狩獵更危險。」

「對，但我們可以跨過這片他媽的小草坪！快呼叫船吧。」賽倫諾斯激動地揮舞雙臂。

「等到明天早上再說吧，如果風船車還沒來的話，我們再討論其他的辦法。」領事說。

「去他的……」詩人才剛開口，但卡薩德站上前，背對他，把詩人排出談話圈。

「瑪斯亭君。你的祕密是什麼呢？」領事說。

天空消失的餘光照出聖堂武士薄薄嘴唇上的一抹微笑，他比著手勢指著行李堆。「就如你們所見，我的行李是最重也是最神祕的。」

「是個莫比烏斯❶方塊，可以用來運輸古代文物。」霍依特神父說。

「或是氫彈。」卡薩德說。

海特．瑪斯亭搖搖頭。「我沒那麼野蠻。」他說。

「你打算告訴我們嗎？」拉蜜亞詰問。

「等輪到我說故事的時候。」聖堂武士說。

「你是下一個嗎？我們可以邊等邊聽。」領事問。

索爾．溫朝博清了清喉嚨。「我是第四個。」他說，拿出一張小紙片。「但我很樂意與世界之樹真言者交換。」溫朝博把蕾秋從左肩換到右肩，溫柔地拍拍她的背。

海特．瑪斯亭搖搖頭。「不，還有時間，我只是想指出，即使在最絕望的時刻，仍然有一線生機。我們已從彼此的故事知道不少事情，即便我們不肯承認，我們每個人都在心中都埋藏了希望的種子。」

「我不懂……」霍依特神父才開口就被馬汀．賽倫諾斯突如其來的吼叫聲打斷。

「是風船車！那艘他媽的風船車，好不容易到了！」

❶ M bius cube，概念來自莫比烏斯環（m bius strip），將一條紙帶旋轉半圈再把兩端黏上，就會構成一個連續面，可以一筆畫完紙條的兩面。

又過了二十分鐘，風船車才停靠在其中一座碼頭上。船從北邊來，風帆成了黑色平原中一點白，等到天色完全暗了，船才開到低矮丘陵附近，收起主帆，慢慢停了下來。

領事對風船車印象深刻，全用木頭手工打造，居然還如此巨大，而外型則模仿元地球古時候的大型帆船。船身中央的巨大獨輪，原本在兩米高的草叢間是看不到的，不過領事在拖著行李上碼頭時瞥到了一眼。從地面算起，甲板有六、七公尺高，再向上五倍高才到主桅頂端。從領事所站的地方，儘管自己氣喘吁吁，他還可以聽到頭上風拍打三角帆的聲音，以及一陣陣規律的低沉隆隆聲從船身內部的飛輪或是其巨大的陀螺儀傳來。

一塊跳板從甲板伸出了來，然後一端下降到碼頭上，霍依特神父和布瑯・拉蜜亞差點被壓扁，趕緊向後退。

風船車不像貝納瑞斯號那樣燈火輝煌，只有幾盞掛在帆柱上的燈籠提供照明，船靠近的時候沒有看到任何船員，現在也沒有任何人出現。

「哈囉！」領事從跳板的底部大叫，沒人回答。

「請等一下。」卡薩德說，然後大跨五步就走上長長的跳板。

其他人看著卡薩德停在跳板頂端，壓了一下腰上掛的驟死棒，然後消失在船裡。幾分鐘之後，燈光從船尾大窗裡透了出來，在底下的草地上映出黃色的梯形。

「上來吧，沒人。」卡薩德從跳板上呼喚道。

眾人辛苦地抬著行李，花了好幾趟才搬完，領事幫著海特．瑪斯亭移動沉重的莫比烏斯方塊，透過指間，他可以感到一股輕微但無庸置疑的震動。

「他媽的船員都上那兒去了？」眾人在前甲板重新集合後，馬汀．賽倫諾斯問道，他們已經列隊參觀過狹窄的走廊與船艙，走下陡峻的舷梯，穿過沒比床鋪大多少的包廂，只有最後面的一間，大概是船長室，才能比得上貝納瑞斯號艙房的大小與舒適程度。

「這顯然是全自動的。」卡薩德說，霸軍軍官指著消失在甲板狹縫中的吊索，隱藏在索具與帆柱間的操縱桿，還有掛著大三角帆的後桅上依稀可見的齒輪痕跡。

「我可沒看到任何控制中心，連個按鈕或是C型端子都沒有。」拉蜜亞說。她從胸前的口袋拿出通訊記錄器，試著透過標準的資料通訊跟生醫頻道與船連繫，但也沒有任何反應。

「從前船上是有船員的。以往都是初級教士伴隨著朝聖者前往山脈。」領事說。

「但是他們這會兒可不在，不過我猜在纜車站或時光堡還有人活著，正是他們派出這艘風船車。」霍依特神父說。

「也有可能每個人都死了，而風船車只是按照既定行程運作。」拉蜜亞說，回頭看著索具與風帆隨著強風吱吱嘎嘎地響。「該死，與所有的人事物都斷絕聯繫實在很難受，就像是又聾又啞，不知道殖民者怎麼能忍受這一切。」

馬汀．賽倫諾斯朝著眾人走了過來，坐在欄杆上，從一瓶長長的綠色瓶子裡啜著酒朗誦道：

詩人在哪兒了？快現身，快現身！
我的繆思呀，讓我認識他吧！
這是個不管和誰在一起
都一視平等的人，
管他是國王、或窮困如乞丐、
又或其他眾生百態，
從猴子到柏拉圖皆同。
他是個懂得鳥語的
無論是鶺鴒或隼鷹，
總能在牠們的直覺中
找到自己的道，他聽過
雄獅的咆哮，曉得
他嘶啞的喉嚨在說些什麼
而老虎的呼嘯，
口齒如此清晰
就像是母語

在耳旁呢喃。❷

「你那瓶酒打哪來？」卡薩德問。

馬汀．賽倫諾斯竊笑了一下，在燈籠的照耀下，他的眼睛看起來小小亮亮的。「這艘船滿載著酒，連吧檯都有，我就不客氣地宣布它開張了。」

「我們該準備點晚餐。」領事說，儘管他現在也只想喝點小酒，不過他們上一餐已是十個小時以前的事了。

忽然傳來了金屬敲擊與轉動的聲音，於是六人都跑到船的右舷欄杆往下看，跳板已經自動收了起來，之後又一聲，眾人轉身回頭，只見船帆自動展開，繩索收緊，不知在何處的飛輪快轉了起來。風滿帆，甲板微斜，風船車離開了碼頭駛入黑暗，只餘風拍在帆上與船隻嘎嘎作響、輪子轆轆轉動、以及草擦過船底的聲音。

六人看著丘陵的影子漸漸遠去，沒點燃的火堆只剩星星照耀在木頭上的微弱反光，其餘的就是天與夜，和搖曳的燈籠。

❷ 出自濟慈的〈詩人在哪裡？〉。其中第二行原文為「九位繆思」（Muses nine）被作者改為「我的繆思」（Muses Mine）。

「我要下去了，看看能不能夠弄頓晚餐出來。」領事說。

其他人又在甲板上頭盤桓了一會兒，透過腳底板感覺緩緩的上下起伏，看著腳下的黑暗流逝，只有在星空與地平線交界、平坦漆黑開始的地方才看得到草海的輪廓，卡薩德用手電筒掃過船帆與索具、被看不見的手所扯緊的纜繩，然後從頭到尾檢查了每個陰暗的角落。其他人默默地瞧著，當他終於把燈關掉時，黑夜似乎不再那麼具壓迫感，而星光更加燦爛，一股與其說是海的氣味，毋寧說是春日田野的濃郁味道，隨著微風飄來，流過千里的草原。

一直到領事叫他們的時候，大家才下艙吃飯。

船艙非常擁擠，而且也沒有飯廳，於是他們便把船尾的大房當作食堂，三個箱子拉在一起就是張臨時的桌子，四盞掛在矮梁上的燈籠照亮了整個房間，海特．瑪斯亭打開床上方的一扇長窗，晚風徐徐流入。

領事把堆滿了三明治的盤子放在最大的箱子上，然後又拿了白色的馬克杯與咖啡壺，其他人吃飯時，他幫眾人倒著咖啡。

「這真可口，烤肉是從哪來的？」費德曼．卡薩德說。

「冰箱裡堆滿了食物，後艙的儲存櫃裡還有一個大冰櫃。」

「電冰箱？」海特．瑪斯亭問。

「不是，是用雙層隔熱板搭的。」

馬汀·賽倫諾斯拿起一個罐子聞聞，從三明治盤裡找了把餐刀，然後挖了一大塊芥末塗在他的三明治上，咬下時眼睛還閃著淚光。「通常跨越草海要多久？」拉蜜亞問領事。

他正對著杯中黑咖啡的漣漪沉思。「對不起，妳說什麼？」

「跨過草海，要多久？」

「一個晚上再加半天就能抵達山脈，如果順風的話。」領事說。

「然後……要多久才能跨過山脈？」霍依特神父問。

「不到一天。」領事說。

「如果纜車運轉的話。」卡薩德補了一句。

領事啜飲了一口熱咖啡，擺了個無可奈何的樣子。「我們非這麼相信不可，要不然……」

「要不然怎樣？」拉蜜亞劈頭問。

「要不然的話，我們就會被困在荒野之中，北往時塚還有六百公里，南去最近的城市則有一千公里。」卡薩德上校說著，走到窗戶旁，雙手扠在臀上。

領事搖搖頭。「不會的，教會或任何負責朝聖團的人已經很努力把我們送到這裡，他們會保證我們能完成整趟旅行。」

布瑯·拉蜜亞交叉手臂皺著眉頭。「就為了送我們……去當祭品？」

馬汀·賽倫諾斯大笑高呼，拿出了他的酒瓶，念起詩來：

這些人是誰啊，前赴祭祀？
牝犢絲光的腰飾滿花開，
向天鳴吼，呵，神祕的祭司，
你牽她到什麼青春祭壇？
什麼傍河或濱海的小城，
或寧靜的壘堡下的山村，
傾出居民，在敬神的清晨？
小城，你街道將永遠寂靜
沒有一個靈魂能夠歸還
說出你寂無人煙的原因。❸

布瑯．拉蜜亞伸手進褲子口袋，掏出一個比小指頭還要迷你的切割用雷射，指著詩人的頭說：「你這該死的可憐蟲，你再說一個字……我發誓……我就要當場把你熔成廢渣。」

全場突然安靜了下來，只有船發出的轆轆聲與嘎吱聲，別無聲響。領事悄悄向馬汀．賽倫諾斯移動過去，卡薩德踮了兩步走到拉蜜亞背後。

詩人灌了一大口酒，對著黑髮女人微笑著，嘴唇微濕。「喔，去造妳的死亡之船吧❹喔，去造吧！」他呢喃。

拉蜜亞壓在筆型雷射的手指泛白，領事擠到了賽倫諾斯旁，卻不曉得該怎麼辦，只能想像光束熔化自己眼睛的樣子。卡薩德像影子般貼在拉蜜亞身旁，蓄勢待發。

「女士，需要我提醒妳現場有個孩子嗎？」索爾．溫朝博站在遠處牆壁旁的鋪位開口。

拉蜜亞轉頭向右看。溫朝博從船上的壁櫥裡拿出了個大抽屜，放在床上當作搖籃。他先前幫嬰兒洗了澡，然後在詩人吟唱之前悄悄走了進來。他把嬰兒溫柔地放在襯墊的小窩裡。

「對不起，只是他老是讓我……很惱怒。」布瑯．拉蜜亞放下了迷你雷射。

溫朝博點點頭，輕輕地搖著抽屜，風船車溫柔的上下起伏加上永不止歇的旋轉巨輪顯然已經讓那孩兒沉沉入睡了。「我們都累了，神經也太緊繃，也許是該分配艙房休息了。」學者說。

女人嘆了口氣並把武器插回腰帶裡。「我不想睡，這些事實在……太詭譎了。」她說。

其他人點點頭，馬汀．賽倫諾斯坐在船尾窗下的長凳上，盤起雙腿喝了一口酒，對著溫朝博說：「講你的故事吧，老頭。」

---

❸ 出自濟慈〈詠希臘甕〉，此處用的是施穎州先生翻譯的版本。

❹ 出自英國作家大衛．赫伯特．勞倫斯（David Herbert Lawrence）的詩〈死亡之船〉（*Ship of Death*）。

「對。」霍依特神父說，教士看起來已經累得不成人形，形容枯槁，但他熾熱的眼睛依舊熊熊燃燒。「講吧，我們得聽完所有的故事，然後在抵達以前仔細想想。」

溫朝博伸出手抓他禿禿的頭皮，說道：「『這是個無聊的故事。我從沒來過海柏利昂，也不曾面對怪獸，沒有英雄事蹟。這是個普通人的故事，他心目中最傳奇的冒險故事，頂多是教書不帶講稿。』」

「那再好不過了，我們正需要點催眠劑。」馬汀．賽倫諾斯說。

索爾．溫朝博嘆了口氣，調整一下眼鏡，終於點了點頭。他的鬍子裡還有幾縷黑鬚，但是大多變白了，他把嬰兒床頭的燈籠調暗，然後找了把房間中央的椅子坐下。

領事把其他的燈也調暗，幫想要喝咖啡的人再倒了一點。索爾．溫朝博說話很慢，用字遣詞非常精確仔細，不久之後，故事和緩的節奏，與北行風船車的平靜轉動和輕微顛簸漸漸融為一體。

🅷 學者的故事——苦澀的忘川之水❺

索爾．溫朝博和他的太太莎瑞，在女兒出生之前，生活就已經非常幸福，蕾秋的到來，更讓他們的生活臻至完美的境界。

莎瑞懷胎的時候是二十七歲，索爾則是二十九歲，倆人都沒有考慮進行波森延壽療程，因為他們沒有多餘的錢可以支付。不過，即使如此，他們仍然有至少五十年的健康生活。

兩人一生都在巴納德星❻上，一顆古老卻又最無趣的霸聯星球，雖然巴納德在萬星網內，但這對索爾和莎瑞來說並沒什麼分別，他們沒法負擔頻繁的傳送旅行，況且也沒有想離開的念頭。索爾最近正慶祝著他在南丁海瑟大學的第十個年頭，他在此教授歷史學與古典文學研究，並鑽研倫理學的演進。南丁海瑟大學是所小學校，學生不到三千人，但學術聲望卓越，吸引了萬星網各處的年輕人。不過最常聽到學生的抱怨就是南丁海瑟與周圍的克勞伏鎮是玉米田中的文化孤島。事實的確如此，大學距離首都巴薩德有三千公里之遙，之間環境地球化的平地都作了農業用途，沒有森林、沒有丘陵、更沒有山脈去打破玉米田、碗豆田、玉米田、麥田、玉米田、稻田、以及更多玉米田的單調景象。激進詩人塞爾門・布萊彌曾經於葛藍儂—海特叛變之前在南丁海瑟教過一陣子，後來被開除之後，他傳送到文藝復興星對朋友說，巴納德星南新澤的克勞伏鎮是「宇宙真正的屁眼旁微不足道的一顆痣上的第八層化外之地」。

索爾與莎瑞喜歡此地，克勞伏鎮人口僅兩萬五千，看起來像是按照十九世紀中葉的美國城鎮為藍本所建造的，街道寬闊，兩旁的榆樹與橡樹樹蔭遮天。（巴納德星是第二顆太陽系外殖民星，在霍金引

❺ 即 River Lethe，忘川，希臘神話中冥河其中一條，飲其水即會忘記過去。

❻ Barnard's World，應該暗指環繞巴納德星（Barnard's Star）的一顆行星，巴納德星在蛇夫座β星附近，距太陽系僅五・九六光年，一九一六年為美國天文學家艾德華・巴納德所發現，是一顆紅矮星，光度只有太陽的萬分之四，現在已經發現有兩顆行星環繞此恆星。

擎出現與聖遷時期前好幾個世紀就建立了，當時的種船大得不得了。）克勞伏的房子樣式涵蓋了早期維多利亞式❼到仿加拿大式❽，但不管是哪一種，每間看上去都是白色，而且前面總是有一片修剪整齊的草地。大學則是喬治亞式建築❾，紅磚與白柱組合包圍了橢圓形的大廳。索爾的辦公室在派利屈館三樓，是校園裡最老的建築，冬天的時候可以看到窗外光禿禿的枝椏將大廳雕成了複雜的幾何圖形，索爾愛極了此處粉筆灰與舊木頭的味道，從他成為大學新鮮人以來就沒有變過，每天他爬上辦公室的時候，總是非常珍惜樓梯上每一處深深摩擦出的凹痕，是二十代南丁海瑟學生留下的遺產。

莎瑞出生於在巴薩德與克勞伏之間的一處農莊，在索爾獲得研究所學位的前一年，她就取得了樂理學博士。她是位快樂又活力充沛的年輕女性，個性掩蓋了她缺少的體態美，即使在後半生她仍舊保有這樣的吸引力。莎瑞曾經在天津三的新里昂大學念過兩年，卻患了思鄉病，那兒的夕陽是如此突然，馳名千里的山脈像參差不齊的鐮刀削去了陽光，她渴望看到家鄉持續好幾個小時的夕陽，巴納德的太陽掛在地平線上就好像一顆懸吊著的巨大紅色氣球，而天空則慢慢凝成夜晚。她思念著家鄉完美的平整，從家裡傾斜屋頂下方的三樓房間看出去，小女孩的她也能望過五十公里的穗田，看著逐漸靠近中的暴風雨，彷彿黑青色的簾幕背後打著閃電的燈光。莎瑞最想念她的家人。

她與索爾第一次碰面是在她轉學回南丁海瑟一個星期後，要再三年，她才答應索爾的求婚。起先她壓根兒沒注意到這位矮小的研究生，莎瑞那時還穿著萬星網的流行服飾，專注於後解構論者的音樂理論，只念《訃報》與《虛無週刊》，或其他文藝復興與天崙五中心所出版最前衛的雜誌，用著世故的言詞假扮對生命的消沉，加上滿口叛逆的言詞，與這位在莫院長榮譽典禮上把水果雞尾酒潑在她身上的小個子老實歷史系研究生一點都不來電。索爾・溫朝博的巴納德口音、身上穿的克勞伏鄉紳店服飾、加上他心不在焉地在腋下夾了一本迪特史魁《變動的孤寂》就跑來參加派對，馬上就把來自猶太血統所僅有的一點異國風情給掩蓋了。

然而對索爾來說，這可是一見鍾情。他望著這位帶著歡笑、臉色紅潤的女孩，完全忽略了她昂貴的衣著和偽滿清式指甲，她的性格就像是一座燃燒的烽火臺召喚著這位孤獨的大三生。在遇見莎瑞以前，索爾不知何謂寂寞，但在第一次握過手並把果汁打翻在她前襟上之後，他曉得如果他倆不結婚，自己的生命將永遠孤單。

他們在索爾取得大學教職之後一週就結婚了，去茂宜—聖約星渡蜜月，還是他第一次傳送離開星球。整整三個星期，他們租了一座浮島，兩人獨自航向赤道群島的奇觀，索爾永遠忘不了那些日曬風吹

---

❼ 指在英國維多利亞時期（1837-1901）的各式建築風格，包括了仿哥德、曼薩德、新古典等等，此時的設計師也常融合這些風格產生獨具一格的建築。臺灣維多利亞式建築的代表為臺北市的總統府。

❽ 在第一次世界大戰後，加拿大民族主義者倡導創造獨特的加拿大式建築，包括了仿哥德及英法混合式的別莊風格（Chateau Style）等，與維多利亞式建築類似。

❾ 指在一七二〇到一八四〇年代的英式建築風格，其名稱源自當時四位皆名喬治的英國國王，喬治亞式建築首重均勻與平衡，左右對稱，顏色特徵則常用紅磚為底，鑲以白色窗戶、大門及柱子。

的日子，心中祕密珍惜莎瑞晚間裸泳起身的姿態，天空閃耀的星星與她身上浮島尾波殘餘磷光組成的星座相互輝映。

他們打算馬上生個小孩，但是直到五年之後老天爺才肯同意。

索爾還記得將莎瑞擁在懷中，安撫她分娩的陣痛。生產過程並不順利，但是不可思議地，終於在清晨兩點零一分，莎瑞於克勞伏的醫學中心產下了蕾秋．莎拉．溫朝博。

嬰兒的到來侵入了索爾單純的研究生活與莎瑞在巴納德數據圈的音樂評論工作，但兩人毫不介意。第一個月混合疲倦與歡樂，半夜時分，在餵奶時刻之間，索爾總是會溜進嬰兒房瞧瞧蕾秋，站在一旁凝視著她，常常他會發現莎瑞也早就到了，於是兩人便手牽著手，看著這上天賜予的奇蹟，屁股朝天趴著睡覺，臉埋在嬰兒床頭的枕頭裡。

蕾秋屬於那種可愛卻又不會自命非凡的少數孩子，到了兩個標準歲大的時候，她的容貌與個性就已令人印象深刻，她有母親的淡褐色頭髮、紅潤的臉頰、寬闊的笑容，和父親的褐色大眼。朋友都說這個孩子結合了莎瑞的感性與索爾的知性，另一位在大學任教的幼兒心理學家朋友則說，蕾秋在五歲的時候，就已展現出天賦異稟的明顯跡象：組織性的好奇心、對他人的同理、同情心、還有強烈的正義感。

有一天索爾在辦公室裡整理從元地球留下來的古代檔案，讀到貝雅特麗齊⑩對但丁世界觀的影響，忽然被二十或二十一世紀評論家寫下的一段話吸引住了：

單單是她（貝雅特麗齊）對但丁是真實不過的，在世上仍有意義，代表了美，她的天性就是他的尺標（梅爾維爾⓫會用比我們更清醒冷靜的語調如是說），也是他的格林威治標準時……

索爾暫停下來，檢索格林威治標準時的定義，然後接著讀下去，評論者在後面加了一則個人注腳：

> 我希望我們都有位像貝雅特麗齊的孩子、配偶或朋友，他自然而然散發的天性、出自內心的善良與智慧，讓我們能不自在地察覺到自己的謊言。

索爾切掉了顯示幕，看著大廳上方錯雜的黑色枝椏構成的幾何圖形。

蕾秋並不是無法忍受的那種完美，當她五個標準歲的時候，她小心地把五個她最喜愛的洋娃娃理了短髮，然後又把自己的頭髮剪得最短。七歲的時候，她覺得小鎮南邊住在簡陋屋子裡的外勞缺乏健康

❿ Beatrice，但丁一生單相思的戀人，後來將她寫入自己的鉅作《神曲》中。

⓫ Melville，指《白鯨記》的作者赫爾曼．梅爾維爾。

的飲食，因此她清空了屋裡的食物貯藏室、冰箱、冰櫃、合成槽，並說服三位朋友，捐出家裡一個月的食物份量，價值好幾百馬克。

她十歲的時候，跟胖小子布克瓦茲打賭，要爬上克勞伏最老的榆樹頂端，就在她爬到四十公尺高，還差五公尺就到頂的時候，腳下的一根樹枝斷裂，於是她從三分之二棵樹高處摔到地上。接到消息時，索爾正在討論地球第一次禁核時代的道德意義，他一語不發地離開了教室，跑了十二條街到醫學中心。

蕾秋摔斷了左腿和兩根肋骨、刺穿了一邊的肺，下頦粉碎。索爾衝進來的時候，她已經躺在療養槽裡，勉強扭過頭望過母親的肩膀，笑了一下，還掛著下頦的支架就說：「爸，我還差十五呎就到頂了，說不定還不到，下次我一定會成功。」

蕾秋以優等成績從中學畢業後，獲得五個星球私立學院和三所大學的獎學金，其中包括新地球的哈佛大學，她選了南丁海瑟。索爾一點也不驚訝女兒會挑考古學作主修。他心中最珍愛的記憶之一，就是蕾秋大約兩歲的時候，在前院裡度過幾個漫長午後，她挖著鬆軟的土壤，完全不理會蜘蛛與谷歌蟲，不時跑進屋子展示剛出土的塑膠盤與灰暗的芬尼幣，詢問這些東西的由來，以及是誰把它們丟棄在這裡。

蕾秋十九歲就獲得了學士學位，畢業那年夏天，她在祖母的農場裡幫忙，然後隔年秋天就傳送離開星球，在自由洲的帝國大學待了二十八個當地月。當她回家的時候，索爾和莎瑞的世界頓時從黑白變成彩色。

他們的女兒現在已經是個成人了，往往比年紀大她兩倍的人還要更有自覺、更穩當。她在家裡休息與歡宴了兩個星期後，一天傍晚，在夕陽西下時沿著校園漫步時，她黏著父親詢問她的血統：「爸，你仍然覺得自己是猶太人嗎？」

索爾摸了摸逐漸稀疏的頭髮，被這問題給嚇了一跳。「猶太人啊？我想算是吧，不過這名詞已經失去它原來的意義了。」

「那我是猶太人嗎？」蕾秋問，她的臉頰在餘光下發亮。

「如果妳想當的話。當元地球滅亡後，它已經不再有同樣的象徵意義了。」索爾說。

「如果我是男孩的話，你會為我行割禮嗎？」

索爾哈哈大笑，對這個問題感到高興卻又有點尷尬。

「我是認真的！」蕾秋說。

索爾調整了一下眼鏡。「我想會吧，孩子，我從未想過這個問題。」

「你有去過巴薩德的猶太會堂嗎？」

「自從成人禮之後就沒去過了。」索爾答道，回想起五十年前那一天，他父親借了理查叔叔的維肯電磁車，載全家人去首都參加典禮。

「爸，為什麼猶太人在聖遷之後覺得這些事……沒有那麼重要了？」

索爾攤開雙手，比較像是強壯的石匠，而不屬於一位學術研究者的手。「這是個好問題，蕾秋。也許是因為很多夢想都已經破滅，以色列已經消失，新聖殿比前兩座存在的時間還短[12]，上帝違反了祂的承諾，再一次毀滅地球[13]，然而這次的大離散[14]……永遠沒有返家的希望。」

「但是有些地方的猶太人仍然維持著他們民族與宗教的特異性啊。」他的女兒堅持道。

「噢，沒錯。在希伯崙或是群星廣場的一些孤立區域，可以找到全是猶太人的社區。哈西德派、正統派、哈斯摩尼派……妳想得到的應有盡有，但他們往往欠缺活力、街景如畫……只會討好觀光客。」

「像是主題樂園？」

「對。」

「你明天可以帶我去伯特利[15]猶太會堂嗎？我可以去借卡齊的車。」

「不用麻煩他，我們可以坐學校的交通梭。」索爾停頓了一下，終於說：「好，我明天會很樂意帶妳去會堂。」

老榆樹下漸漸暗了，通往他們家裡的大路旁，街燈一盞盞亮了起來。

「爸，我要再問你一次我從兩歲起就問過你千萬遍的問題，你信神嗎？」蕾秋說。

索爾歛起笑容，他只能再次回答那已經講了千萬遍的答案：「我還在等。」

蕾秋畢業後鑽研外星與前聖遷時期文物。整整三個標準年來，索爾與莎瑞的女兒偶爾會回來看他們，或透過超光速通訊從萬星網外附近的異星寄短片來。他們都曉得女兒論文的田野調查很快就會超出萬星網的範圍進入邊疆星系，而時債則會逐漸抹去那些留在網內的人的生命與記憶。

「海柏利昂是什麼鬼地方？」在考察隊出發前蕾秋最後一次假期時，莎瑞這麼問。「聽起來比較像某種家庭用具的品牌。」

「那是個棒透了的地方，媽，除了亞瑪迦斯特外，沒有一個地方比那裡有更多非人類的文物了。」

「那為什麼不去亞瑪迦斯特呢？那兒距離萬星網只有幾個月的旅程。何必屈就第二呢？」莎瑞問。

「海柏利昂還沒有變成著名觀光景點，雖然這已經開始成為問題，有錢人現在比較願意去網外旅行了。」蕾秋說。

索爾的聲音頓時沙啞了起來。「妳是要去迷宮呢，還是那個叫時塚的地方？」

---

⑫ 以色列的歷史可以用三個「聖殿」期來區分，第一座聖殿是由所羅門王在西元前十世紀所建立，在西元前五六八年猶大王國被巴比倫帝國所征服，聖殿也被巴比倫王尼布甲尼撒所摧毀，猶太人被擄為奴，直到波斯帝國消滅巴比倫帝國後，猶太人才重回耶路撒冷，於西元前五一六年重建第二座聖殿，後來相繼淪為希臘與羅馬帝國的屬國，直到西元一世紀，因起義反抗羅馬人，耶路撒冷在西元七〇年被羅馬攻破，聖殿再次被毀，猶太人被迫流亡世界。聖殿從未再次重建，但是自從一八八二年新猶太社區在巴勒斯坦設立後，常自稱第三聖殿期。

⑬ 第一次毀滅指的是諾亞方舟的大洪水。

⑭ Diaspora，指兩次聖殿被毀，猶太人被迫離鄉背井的歷史事件。

⑮ Beth-el，希伯來文意指「神之殿堂」。

「是時塚，爸，我會與米立歐．阿讓德茲博士一起工作，他可是全宇宙最了解時塚的專家。」

「那兒不是很危險嗎？」索爾試著一語輕鬆帶過，但是他聽到的就只有自己的緊張。

蕾秋微笑說：「就因為荊魔神的傳說？已經兩個標準世紀都沒人理那個故事了。」

「但我曾讀過第二次移民時那兒發生災難的記載……」索爾說。

「我知道，爸，但是他們那時候並不知道大岩鰻會從沙漠裡出來獵食，他們大概被那玩意兒吞了幾個人就嚇壞了，你也知道傳說是怎麼開始的。此外，岩鰻因為過度捕殺，都快絕種了。」

「太空船不能直接降落在那裡，妳得搭船才能到時塚，或走路，還是靠什麼該死的方法才行。」

索爾不肯放棄。

蕾秋大笑說：「早期，直接飛過去的人低估了反熵場的效果，發生了幾次意外，但現在有飛船航線，山脈北側還蓋了間叫時光堡的大旅館，每年都有好幾百位旅客住在那兒呢。」

「妳也會待在那兒嗎？」莎瑞問。

「有時候。一切都會很刺激的，媽。」

「希望不要太刺激。」莎瑞說，於是他們都笑了。

在蕾秋航行的那四年（對她來說只是幾個星期的冷凍神遊），索爾發現自己越來越想念女兒。如果她只是在萬星網內工作忙得沒空聯繫的話，索爾也不會那麼擔心。光是想著她正裹在霍金效應構成的人工量子繭囊裡以超光速前進，就讓他覺得既反常又不吉。

他們用忙碌來填補生活，莎瑞從評論家的行業退了下來，全心投入當地的環保運動，對索爾來說，則是一生中最興奮忙亂的日子，他的第二和第三本著作出版了，其中第二本《道德轉捩點》一時洛陽紙貴，因此常常被邀請出席參加外星會議或座談會。有時候他獨自遠行，更多次是與莎瑞同行，儘管兩人都喜歡旅行這個主意，但是面對古怪的食物、不同的重力，還有詭異的陽光，出遠門的經驗過一陣子就逐漸失色。於是索爾發現自己越來越常在家裡為下一本書做研究，如果必須要參加會議，則透過大學裡的互動式全像投影。

蕾秋參加考察的第五個年頭，索爾作了個改變他一生命運的夢。

索爾夢到自己在一座巨大建築物裡遊蕩，柱子有紅檜那般粗，天花板高得看不見，道道紅光從天空打在地上，有時候他能瞥見左右兩側暗處裡的模糊身影，一次是一雙石腿像巨大建築物一般高聳，直入黑暗，另一次他彷彿看到一隻水晶聖甲蟲在高處盤旋，內部燃燒著冷光。

終於索爾停下來休息，後方遠處他可以聽到像是大火在燒的聲音，彷彿祝融肆虐整個城市或整座森林，面前則是兩顆發光的深紅色橢圓，也是他前進的目標。

他正擦著額頭的汗水時，一個宏亮的聲音對他說：

「索爾！帶著你的女兒，你唯一的女兒蕾秋，你的摯愛，去海柏利昂星一處我指定的地點，將她獻祭火焚。」

在夢中索爾站起來回應道：「別開玩笑了。」便繼續在黑暗中漫步，紅色光球這時像是血月一般懸在一片難以分辨的平原上，當他停下來休息時，那宏亮的聲音又說：

「索爾！帶著你的女兒，你唯一的女兒蕾秋，你的摯愛，去海柏利昂星一處我指定的地點，將她獻祭火焚。」

索爾甩開那沉重聲音的負荷，然後清楚地朝著黑暗說：「我頭一次就聽到你了……答案還是『不』。」

那時索爾便知道自己在作夢了，一部分的他想要好好欣賞這齣諷刺劇，另一部分的他想要趕快醒來，結果卻發現自己站在一個低矮的露臺上，俯瞰著一間房間，房裡全裸的蕾秋躺在一塊巨大的石板上，兩顆紅色光球照亮了整個場景，索爾低頭看著右手，發現手上拿了一把長而彎的匕首，刀身與刀柄看起來像是骨頭做的。

那聲音，索爾感覺越來越像是什麼爛全像影片的平庸導演心中對上帝聲音的膚淺設定，又說話了：

「索爾！聽清楚了，你是否從命，攸關人類的未來，你一定要帶著你的女兒，你唯一的女兒蕾秋，你的摯愛，去海柏利昂星一處我指定的地點，將她獻祭火焚。」

厭倦了整齣夢境，卻不知為何擔憂了起來，索爾轉身將匕首扔進黑暗裡，當他回頭找女兒的時候，整個房間已然消失。紅球越靠越近，索爾可以看出它們是像小型行星那麼大的千面寶石。

那誇張的聲音又來了：

「怎麼樣？我給過你選擇的機會了，索爾．溫朝博，如果你改變主意的話，你知道怎麼找我。」

於是索爾醒了過來，半發噱半顫慄，他一時心想，說不定整部塔木德經⓰和舊約聖經只是篇極其冗長的荒謬故事，為此感到好笑。

大約在索爾作著怪夢的時候，蕾秋在海柏利昂剛結束她第一年的研究，九名考古學家和六名物理

⓰ Talmud，猶太教中重要性僅次於舊約聖經的經籍，記錄了猶太教的律法、條例和傳統。

學家組成的考察隊雖然覺得時光堡很吸引人，但是實在擠滿了觀光客和想要充當荊魔神朝聖者的傢伙，所以過了一個月從旅館通勤的日子後，他們便在詩人之城遺跡與時塚山谷之間建立了一座永久營地。一半的隊伍負責發掘從未完工的詩人之城最近出土的幾個遺址，蕾秋的兩位同事則幫她全方位紀錄時塚，同行的物理學家對反熵場非常有興趣，大部分時間都花在用不同顏色的小旗子標記所謂時間潮的邊界。

蕾秋的小隊把工作重點放在一棟叫作人面獅身像的建築物上，雖然雕在石頭上的生物顯然不是人類也不是獅子，說不定連生物都不是，不過巨石頂部平滑的表面似乎刻畫了活物的曲線，而展開的突出物總是令人聯想到翅膀。其他的塚都非常寬闊，容易調查，但是人面獅身像的巨岩中則像蜂巢一樣滿是狹窄的通道，有些小到不能通過，有些則大到可以放進整座演講廳，儘管如此，這些通道哪也去不了，只是互相連接，沒有墓室、沒有藏寶間、沒有被掠奪一空的石棺、沒有壁畫、也沒有祕密通道，總之就是由潮濕巨石、不知道作用為何的通道形成的迷宮。

蕾秋與她的情人米立歐．阿讓德茲展開了勘測人面獅身像的工作，他們使用的方法至少已經存在七百年，最早是二十世紀勘查埃及金字塔時發明的。只要把靈敏的輻射與宇宙射線偵測器放在人面獅身像的最底處，藉著測量粒子穿過頂上巨石的時間差和偏折圖形，就能找出連深層影像雷達都忽略的暗室或密道。為了避開繁忙的觀光季，又因為海柏利昂自治議會擔心這種方法會損壞時塚，蕾秋和米立歐總是趁著半夜過去，花半個小時半走半爬穿過他們用藍色光球標示的迷宮通道，坐在數萬噸的石頭之下，專心盯著儀器直到早晨，用耳機聽著逝去恆星裡誕生的粒子打在偵測器上的聲音。

一般而言，時潮對人面獅身像不是個問題，在全部的時塚之中，這棟建築似乎最不受反熵場保護，物理學家已經仔細記錄下可能有危險的漲潮時間，最高潮在一〇〇〇時，二十分鐘後就會退到南方半公里外的玉塚而觀光客要過了一二〇〇時才能接近人面獅身像，為了安全起見，他們最晚須在〇九〇〇時之前離開。物理考察隊在時塚之間的小路與走道放置了數架時潮偵測器，用以觀測時潮的變化並警告附近的遊客。

在海柏利昂的一年研究只剩下三個星期，一晚蕾秋獨自起來，離開尚在睡夢中的情人，駕駛一輛翼地效應⓱吉普車前去時塚，她和米立歐討論的結論是兩人每晚一起去觀測實在太沒效率，因此決定輪流，一個人在考察站工作時，另一個人則負責整理資料，準備玉塚與方尖碑間地形的雷達測繪圖的最後報告。

當晚非常涼爽又美麗，從南到北星空滿盈，是蕾秋從小長大的巴納德星上能看到的四、五倍之多。低矮的沙丘在南方山脈吹下來的強風裡細語慢移。

蕾秋發現考察站的燈還亮著，物理考察隊正準備打包收工回營，便與他們聊了幾句，順便喝杯咖

⓱ Ground Effect，地面效應、或稱翼地效應，將載具發動機所產生的氣流導入機翼及地面之中，而產生一動態高壓氣墊，最大的優點是會降低誘導阻力，所耗費的燃料較傳統飛機為少。

啡，目送他們離開，然後拿了自己的背包，展開往人面獅身像地下室的二十五分鐘行程。

蕾秋又不禁開始納悶到底是誰，又是為了什麼目的而建造時塚。因為反熵場的效應，直接定年建築材料是沒有用的，分析時塚跟周圍山谷侵蝕痕跡與其他地質特徵的關係，粗估時塚的歷史至少有五十萬年，一般的共識認為時塚的建造者應該是人形生物，儘管這也只是從建築物的大小所推測的結果。不過可以確定的是，從人面獅身像裡的通道什麼也分析不出來，有些和人身大小差不多，但才過了幾公尺，說不定就縮成汙水管那般窄，或是擴張得比天然洞穴更大、更複雜。哪兒也去不了的出入口，並非全是矩形，三角形、梯形或十邊形的門也同樣常見。

蕾秋四肢並用爬過最後一個向下二十公尺的陡坡，推著她的背包向前，寒冷的光球好似把周圍的石壁與她的肌膚包覆上一層淺藍色的外殼。她終於抵達充斥著人類雜物與氣味的避風港，也就是所謂的「地下室」，幾張折椅占據小房間的中央，偵測器、示波儀與其他雜七雜八的玩意兒整齊排列在北邊靠牆的長桌上，對面牆上一塊放在鋸木架上的長板則堆放咖啡杯、一組西洋棋、吃了一半的甜甜圈、兩本平裝小說、一隻穿了草裙的塑膠玩具狗。

蕾秋安頓好之後，把咖啡壺放在玩具旁邊，檢查宇宙射線偵測器。資料和上次完全一樣：沒有發現暗室或密道，只有幾個深層雷達測不出的小壁龕，明天早上米立歐與史特凡會放部探測器進去，先用攝影光纖探探，順便檢測一下空氣，再用遙控的微機械手臂繼續挖掘。目前為止，看到的十幾個壁龕都沒有什麼有趣的東西，現在營地流傳的笑話是說，下次就會發現個比拳頭還要小的洞，裡面放著迷你石棺、小一號的甕，還有位個頭矮小的木乃伊，就如米立歐所言：「一個小巧玲瓏的圖坦卡門。」

蕾秋習慣性地試著通訊記錄器的連線能力，果然什麼都沒收到，畢竟頭上是四十公尺高的岩石。他們曾經談過要從地下室拉條電話線到地表，由於沒有迫切的需要，加上他們在此的時間也快到底了，便沒有執行。蕾秋將通訊記錄器頻道連上偵測器的資料傳遞鏈，然後放鬆坐下，準備度過一個無聊的漫漫長夜。

曾經有個元地球法老的精采故事。是齊奧普斯⑱嗎？他建立了最大的金字塔，原本要把墓室放在建築物底下正中央，卻因為幽閉恐懼症，好幾年晚上都睡不著，老想著要永遠懸在他頭上那幾萬噸的石頭，最後命令將墓室重建在大金字塔三分之二高的地方，儘管此命令非常離經叛道，但蕾秋完全可以體會法老的心情，她希望他現在，不管在什麼地方，都可以睡得安穩一點了。

於〇二一五時，就在蕾秋幾乎要睡著的時候，通訊記錄器忽然唧唧叫了起來，偵測器也狂鳴不已，她立刻就清醒了過來，根據偵測器顯示，人面獅身像頓時多了好幾個新房間，有些比原來的建築物還要大，蕾秋打開顯示幕，空氣中浮現了不停變換的模型，走廊的圖像好似莫比烏斯環一樣扭曲回繞在一起，外部偵測器顯示上層結構像風中的聚合變形塑膠扭轉彎曲，事實上更像是揮舞的翅膀。

⑱ Cheops，是古夫（Khufu）法老的希臘文名字，埃及第四王朝的第二位法老（西元前 2590-2568 年在位），在吉薩建立了埃及最大的金字塔，高四八一公尺。

蕾秋知道這一定是許多儀器同時發生了故障，但就在她試著重新校正，並記下這些資料跟她的感覺時，好幾件事情同時發生了。

她聽到上方走廊傳來了腳步聲。

所有的顯示幕一齊關閉了。

迷宮般的走道中傳來時潮警報器的聲響。

所有的燈都熄滅了。

最後這一件事完全沒道理，全部儀器都內含電源供應器，即使遭受核武攻擊也能正常運作，在地下室放的燈才新換了保證可用十年的電池，通道裡放的光球用的是生物光，完全不需電力。

無論如何，燈全熄了。蕾秋從連身服的口袋裡拿出雷射手電筒，試著打開，但是也失效了。

生命中第一次，恐懼籠罩了蕾秋．溫朝博，像一隻手攫住她的心臟，讓她無法呼吸。她命令自己站定不動十秒鐘，完全不去聽周圍的聲音，好讓驚慌消退一點。當她覺得可以正常呼吸不會喘氣時，便摸黑走到儀器旁試著重新啟動，沒反應，她拿起通訊記錄器按著開關，也沒反應……不可能啊，這可是永不損壞的固態元件以及可靠的動力電池，不過依舊沒反應。

蕾秋可以聽到脈搏的跳動，但是她再一次戰勝了恐懼，摸黑朝唯一的出口而去。光是想到她得在全然的黑暗中找到離開迷宮的路就讓她想要尖叫，不過她也沒有其他的辦法。

等等，雖然人面獅身像的迷宮裡有之前留下來的燈，考察隊後來放的光球是串在一起的，串在一起，用一條尼龍線貫串起來，一直通到地表。

好吧，蕾秋摸索著地板朝出口而去，指尖只感到冰冷的石頭，它們原來就這麼冷嗎？

一陣金屬摩擦石板的清晰聲音從出口通道傳了下來。

「米立歐？」蕾秋對著黑暗叫道：「坦雅？柯特？」

金屬摩擦聲越來越近了，蕾秋退了一步，在黑暗中撞翻一臺儀器和一張椅子，好像有什麼東西在摸著她的頭髮，她喘了口氣，舉手向上。

天花板比之前要低，結結實實的一塊石頭，五公尺見方，她舉起另一隻手去碰時還可以感到它慢慢下沉，更糟的是通往走道的開口在牆壁上半部，蕾秋踉蹌地朝著出口走去，雙手在前像盲人一樣擺動，她被一張折椅絆了一跤，摸到了放儀器的桌子，順著桌子來到另一頭，摸索著感到通道口的底端消失在天花板下，她在手指被削斷以前及時抽回。

蕾秋坐在黑暗之中，聽到一臺示波器刮著天花板，直到桌子壓垮崩塌，蕾秋只能絕望地左顧右盼，就在不到一公尺遠，忽然傳來金屬交擊的刺耳聲，又彷彿是呼吸，她向後退著，溜過突然間滿布破碎儀器的地板。呼吸聲越來越大。

一個尖銳又無比寒冷的東西抓住了她的手腕。

蕾秋終於驚聲尖叫。

當時海柏利昂還沒有超光速通訊器，軌道上的霸聯空間傳送艦法勒克斯城市號也沒有超光速通訊能力，所以索爾和莎瑞第一次聽到他們女兒出了意外，是帕爾瓦蒂星系霸聯領事館拍到大學的訊息：蕾秋受了傷，情況穩定但是昏迷不醒，醫療炬船正由帕爾瓦蒂送往網內文藝復興星，這趟旅程將花費約十天的船內時間，相當於五個月的時債。這五個月可說是索爾與莎瑞最痛苦的時候，等到醫療船抵達文藝復興的傳送門端點時，他們已經作了數千次最壞的打算，此時距離上次他們看到蕾秋已經八年之久。

達文西市的醫學中心是一座浮塔，動力全靠無線能量傳輸，從上俯瞰科莫海的景致令人嘆為觀止，然而索爾和莎瑞一層層尋找他們的女兒時，可沒有這個閒情逸致。辛醫師與米立歐・阿讓德茲在加護病房門口等著他們，彼此的介紹十分倉促。

「蕾秋呢？」莎瑞問。

「還在睡。」辛醫師說，她是位高個子的醫生，帶點貴族味，卻有一雙慈祥的眼睛。「就我們所知，蕾秋沒有受到任何……嗯……外傷，不過到目前為止，她不省人事已經將近十七個標準週，以她的主觀時間而言。直到最近十天，她的腦波才開始比較像是沉睡而非昏迷。」

「我不懂，考察站發生什麼意外嗎？她得了腦震盪？」索爾說。

「的確發生意外，但我們還不曉得到底是什麼，蕾秋……獨自待在一處遺址裡，她的通訊記錄器和其他儀器都沒有記錄到任何異常現象，除了一種被稱為反熵場的激增現象……」米立歐・阿讓德茲說。

「時潮，我們知道那是什麼，繼續說。」索爾說。

阿讓德茲點點頭，張開雙手好似在雕塑空氣。「有一陣反熵場突增……比較像是海嘯而不是漲潮……人面獅身像……就是蕾秋所在的遺址……完全被淹沒了。我是說，這事件沒有造成任何身體傷害，但是當我們找到蕾秋的時候，她已經不省人事……」他轉頭望著辛醫師求救。

「由於令嬡在昏迷狀態，因此無法將她導入冷凍神遊狀態……」醫師說。

「所以她沒有進入神遊狀態就進行量子跳躍？」索爾追問，他看過直接經歷霍金效應對旅行者造成精神傷害的報告。

「不，不，她昏迷不醒的狀態剛好和冷凍神遊一樣足以保護她。」辛醫師安慰道。

「她受傷了嗎？」莎瑞質問。

「我們還不曉得。所有的生命跡象都快回到正常程度，腦波活動也接近意識狀態，唯一的問題是她的身體似乎吸收了……就是說，反熵場似乎感染了她。」辛醫師說。

索爾抹抹自己的前額。「像是輻射傷害嗎？」

辛醫師猶豫了一會才說：「不完全是……嗯……此個案史無前例，從天崙五中心、盧瑟斯還有邁

---

⑲ Methuselah，是舊約聖經中最長壽的人，據說活了九百六十九歲。

塔克薩斯星系的老化疾病專家今天下午就會到。」

索爾盯著女醫師的眼睛。「醫師，你是說蕾秋在海柏利昂上感染了某種老化疾病嗎？」他頓了一下搜尋內心記憶。「像是瑪土撒拉症[19]或是初期阿茲海默症嗎？」

「不是，事實上，令嬡的疾病沒有名稱，這裡的醫護人員管它叫『梅林症』[20]，你曉得……令嬡生理活動速率很正常……但就我們所知，她正逆著時光變年輕。」辛醫師說。

莎瑞上前，瞪著辛醫師看，彷彿醫生患了失心瘋。「我要看我的女兒。」她說，聲音不大卻很堅定。「我現在就要看我的女兒。」

蕾秋在索爾與莎瑞抵達之後不到四十小時就醒了過來，才幾分鐘她就已經坐起身，毫不理會四周忙碌的醫護員與技師。「媽！爸！你們怎麼在這裡？」兩人還來不及回答，蕾秋看了看四周不解地問：

「等等，我在哪兒？在濟慈市嗎？」

她母親握住她的手說：「我們在達文西市的一所醫院裡，親愛的，我們在文藝復興星。」

蕾秋睜大圓滾滾的眼睛。「文藝復興？我們在萬星網內了？」她看著四周不可置信地說。

「蕾秋，妳最後記得的一件事是什麼？」辛醫師問。

這位年輕女性不解地看著醫師。「我記得的……最後一件事，是躺在米立歐身旁……」她眼神飄過父母，用指尖碰了碰自己的臉頰。「米立歐？還有其他人？他們……」

「考察隊上的人都沒事，妳發生了點小意外，大概昏迷了十七週，現在已經回到萬星網，妳同行的人都沒事。」辛醫師安慰說。

「十七週……」在還未褪去曬痕的黝黑皮膚下，蕾秋臉色非常蒼白。

索爾握住她的手。「妳覺得如何，孩子？」回握的力氣是那麼令人心疼地衰弱。

「我不曉得，爸，疲倦，頭昏，又困惑。」她打起精神。

莎瑞坐在病床上，雙手抱住蕾秋。「沒事了，寶貝，一切都沒事了。」

米立歐走進房間，鬍子沒刮，頭髮因為睡在外頭休息室而亂蓬蓬的。「蕾？」

蕾秋從母親溫暖的懷抱中看著他。「嗨，我回來了。」她有點害羞地說。

索爾一直認為醫學從用水蛭放血和用草藥療傷以來沒有進步多少，現在更加深了他的這個念頭，今日他們把病人放入離心機旋轉，重新調整一個人的生理磁場，用音波轟炸可憐的受害者，入侵細胞拷問他們的ＲＮＡ，最後只能用華麗的語言掩飾他們的無知，和過去唯一的差別只有醫藥費越來越貴。

當蕾秋的聲音喚醒他的時候，他正躺在一張椅子上打瞌睡。

⑳ Merlin，傳說中幫助亞瑟王的巫師，在懷特（T.H. White）從亞瑟王傳奇衍生的《永恆之王》（*Once and Forever King*）小說中，梅林逆著時光，從未來活往過去。

「爸？」

他坐了起來，伸手握住女兒的手。「在這兒，孩子。」

「我在哪兒，爸？發生了什麼事？」

「妳在文藝復興星的一間醫院裡，寶貝，海柏利昂上發生了一件意外，除了妳的記憶受到一點影響之外，妳已經完全沒事了。」

蕾秋緊抓著他的手。「醫院？在網內？我怎麼到這裡的？我在這兒待了多久？」

「大概五個星期，妳最後記得的事是什麼，蕾秋？」索爾低聲說。

她向後靠在枕頭上，摸摸自己的前額，發現那裡貼了一片微感測器。「米立歐和我正在開會，和考察隊討論在人面獅身像附近設立感測裝置……噢……爸……我還沒跟你講米立歐的事……他……」

「我知道，孩子，聽聽這個。」索爾說完，把蕾秋的通訊記錄器遞給她，然後離開房間。

蕾秋打開了開關，驚愕地聽著自己的聲音開始對她說話：「聽著，蕾，妳剛醒過來，妳很困惑，妳不知道妳怎麼來到這裡的。對，妳發生了一些事，孩子，聽清楚了。

「這是在聖遷後四五七年，或是舊曆西元二七三九年十月的第十二天錄的，對，我知道這是妳最後記得的一件事之後半個標準年。繼續聽著。

「妳在人面獅身像裡發生了意外，妳被時潮吞沒，它改變了妳，妳正逆著時光倒流，我知道這聽起來不知所云，但是妳的身體正一分一秒越來越年輕，不過這不是重點，當妳睡覺的時候……當我們睡覺的時候……妳就會忘卻過去，再失去一天的記憶，以及從那之後一直到意外發生的全部經歷。別問我為什麼，醫師不知道，科學家也不知道，如果妳要個譬喻的話，就像電腦病毒……從前那一種……那種會吃掉妳通訊記錄器資料的……那種會從妳最近輸入的資料開始往回吃的病毒。

「他們也不了解為什麼妳在睡夢中才會失去記憶，他們試過讓妳熬夜，但是過了大概三十小時後，妳就會昏迷不醒一陣子，病毒就會發揮作用，所以去他的吧！

「妳知道嗎？這種用第三人稱跟自己說話其實滿有幫助的，事實上，我正躺在這裡等著他們帶我去作掃描，我知道我回來的時候就會再次睡著……知道我會再次忘記一切……這真是讓我不寒而慄。

「好，如果選擇最近的紀錄，妳就會聽到我準備好的近期報告，讓妳了解意外之後發生了什麼事，對了……爸媽都在這兒，而且他們已經知道米立歐的事了，但是我已經忘記許多過去的事了，我們第一次做愛什麼時候的事，嗯？去海柏利昂的第二個月嗎？那我們沒剩幾週了，蕾秋，之後我們就只是熟人罷了，趁妳還能享受記憶的時候趕緊享受吧，大女孩！

「昨日的蕾秋，報告完畢。」

索爾進來的時候發現他女兒還坐在病床上，緊抓著通訊記錄器不放，臉色蒼白充滿恐懼。

「爸……」

他坐在蕾秋身旁聽她嚎啕大哭……這已經是連續第二十個晚上了。

在蕾秋抵達文藝復興星八個標準週之後，索爾和莎瑞在達文西市的傳送門閘口揮手和蕾秋與米立歐說再見，然後返回家鄉巴納德星。

「我覺得她不該離開醫院。」乘坐晚間交通梭回克勞伏時莎瑞抱怨著，底下的大陸是一片等待收成的矩形拼貼圖案。

「孩子的媽醫生寧願她在醫院裡待一輩子，不過他們現在只是為了滿足自己的好奇心，他們已經盡了全力……儘管毫無成效。她還有自己的生活要過。」索爾說，撫著她的膝蓋。

「可是何必……和他一起走呢？她才剛認識他。」莎瑞說。

索爾嘆了口氣，倒向椅背的靠墊。「再兩個星期她就會完全忘記他了，至少不會像現在這麼親密。你要從她的角度來看，孩子的媽，每天奮鬥著重新適應這個彷彿瘋狂的世界，她才二十五歲又正在談戀愛，就讓她高興點吧。」他說。

莎瑞轉頭看著窗戶，兩人靜靜地望著紅色的太陽像氣球一樣懸掛在夜晚的邊緣。

索爾教書到第二個學期中時，蕾秋捎了封單向通訊的訊息，是從自由洲透過傳送門送來的，她的身影像熟悉的幽靈飄在古老的全像投影艙中。

「嗨，媽。嗨，爸，對不起，我最近幾個星期都沒有寫信或是打電話給你們，我想你們知道我離開了大學和米立歐，重新學研究所的課程沒什麼用，我星期二就會忘記星期一討論了什麼，即使靠著磁碟和通訊記錄器的提醒，這還是場打不贏的仗，也許我該註冊大學部的課……我可是每門課都記得很清楚！呵，開玩笑的。

「對米立歐來說，這戀情實在太辛苦了，至少我的日記是這麼說的，我很確定那不是他的錯，他很溫柔又有耐心，愛我到最後一刻。只是……畢竟，感情不能每天從頭開始，我們的公寓充滿了我們的照片、我寫給自己關於我們的筆記、還有我們在海柏利昂拍的全像影片，可是……你們知道，一到早上他就變成全然的陌生人，到了下午我開始相信我們擁有的過去，儘管自己不記得，到了晚上，我會倒在他懷中哭泣……可是，遲早我會再次睡去。分開這樣子比較好。」

蕾秋的影像頓了一下，轉身好似要結束通訊，然後又回復順暢，她對著他們微笑。「所以呢，我離開學校一陣子了，自由洲醫學中心希望我全天到院，不過他們得排隊……天崙五研究中心提出的條件令人難以拒絕，他們提供……我想他們管它叫『研究榮譽獎金』……金額比我在南丁海瑟四年與在帝國大學花的學費全部加起來還要多。

「我也拒絕了他們，雖然我還是去看了他們的門診，但是RNA移植療程只給了我更多淤青，讓我更加沮喪。當然囉，我沮喪的原因也可能是因為每天早上起來都不記得那些淤青是哪兒來的，哈哈。

「總而言之呢，我現在會在坦雅家待一陣子，然後也許……我想我會回家一段時間，我的生日在三月……我又會再一次二十二歲了，怪吧？不管怎麼樣，待在熟人身邊總是容易一些，而且我是在二十二歲到這裡念書時認識坦雅的……我想你們了解我的意思。

「因此呢，我的房間還在嗎，媽？還是像妳老是威脅我一樣，已經改建成麻將房了？寫封信或打個電話給我，下次我會花多點錢買雙向通訊權，我們就可以真正交談。這次我只是……我以為我想……」

蕾秋揮揮手。「該走了。再會了，短吻鱷㉑，我愛你們。」

在蕾秋生日前的一個禮拜，索爾飛到巴薩德市去接她，那裡是全星球唯一的公共傳送門站。是索爾先看到她正拿著行李站在百花鐘旁，她看起來很年輕，不過沒有比他們上次在文藝復興星分離時小多少。不，索爾突然理解到！是她姿勢不再充滿自信了，他搖搖頭把這個念頭趕出腦海，張口叫蕾秋的名字，然後跑過去擁抱她。

當他鬆開手臂時，蕾秋臉上訝異之深，索爾沒法視而不見。「怎麼了，甜心？有什麼不對嗎？」這是他少數幾次看到女兒完全不知道該說什麼的時候。

「我……你……我不記得……」她結結巴巴地說，搖頭的動作還是那麼熟悉，眼淚與笑容同時出現在她臉上。「你只是看起來有點不同了，爸，我記得就像……其實真的是……昨天……才離開這裡，當我看到……你的頭髮……」蕾秋遮住嘴巴。

索爾摸摸自己的頭皮。「啊，是了。」他說，突然發現自己也快瀕臨又哭又笑的地步。「妳留學加上旅行的時間，已經超過十一年了，我老了，頭髮也禿了。」他再次張開雙臂。「歡迎回來，小子。」

蕾秋奔進他護佑的懷抱中。

幾個月來事情都很順利，蕾秋在熟悉環境中生活得比較安穩，莎瑞為了女兒病情心碎，也由於女兒重回家裡帶來歡樂而復原不少。

每日蕾秋一大早就醒來，然後看她自己錄的「新生活訓練短片」，其中包括索爾和莎瑞比她記憶中老了十幾歲的照片。索爾試著想像蕾秋的日子：在自己床上醒來，記憶清晰，二十二歲了，正在家中度過最後的假期準備去外星上研究所，然後卻發現自己的父母突然蒼老了許多，家鄉裡數百件不同的小變化，新聞也變了……好幾年的光陰已經拋下她而去。

索爾無法繼續想像下去。

他們犯的第一個錯是答應蕾秋的願望，邀請她的老朋友來參加她二十二歲的生日派對：跟上次來的是同一批，口無遮攔的妮基，唐．史都華和他的朋友賀華，凱西．歐百克和瑪爾塔．丁，還有她最要好的朋友麗娜．麥克凱勒。那時他們大夥兒才剛從大學畢業，正要脫去孩童的蛹，迎接新生活的到來。

蕾秋回來之後其實已經見過每個人，不過她晚上沉睡……於是便遺忘。而這次索爾和莎瑞也不記得其實她忘了這回事。

㉑ 原文為 See you later, alligator. 是美國兒童常用的道別語，另一方就應該回答 After a while, crocodile（回頭見，鱷魚），這裡 alligator 與 crocodile 沒有什麼特別用意，只是為了押韻而已。

妮基已經三十四標準歲，生了兩個孩子，還是活力無窮、口無遮攔，可是比起蕾秋的標準就古板太多了。唐與賀華描述著他們的投資，小孩的運動成就，還有最近度假要去的地方，凱西則無比困惑，只跟蕾秋講了兩句話，好像在跟一個冒牌貨聊天，瑪爾塔公開表示嫉妒蕾秋的青春，麗娜，這幾年成了虔誠的諾斯替禪教徒，剛見到蕾秋就難過地不停流淚，早早就離開了。

等他們都走了之後，蕾秋坐在派對結束一團亂的客廳裡，盯著沒吃完的蛋糕，她沒有哭泣。在上樓前她抱了抱母親，然後對父親低語：「爸，請別讓我再做這種事了。」

於是她便上樓去睡了。

一直到春天，索爾才再次作那個怪夢。他迷失在一處巨大、黑暗的地方，只靠著兩顆紅色光球來照亮，這次那沒有抑揚頓挫的聲音說話時再也不荒謬可笑了：

「索爾！帶著你的女兒，你唯一的女兒蕾秋，你的摯愛，去海柏利昂星一處我指定的地點，將她獻祭火焚。」

於是索爾對著黑暗大喊：「你不是已經奪走了她，你這狗娘養的！我要怎樣做才能救她？告訴我！告訴我，你這天殺的！」

索爾·溫朝博冒著冷汗醒了過來，淚水在眼眶裡打轉，憤怒在心中奔騰，他可以感覺到女兒在隔壁房間睡覺，記憶被可怕的巨蟲吞噬。

接下來幾個月，索爾像發瘋般地蒐集任何有關海柏利昂、時塚、荊魔神的資料，由於本身的學術訓練，他不可置信地發現，如此具煽動性的題目居然沒有多少確切的資料。當然，他也知道荊魔神教會的存在，雖然在巴納德星沒有分部，可是它們遍布整個萬星網。不久之後他就發現要從荊魔神教會的文獻裡找到有用的資料，就像是去佛寺裡調查鹿野苑㉒的地理環境一樣，荊魔神教會的教義中有提到時光，可是只是拿來敘述荊魔神的型態：「……從時光之外來的復仇天使」，另外也說到人類真正的時光只到元地球滅亡為止，之後的四個世紀則被稱為「偽時」。索爾發覺他們的文宣和其他宗教經典一樣，不過是含糊其辭與言不及義的組合罷了，即便如此，他決定要是他能找到稍微確切一點的頭緒，就打算立即去拜訪一處荊魔神教會。

米立歐·阿讓德茲又率領了一支考察隊前往海柏利昂，一樣由帝國大學支持，這次考察的目的在於找出並了解造成蕾秋梅林症的時潮現象，同時另一個重大發展是霸聯當局決定這支考察隊將在海柏利

㉒ Sarnath，位於印度，釋迦牟尼第一次教授佛法的地方。

昂濟慈市的領事館設立一臺超光速通訊器。儘管如此，也要花超過三年的網內時間，這支考察隊才會到達海柏利昂，索爾原本打算與阿讓德茲一起去，如同所有的全像電影劇本都會讓主角返回事件發生的原點，但沒幾分鐘他就推翻了自己衝動的直覺，他是位歷史學家和哲學家，對考察隊的成功頂多只能有些微的貢獻。蕾秋還保有考古系大學生的興趣及訓練，但是這些技能一天天減少，索爾也看不出她回到意外發生的地點會有什麼幫助，每天對她來說不過是更大的衝擊，在陌生的星球醒過來，進行一個需要她已經失去的能力的任務，再說莎瑞也不會同意。

索爾暫停他「分析齊克果倫理學之折衷道德論在霸聯法治系統上之應用」的寫作研究工作，全心蒐集關於時光、海柏利昂，還有亞伯拉罕聖經故事的古代資料。數個月的正常作息與蒐集資料工作無法滿足他需要行動的念頭，偶爾他會把脾氣發在前來探視蕾秋的醫生或科學家上，他們像朝聖者拜訪聖地一樣從四方飛來。

「這種事情怎麼可能發生呢？」他對著一個矮小的醫生大吼，這位醫生犯了兩個大錯，自以為是又對病人的父親表現出一副充滿優越感的樣子。他的頂上快禿光了，肥肥的臉則看起來好像撞球上畫的線條。「她越長越小了！」索爾喊道，抓住正想開溜的醫生。「不是說很明顯，馬上就看得出來，但是她的骨密度正在降低，她怎麼可能開始變成小孩呢？這不是和質量守恆的定律相衝突嗎？」

醫生動著嘴巴，卻結結巴巴說不出話來，他滿臉鬍子的同事接口道：「溫朝博君，先生，你得了解令嬡有……嗯……你可以把它想作一個局部的反熵空間。」

索爾轉身面對說話的人。「你是說她只是被卡在一個時光倒流的泡泡裡嗎？」

「啊……不是，也許比較好的比喻是……至少在生物學上來說……是新陳代謝的機制被逆轉了……嗯……」那位同事說，緊張地按摩著自己的下巴。

索爾打斷他的話。「胡說。她可沒有為了營養而排泄，或是反芻她的食物，那神經訊號又怎麼說呢？把電化學脈衝逆轉，訊息就成了胡言亂語，她的頭腦可是運作正常，諸位……是她的記憶正在消失，為什麼，諸君？為什麼？」

醫生終於找回了他的聲音。「我們不曉得為什麼，溫朝博君，數學上來說，令嬡的身體可以用時光倒流的方程式來描述……或是說類似通過快速旋轉黑洞的物體，我們不知道這是如何產生的，也不知道為什麼物理學上不可能的事現在會發生，溫朝博君，我們只是了解得還不夠多。」

索爾握了兩人的手。「謝謝，這就是我想知道的，祝你們歸途一切愉快。」

在蕾秋二十一歲生日的那一天，她在全家人都就寢一小時後忽然來敲索爾房間的門。「爸爸？」

「怎麼啦，孩子？睡不著？」索爾穿起睡袍，走到門旁邊。

「我已經兩天沒睡了，我吃了熬夜的藥，才看完我所有放在『知道嗎？』文件夾裡的資料。」她小聲說。

索爾點點頭。

「爸，你能跟我一起下樓小酌嗎？我有事要告訴你。」

索爾從茶几拿起眼鏡，跟女兒一起下樓去。

結果當晚成了索爾唯一一次與女兒一起喝醉的經驗，但沒有喝到酩酊大醉。他們先是聊了一會兒，然後開始說笑話和雙關語，直到兩人都開心到無法繼續為止，蕾秋又開始講另一個故事，只在最滑稽的地方喝了點酒，她實在笑得太厲害了，差點要從鼻子裡噴出威士忌來。兩人都覺得這真是世界上發生過最詼諧有趣的事了。

當他們終於不再流淚時，索爾說：「我再拿瓶酒來，我還記得莫院長去年聖誕節給了我幾瓶蘇格蘭威士忌。」

他小心翼翼地端著酒回來的時候，蕾秋已經在沙發上坐直，用手指將頭髮向後梳攏，他替她倒了點酒，兩人沉默地喝了一陣子。

「爸爸？」

「什麼事？」

「我全部看完了，看到我自己的身影，聽到我自己的聲音，看到麗娜與其他人都已邁入中年……」

「還不到中年吧，麗娜下個月才三十五歲。」索爾說。

「就是比較老嘛，你知道我的意思，不管怎麼樣，我讀了醫學報告，看了海柏利昂的照片，然後你知道嗎？」

「怎麼樣？」

「我壓根兒就不相信，爸。」

索爾放下了酒杯，望著女兒，她的臉比從前飽滿了一點，不那麼世故，還更漂亮了。

「我是說，我真的相信這些事發生過。」她邊說，嘴角帶了點害怕的淺笑。「不是說你和媽會跟我開這麼殘酷的玩笑，再加上你們……你們的年紀……還有新聞等等，我知道，這一切都是真的，但我不相信，你知道我的意思嗎，爸爸？」

「是的。」索爾說。

「我是說，今天早上我醒來的時候，就想著：太好了……明天就是古生物學期中考，而我一點書都沒念呢，我還打算秀兩下子給羅傑．薛曼看看……他老是覺得自己聰明絕頂。」

「羅傑三年前在巴薩德南方的墜機意外中去世了。」索爾喝了一口酒，要不是因為威士忌，他恐怕也說不出這些話來，但他得弄清楚有沒有另一個蕾秋躲在這個蕾秋心中。

「我知道。」蕾秋說，彎起雙腿直到膝蓋頂到她的下巴。「我查了我認識的每個人，格蘭姆死了，艾克哈特老師也退休了，妮基嫁給了一位……推銷員，四年就發生了這麼多事。」

「已經過了十一年了，往返海柏利昂的旅程，讓妳比我們待在家鄉的人少了六歲。」索爾說。

「但那是正常現象，總是有人在網外旅行，他們也能應付自如。」蕾秋抗議。

索爾點點頭。「但這次不同，孩子。」

蕾秋勉強擠出笑容，一口喝乾剩下的威士忌。「噢，說得可真委婉。」她刷地放下酒杯，發出一個尖銳又絕對的聲響。「聽著，這是我最後的決定，我花了兩天半時間看了整個她……我……準備的資料，讓我了解發生什麼事和最近的新聞……而這一點幫助也沒有。」

索爾坐著一動也不動，連大氣也不敢喘一下。

蕾秋繼續。「我是說，知道我每天越活越年輕，失去那些未曾謀面的陌生人的記憶……我是說，那以後呢？我就越來越年輕，越來越小，越來越無力，直到有一天我就消失了嗎？天啊，爸爸。」蕾秋抱著雙腿的手臂越發緊繃。「從某個詭異的角度來看，這還滿好笑的，不是嗎？」

「不是。」索爾悄悄地說。

「不，我也這麼認為。」蕾秋說，她烏溜溜的大眼睛現在盈滿了淚水。「這一定是你和媽做過全世界最恐怖的夢魘，每天早上都得看我從樓梯上走下來……非常困惑……帶著昨日的記憶醒來，卻被自己的聲音提醒說昨日其實是好幾年前，還有我曾經與那個叫阿米立歐什麼來著的人有段戀情……」

「是米立歐。」索爾輕聲說。

「隨便啦，這一點幫助也沒有，爸。等到我真正能夠開始了解它的時候，我已經筋疲力竭又得睡了。然後……你也知道會發生什麼事。」

「妳……」索爾開口，又清清喉嚨說：「妳要我們怎麼做，小子？」

蕾秋看著他的眼睛笑了，那是她從五週大以來賜給他的同樣的微笑。「別再讓我告訴我自己，爸。」她堅定地說：「別讓我告訴我，那只會帶來傷害，我是說，我沒活過那段日子……」她停了下來，按著自己的前額。「你知道我的意思，爸，那個去過外星、談過戀愛、又受過傷的……是個不同的蕾秋！我不應該承受她的痛苦。你了解嗎？你了解嗎？」她的眼淚流了下來。

「是的。」索爾說，張開雙臂，感受她的溫暖與淚水流過他的胸膛。「是的，我懂。」

儘管次年經常收到海柏利昂來的超光速通訊，卻沒有什麼好消息，反熵場的性質與來源依舊是個謎，人面獅身像附近也不再有異常的時潮波動。在潮汐區進行的動物實驗有時會造成動物摔死，但是從未得到梅林症，每封訊息米立歐總是用「吾愛蕾秋」結尾。

索爾和莎瑞用從帝國大學來的貸款做了部分波森延壽療程，他們要再延長一個世紀的壽命已經太晚，不過療程將七十歲的兩人恢復到了五十歲的面貌，他們研究過家裡的舊照片，發現還可以穿十五年前的衣服。

十六歲的蕾秋聽著大學廣播電臺，從樓上跌跌撞撞地跑下來。「我可以吃粥嗎？」

「妳不是每天早上都吃嗎？」莎瑞微笑著說。

「對啊，我只是想，也許粥已經沒有了。我聽到電話鈴響，是妮基打來的嗎？」蕾秋咧著嘴笑。

「不是。」索爾說。

「該死。」蕾秋看著她的父母說：「抱歉，但是她答應我，學測的成績一出來，她就會打電話給我，學期已經開始三個禮拜了，我以為總該聽到一些消息了。」

「別擔心。」莎瑞說，端著咖啡壺放到桌上，為蕾秋倒了一杯，也幫自己倒了一杯。「別擔心，親愛的，我保證妳的成績一定好到可以上任何一所妳想去的學校。」

「媽，妳不知道，外面可是個狗咬狗的世界。」蕾秋嘆氣說，皺著眉頭。「我的數學計錄器[23]去哪兒了？我的房間簡直一團亂，什麼都找不到。」

索爾清了清喉嚨。「今天不用上課，孩子。」

蕾秋瞪大眼睛。「星期二不用上課？離畢業只剩六週？怎麼啦？」

「妳生了病，妳可以在家休息一天，就今天。」莎瑞堅定地說。

蕾秋眉頭皺得更深了。「生病？我沒覺得不舒服呀，只是感覺有點怪，好像事情……有點不對勁，像是為什麼視聽室的沙發換了位置？還有齊普斯上哪去了？叫牠都不應。」

索爾握著女兒的手腕，他說：「妳病了好一陣子，醫生說妳醒來時可能會有些事情不記得，我們邊走去大學邊談吧，好不好？」

蕾秋眼睛亮了起來。「逃課去大學？沒問題。」她故作驚慌。「只要我們不碰到羅傑・薛曼就好，他在大學修普通微積分，最討人厭了。」

「我們不會碰到羅傑的，準備好了嗎？」索爾說。

「快好了。」蕾秋彎身向前，用力擁抱她母親。「再會了，短吻鱷。」

「回頭見，小鱷魚。」莎瑞說。

「好啦。」蕾秋開心地笑著，長髮飄逸。「準備好了。」

由於去巴薩德市的次數增加了不少，因此他們買了輛電磁車代步，在一個涼爽的秋日，索爾取道低速道路，遠在主要幹道之下，好享受農田收成的景色與香味。幾位在田裡工作的男男女女向他揮手。

巴薩德比索爾小時印象中擴張了許多，不過猶太會堂還是在城市裡最古老區域的邊緣。會堂已經很舊了，索爾自己也年紀老大，連進門時頭戴的圓頂小帽都歷史悠久，數十年的使用讓它薄了不少，但拉比倒還年輕，索爾看得出來他至少有四十歲了，兩側黑髮稀疏不少，在索爾眼中還是比小男孩大不了多少，當這位年輕人提議到對面的公園裡繼續談話時，索爾鬆了一口氣。

他們坐在公園的長椅上，索爾吃驚地發現自己還拿著圓頂小帽，雙手輪流把玩著。空氣中瀰漫著燒過的樹葉和昨夜小雨留下來的味道。

「我不太懂，溫朝博君，你是因為怪夢而心神不寧，還是擔心你開始作怪夢之後，女兒才生了病？」拉比說。

㉓ ansible，最早出現在娥蘇拉·勒瑰恩的伊庫盟系列小說中，是一種超光速即時通訊裝置，然而在本書中似乎為不同的設定。

索爾抬起頭來，陽光照在臉上。「其實都不完全正確，我只是不禁覺得這兩件事之間有所關聯。」他說。

拉比的手指畫過下唇。「令嬡多大了？」

「十三歲。」索爾不自覺地頓了一下才回答。

「那這個疾病……很嚴重嗎？有沒有生命危險？」

「不算是有生命危險，還不算。」索爾說。

拉比雙臂環繞他寬大的肚子。「你是不是覺得……我可以叫你索爾嗎？」

「當然可以。」

「索爾，你是不是覺得就是因為你作了這個怪夢……才造成你小女兒的病吧？你是這樣想的嗎？」

「不是。」索爾說，沉思了一會兒，暗暗納悶自己是否說出真話。「不，拉比，我不這麼想……」

「叫我莫特吧，索爾。」

「好的，莫特，我來這裡並不是因為我覺得我……或是我的怪夢造成了蕾秋的病，但我相信我的潛意識好像想告訴我些什麼。」

莫特前後微微搖擺著。「也許神經學家或是心理學家比較適合解決你的問題，索爾，我不確定我還可以……」

「我感興趣的是亞伯拉罕的故事，我是說，我對不同的倫理學說有些研究，但是我不太能理解一個會命令父親殺死兒子的體系。」索爾打斷他的話。

「不，不，不！」拉比大喊，在面前晃著好似小孩的手指。「最後上帝拉住了亞伯拉罕的手，祂絕不會允許以祂之名獻祭人類，祂所要求的是服從主的意旨……」

「是的，服從，但聖經裡說：『亞伯拉罕就伸手拿刀，要殺他的兒子。』上帝必定看穿了他的靈魂，發現亞伯拉罕已經準備好要殺了以撒。光是表面服從而非全心投入，絕不能滿足創世的上帝。要是亞伯拉罕愛兒子更勝於上帝，會有什麼結果呢？」索爾說。

莫特手指敲著膝蓋了一會兒，然後伸手抓著索爾的上臂。「索爾，我看得出來你對令嬡的病感到憤怒，但不要把這件事和八千年前寫的書籍混為一談，多告訴我一點你小女兒的事，我是指，至少在萬星網內，已經不再有幼童死於疾病了。」

索爾微笑起身，後退了一步掙脫了莫特的掌握。「我希望能多談一點，莫特，但是我得回去了，晚上還有課。」

「這個安息日㉔你還會再來嗎？」拉比問，伸出他短短的手指希冀著最後的接觸。

索爾把圓頂小帽塞進年輕人的手中。「改天吧，莫特，總有一天我會再來的。」

㉔ Sabbath，一週中休息之日，但猶太教中安息日是從星期五晚上到星期六晚上，而非週日。

同一年秋天，過了些時日，索爾從書房的窗口望出去，在門前唯一一棵榆樹下瞧見人影。媒體，索爾的心沉了下去，十年來他一直在擔心祕密走漏的那一天，曉得那將是他們在克勞伏的簡單生活的句點。他冒著涼颼颼的晚風出門查看。「米立歐！」等他終於看清來人的模樣時喊道。

考古學家雙手插在藍色長外套的口袋裡，上一次見面已是十年前，阿讓德茲卻沒有老多少，索爾猜他可能還不到三十歲，但是這年輕人黝黑的臉上卻滿是憂愁。「索爾。」他說，有點害羞地伸出手。

索爾熱忱地握了他的手。「我不知道你回來了，進來再聊吧。」

「不，我在外面站了一個小時了，索爾，我沒有勇氣走進那扇門。」考古學家退了半步。

索爾彷彿要說什麼卻只點了點頭，他把手插進口袋裡抵擋寒氣，此時已經可以在房子陰暗的屋頂上看到第一顆星星了。「蕾秋現在不在家，她去圖書館了，她……她以為有歷史報告要交。」他最後說。

米立歐彷彿飽受折磨般深深吸了一口氣，點點頭以示回答。「索爾，請你和莎瑞務必諒解，我們已經盡了全力，考察隊在海柏利昂待了將近三個標準年，要不是大學中止了我們的經費，我們會繼續待下去，我們實在無能為力……」他說道，聲音很沉重。

「我們知道。很感激你送來的那些超光速訊息。」索爾說。

「我花了好幾個月一個人獨自待在人面獅身像裡，根據儀器顯示，那不過是一塊了無生氣的大石頭，但有時候我覺得我好像感到……某種東西……」米立歐說，他又搖搖頭。「我辜負了她，索爾。」

「沒那回事。」索爾說，隔著絨毛外套環住年輕人的肩膀。「但我有個問題，我們和我們的參議員聯絡過……甚至還跟科委會的主席講過話……但沒人可以解釋為什麼霸聯沒有花更多的時間和金錢研究海柏利昂上所發生的現象。光是科學研究這個理由，就早該將海柏利昂納入萬星網之中，他們怎麼能忽略像時塚這樣的謎呢？」

「我知道你的意思，索爾，事實上連經費提前中止這件事也很啟人疑竇，彷彿霸聯的政策是要隔離海柏利昂。」

「你覺得……」索爾開口，但正好蕾秋踏著秋夜星空回來了，雙手深深地插進她的紅色外套口袋裡，頭髮剪得短短的像數十年前青少年流行的樣式，臉頰冷得發紅。蕾秋正在兒童與青少年的轉折點上，牛仔褲和運動鞋包著修長的雙腿，加上厚重的外套，她的身影很容易就被誤認為是個小男生。她對著他們咧著嘴笑。「嗨，爸。」她在餘光中慢慢地走了過來對米立歐害羞地點頭。「抱歉，不是故意要打斷你們的談話。」

索爾吸了口氣。「沒關係，孩子。蕾秋，這是自由洲帝國大學的阿讓德茲博士。阿讓德茲博士，這是小女蕾秋。」

「很高興認識你。」蕾秋說，眼睛亮了起來。「哇，帝國大學耶，我讀過他們的課程表，真希望將來能去。」

米立歐不自在地點點頭，索爾可以看得出他的肩膀與身體變得僵直。「妳……」米立歐開口問：

「我是說，妳大學想念哪一科？」

索爾曉得男子聲音裡的痛苦蕾秋一定聽得出來，但是她只聳聳肩笑著說：「噢，我想想，全部。艾克哈特老師，就是我在教育中心教高年級古生物學和考古學的老師，他說帝國大學的古典及古文物系棒極了。」

「的確。」米立歐勉為其難地說。

蕾秋害羞地看看父親又看看陌生人，顯然感覺到了他們之間的緊張，卻又不知何故。「我想我只會打擾你們的談話，我先回家睡覺了，我猜是因為我染上了某種奇怪病毒……媽媽說有點像腦膜炎，所以才讓我變得有點傻傻的，無論如何，很高興認識你，阿讓德茲博士，希望有天能在帝國大學看到你。」

「我也這麼希望。」米立歐說，在幽暗的星空下熱切地看著蕾秋，索爾覺得他好像要記住這寶貴瞬間的萬事萬物。

「好吧，那……」蕾秋說著向後退，鞋子的橡皮底摩擦著走道。「晚安囉。早上再見了，爸爸。」

「晚安，蕾秋。」

她在門口停了下來，草坪上的煤氣燈讓她看起來還不到十三歲。「再會了，短吻鱷。」

「回頭見，小鱷魚。」索爾說，聽見米立歐低聲同吟。

他們沉默地站了一會兒，夜晚慢慢籠罩小城，一個男孩騎著腳踏車經過，輪子發出嘎嘎的聲音，車輻在老街燈的光暈下閃耀。索爾對默默無語的男人說：「進屋子再講吧。莎瑞看到你會很高興，蕾秋已經去睡了。」

「下次吧。」米立歐說，他像個影子，手還插在口袋裡。「我得……這是個錯誤，索爾。」他轉身離去，又回頭說：「我到了自由洲再打電話給你，我們會再組織一支考察隊。」

索爾點點頭，光是回去海柏利昂就要三年，就算他們今晚出發，抵達的時候，她已經……不到十歲了。「好。」他說。

米立歐停了一下，揮揮手說再見，然後沿著人行道走了，無視腳底下踩碎的樹葉。

索爾從此再也沒有見過他。

網內最大的荊魔神教堂在盧瑟斯星上，索爾在蕾秋十歲生日前的幾個星期傳送到了此地。雖然建築物本身不比元地球上的大教堂宏偉多少，不過從外圍探向教堂的飛扶壁㉕、盤旋的上層結構及彩色玻璃拱牆營造了壯觀的視覺效果。索爾心情低落，盧瑟斯星殘酷的重力更是幫了倒忙。儘管與主教約了時間，索爾仍然等了五個多小時才獲准進入聖壇。於是那段時間他大部分都在看緩慢旋轉、二十米高的彩

㉕ Flying buttresses，是哥德式建築物的特徵之一，由於這種建築風格往往使用巨大的窗子，為避免牆壁力度無法承受拱型屋頂的重量，建築物外側常常添加額外的柱子用以支撐，稱為飛扶壁。

色鋼鐵雕像，理論上這就是傳說中荊魔神的模樣……當然也有可能是某種向歷史上各式銳利武器致敬的抽象藝術，索爾最感興趣的是在疑似頭顱的恐怖空間中漂浮的兩顆紅色光球。

「溫朝博君？」

「猊下。」索爾說，他注意到原本陪著他的輔祭、驅魔師、讀經師、守門人在主教進來的時候全都跪拜在黑色的瓷磚上，索爾深深地鞠了一個躬。

「請，請，這邊走，溫朝博君。」主教揮著長袍裡的手指著往荊魔神聖壇的門說。

索爾剛穿過門口，就發現這是一個充滿回音的陰暗地方，跟自己一再夢到的地方倒是很相似，他照主教指示的位置坐了下來，主教則回到自己像是個小王座的位子上，面前則是一張雕刻精美卻又非常現代的書桌，索爾發現主教是盧瑟斯星當地人，面頰肥胖寬厚，卻像每一位盧瑟斯星人一樣令人畏懼。縞瑪瑙色貂皮鑲邊的猩紅袍子非常引人注目……那是一種鮮豔、血液般的紅色，更像是流動的液體而非絲綢或絲絨。每隻手指都戴了一枚大戒指，紅黑相間，讓索爾感到心神不寧。

「猊下，在此，我先為任何冒犯了教會規矩的舉動道歉。我承認我對荊魔神教會所知不多，但正是由於我知曉的事，才引導我來這裡，要是我沒注意而笨拙地錯用了頭銜或是語彙，還請多多海涵。」索爾說。

主教對索爾搖了搖手指，紅黑石頭反射著微光。「頭銜並不重要，溫朝博君，一般人尊稱吾等『猊下』即可，但我們得告訴你，我們這群謙卑團體的正式名稱是『最終和解教會』，而全世界俗稱的……『史萊克』……我們則……如果一定要我們稱呼祂的名的話……是『痛苦之王』……或者較常用的『阿梵達』㉖。請說明你想要諮詢吾等的重要議題吧。」

索爾微微鞠了個躬。「猊下，我是個老師……」

「很抱歉我們得插個嘴，溫朝博君。你不單單是個老師，你是位學者。我們十分熟悉你在道德解經學的研究，其中的論述雖然有缺陷但非常具挑戰性，我們經常在教條辯論課上使用。請繼續。」

索爾眨了眨眼，他的作品除了一小撮學術圈裡的人之外，幾乎無人問津，如此的認可真讓他大吃一驚，頓了五秒鐘才回過神來，驚訝之餘，索爾寧願相信荊魔神教會主教只是想知道跟他說話的對象是誰，而且有一票優秀的助理幫他辦事。「猊下，我的背景並不重要，我來見您的目的是為了我的孩子……我的女兒……所感染的不明疾病，其原因可能是因為她在研究一個對貴教會非常重要的區域……我指的，自然是海柏利昂星上所謂的時塚。」

主教緩緩點了點頭，索爾心想他是否知道蕾秋。

「我想你曉得，溫朝博君，最近海柏利昂的自治議會已經明令禁止研究人員進入你說的區域……即我們所稱的『約櫃』？」

㉖ Avatar 是指神在凡間的化身。

「是，猊下，我聽說過這則新聞，也了解貴教會在推動這條法案上扮演重要推手。」

聞此，主教沒什麼反應，在薰香裊裊的微光中，傳來了一陣遠處的鐘聲。

「無論如何，猊下，我希望貴教會的教條能夠提供一些解決小女疾病的線索。」

主教頭向前傾了一點，於是照著他的唯一光束正好打在前額上，使眼睛遁入陰影。「你希望我們提供講授教會奧義的宗教課程嗎？」

索爾用一根手指捋了一下鬍子。「不是，猊下，除非這麼做能夠幫助小女復原。」

「那麼是令嬡希望加入最終和解教會嗎？」

索爾猶豫了一下。「同樣的，猊下，她希望能復原，如果加入教會能夠治癒或幫助她的話，我們會慎重考慮。」

主教向後靠去，長袍發出一陣窸窣聲，衣服的紅色似乎從他的袍子散進了空氣之中。「你指的是生理上的健康，而我們教會則是心理救贖的最後仲裁者。你知道，前者的狀態總是基於後者的健康？」

「我知道這是個亙古恆常的主張。我與我太太所在意的是小女的整體健康。」索爾說。

主教巨大的頭倚在一只拳頭上休息。「請問令嬡患的是什麼病，溫朝博君？」

「是……是個與時間有關的疾病，猊下。」

主教忽然緊張地向前挪。「請問令嬡是在哪個聖址得到這個症狀，溫朝博君？」

「是個叫作人面獅身像的建築物，猊下。」

主教驀地站了起來，桌上的文件都被撞到地上。就算不穿長袍，這個人也足足有索爾的兩倍壯，現在加上了從頭包覆到腳的飄揚袍子，荊魔神教士像轉世死神一樣聳立索爾面前。「你可以走了！」主教咆哮著：「你的女兒是世界上最幸福也是最受詛咒的人，無論是你、教會……亦或世上的任何一人……都已經不能再幫助她了。」

索爾屹立不搖，或者該說堅決不讓。「猊下，有無可能……」

「沒有！」主教大喊，滿臉通紅，這下可是全身上下顏色都一致了。他敲了一下桌子，驅魔師與讀經師出現在門口，黑色紅邊的袍子彷彿主教的邪惡化身，全身黑色的守門人則與陰影融為一體。「面談結束了。」主教說話不再那麼大聲，語氣卻充滿決斷。「阿梵達選上了令嫒贖她的罪，有朝一日這是所有罪人與不信神的人都將面臨的命運，末日已近。」

「猊下，如果我能再花您五分鐘……」

主教手指啪地彈了個響指，驅魔師們向前護送索爾離開，他們全是盧瑟斯人，任何一個都可以打倒五個像索爾這樣的學者。

「猊下……」索爾掙脫第一個人的手，其他三位驅魔師走過來幫忙，同樣結實的讀經師則站在一旁虎視眈眈，主教轉過身去，好似望著黑暗。

外壇回響著打罵聲與索爾腳跟拖在地板上的聲音，當索爾的腳與帶頭讀經師身體中最不聖潔的器官接觸時，對方倒抽一口氣。爭執的結果並沒有改變，索爾被丟到街上，守門人最後轉身離去的時候，把索爾飽受蹂躪的帽子扔給了他。

在盧瑟斯星多待十天只造成索爾的重力疲倦，教會不再接他的電話，法院不肯讓他強行進入荊魔神教會，驅魔師總是在門後的前廳等待。

索爾傳送去了新地球、文藝復興、富士星、天崙五中心、天津三和天津四，但每處的荊魔神教會都拒絕見他。

直到又累又沮喪，錢也花光了，索爾才傳送回巴納德星，從長期停車場中把電磁車開了出來，在蕾秋生日前一個小時回到家中。

「你有帶禮物給我嗎，爸爸？」十歲大的蕾秋興奮地問著，莎瑞那天才跟她說索爾出遠門去了。

索爾拿出了一個包好的禮物，裡面是《清秀佳人》全集，儘管那並不是他真正想要給她的禮物。

「我可以打開嗎？」

「孩子，等會兒和其他禮物一起拆吧。」

「喔，拜託啦，爸爸，在妮基和其他朋友到這裡之前，就先拆這一樣嘛？」

索爾看了看莎瑞，她搖搖頭，蕾秋還記得前幾天她已經邀請了妮基、麗娜和其他朋友來參加生日宴會，莎瑞還沒想出該找什麼藉口推託。

「好吧，蕾秋。派對開始前就這一樣喔。」他說。

當蕾秋撕著包裝紙時，索爾看到了客廳裡那個巨大的盒子，上面繫著紅色緞帶，當然就是那輛新的腳踏車。蕾秋在生日前就已經要求了一年，索爾疲倦地猜測著她明天在生日之前就發現新的腳踏車時是否會感到驚喜。也許他們今晚在蕾秋睡覺的時候就該把腳踏車丟掉。

索爾癱在沙發之中，紅色緞帶只讓他想起主教的長袍。

莎瑞從來就不喜歡拋棄過去的東西，每次她整理清洗蕾秋穿不下的衣服時，不知為什麼索爾知道她總是會偷偷掉淚。莎瑞珍惜蕾秋成長的每個階段，享受一日復一日的常態，她默默地接受，將此視為最美好的生活，她向來都覺得人類生命的精華不在頂峰，像是洞房花燭或是大勝而歸，那種在任何印象中彷彿古時候月曆上畫了一個大紅圈圈的日子。精華其實是在微物之間感覺不到的流動，週末下午家裡每個人沉浸在自己的消遣中，僅有偶然的交流與聯繫、馬上就遺忘的對話，但就是這些時間的總合，共同創造出重要且永恆的感覺。

索爾發現莎瑞在閣樓上哭著東翻西找，流的不是因為過去終結的平和淚水，而是她的憤怒。

「怎麼了，孩子的媽？」

「蕾秋需要衣服，每件都太大了，八歲穿的七歲就嫌大，我記得這裡還有些她以前的衣服。」

「別找了，我們再買些新的就是了。」索爾說。

莎瑞搖搖頭。「然後讓她每天懷疑為什麼她最喜歡的衣服都不見了？不行，我記得我明明有留幾件下來，就放在某個角落。」

「下次再找吧。」

「該死的，沒有下次了！」莎瑞大叫，忽然轉頭背對索爾，臉埋在雙手裡。「對不起。」

索爾伸手抱著她，儘管做了部分波森延壽療程，她裸露的手臂比他印象中瘦了許多，只剩粗糙皮膚包著關節與骨頭，他緊緊地擁著她。

「對不起。」她又說了一次，眼淚嘩啦啦地流了下來。「只是這太不公平。」

「的確，這不公平。」索爾同意。從滿布灰塵的閣樓窗戶照進來的陽光，帶有一種教堂裡的悲傷特質，索爾一直都很喜歡閣樓悶熱與陳舊的味道，彷彿使這個很少使用的地方像是充滿了未來的寶藏。今日，這個影像幻滅了。

他蹲在一個箱子旁。「來，親愛的，我們一起找。」

蕾秋持續快樂、積極地過著生活，只是每天早上醒來時總覺得前後不一致有點困擾，不過隨著她年紀越來越小，解釋一夕之間就改變的事情也越來越容易，譬如說門口的老榆樹不見了、街口奈斯貝特君住的老式殖民時期房子成了新的公寓、朋友忽然都消失了等等，索爾從不知道小孩子的可塑性竟是如此高。他如今想像蕾秋好似衝上時間的波峰，看不見下方深不見底的大海，光靠著她一小塊的記憶維持著平衡，每天全心全力地過著「此時此刻」配給她十二到十五個小時的生活。

索爾和莎瑞都不想讓蕾秋停止與其他小孩往來，但要找到願意的人還真是困難，蕾秋總是很高興和其他「新來的」的男孩女孩玩耍，像是其他教授的小孩、朋友的孫兒女、有一陣子還包括了妮基的女兒，但要其他小孩習慣蕾秋每天總是重新自我介紹，之前的經歷完全忘卻，便只有很少數的人夠體貼到寧願為了多個玩伴繼續裝下去。

蕾秋特殊的疾病在克勞伏鎮自然不是個祕密，在蕾秋回來的第一年全大學就知道了，不久之後便傳遍了整個鎮。克勞伏鎮的居民則報以自古以來小城住戶的標準反應，像是有些人總是無法不嚼舌根，還有些人則是不斷指指點點，嘆息或竊笑著他人的不幸，然而大部分的人則像是笨拙而慈愛的母鳥護著幼兒一般將翅膀罩著溫朝博家。

儘管如此，他們仍然維持著原本的生活，即使當索爾必須為了蕾秋四處尋覓醫生而減少上課時數，以致於必須提早退休時，蕾秋真正的病因從未外洩。

可是這種情況不可能持續太久，春天的某一日，當索爾踏出家門，看見七歲大的女兒哭著從公園跑回來，後面跟著一群新聞記者，相機不停閃爍，人手一臺的通訊記錄器向前伸，他知道這段平靜的生活到底告終了。索爾趕緊出門奔向蕾秋身邊。

「溫朝博君，請問令嬡真的患了時間絕症嗎？七年之後會發生什麼事？她會消失嗎？」

「溫朝博君、溫朝博君！蕾秋說現任總裁還是雷本．道爾，而今年是西元二七一一年，她已經失去前三十四年的記憶嗎？還是這只是梅林症產生的一種幻覺？」

「蕾秋！妳還記得妳是個成人的日子嗎？請問再次變成小孩感覺怎麼樣？」

「溫朝博君、溫朝博君！一張就好，拜託！你要不要拿張蕾秋大一點時候的相片，然後你和蕾秋一起凝視著它？」

「溫朝博君！這是時塚的詛咒嗎？蕾秋看見怪物史萊克了嗎？」

「嘿，溫朝博！索爾！嘿，索爾兄！小孩將來消失之後，你和你太太打算怎麼辦？」

有個記者擋住了索爾返回家門口的路，那個人傾身向前，眼睛上佩戴立體相機鏡頭向前伸，正準備照張蕾秋的特寫，索爾一把抓住那個人長髮編成的辮子，用力扯到一旁。

狼群般的記者堵在房子外頭聒噪叫囂了整整七個禮拜，索爾頓時明瞭那些他知道卻已經遺忘的小社區優點：雖然他們常常很討人厭、總是目光狹隘、有時候還喜歡挖個人的八卦，不過卻從未認同所謂「大眾知的權利」的嗜血傳統。

然而萬星網很喜歡這一套。與其讓家人成為記者包圍的囚犯，索爾轉守為攻，接受收視率最高的有線電視臺訪問，參與了萬事議會的討論，親自出席群星廣場醫學研究大會，在十個標準月內，他拜訪了八十個星系尋求幫助。

數以萬計的援助像潮水般湧進，可是大部分資訊都是來自信徒、行銷計畫人、獨立研究者和研究機構等，希望靠免費服務換取名聲，荊魔神教徒或其他宗教狂熱份子則指出蕾秋活該受懲，廣告機構希望蕾秋能夠為他們的產品背書，各式經紀人希望幫蕾秋「處理」為產品背書的案子，更多是來自一般大眾的同情信，往往附上了信用幣或是表達對科學家的不信任，另外就是全像電影製作人與各大出版商搶著要蕾秋傳記的獨家版權，最莫名其妙的就是一堆房地產廣告。

帝國大學資助了一組人員負責檢視這些信件，看有沒有任何能夠幫助蕾秋的資訊，其中絕大部分都被直接拋棄，雖然他們曾經認真考慮過一些研究或醫療機構的計畫，然而最後，實在沒有發現任何蕾秋尚未嘗試過的研究方向或實驗性療法。

有則超光速簡訊吸引了索爾的注意力，那是希伯崙星和平村公社[27]主席寄來的，內容簡潔有力：

撐不下去便來。

很快地事情就令人難以承受了，過了幾個月公共宣傳後，新聞記者似乎放棄了包圍的主意，但這不過是暴風雨前的寧靜，八卦報紙開始稱呼索爾為「流浪的猶太人」：絕望的父親流浪四方，為孩子的怪病尋找解藥，這對討厭旅行的索爾真是一則諷刺。莎瑞無可避免地被叫作「傷心的母親」，蕾秋則是「命定的孩子」，或是有家報紙用的腥煽標題：「時塚詛咒之處女祭品」。現在出門沒人能閃躲藏匿在

㉗ Kibburz，猶太公社，或直譯為奇布茲。是一種以色列共同屯墾社區，基於財產共有、合作生產、消費及教育的社會理念而建立的。第一所公社是來自東歐的猶太人約於一九〇九年所建，為克服當時巴勒斯坦地區的嚴苛環境，他們採用了一種結合猶太教與社會主義的集體社區體制，為後來以色列建國運動提供了大量人才。近幾十年來，有些公社採取私有化，與其他地區的資本主義社區已經沒有太大的不同。

樹下的記者或攝影師。

克勞伏鎮民發現溫朝博家的不幸有利可圖。一開始每個人都謹守道德底線，但自從巴薩德市來的創業家開起禮品店賣T恤，組織旅行團，還附上簡介短片，觀光客也越來越多，當地商家起先非常慌張，然後猶豫不決，最後一致同意：要是有商機的話，也不能光給外地人白賺。

在四百三十八年相對上的與世隔絕之後，克勞伏鎮蓋了第一座傳送門閘口，觀光客不再需要浪費時間從巴薩德搭二十分鐘的飛機，來此旅遊的人數直線上升。

他們搬家的那天大雨滂沱，街道空無一人，蕾秋並沒有哭，但一早到晚眼睛都睜得大大的，刻意壓抑著自己的聲音，再十天就是她六歲生日了。「可是，爸爸，我們為什麼要搬家呢？」

「事情就是這樣，蜜糖。」

「可是到底為什麼呢？」

「我們必須這麼做，小傢伙，妳會喜歡希伯崙，那裡到處都是公園。」

「可是為什麼你從來就沒有提過我們要搬家呢？」

「我們講過的，小甜心，妳一定是忘了。」

「那格蘭姆兄弟、理查叔叔、泰莎阿姨、首爾叔叔跟其他人怎麼辦呢？」

「他們隨時都可以來拜訪我們啊。」

「那妮基、麗娜還有我的朋友怎麼辦呢？」

索爾一言不發地把最後一件行李放進電磁車裡，房子已經清空賣掉了，家具或售或已送達希伯崙，一整個星期訪客絡繹不絕：親戚、老朋友、大學同事、甚至還有幾個照顧蕾秋十八年的帝國大學醫療團成員，然而現在街上空蕩蕩一個人也沒。潺潺雨滴打在老電磁車上的透明壓克力天窗，形成了複雜的河流，三個人坐在車裡看著房子好一陣子，車子裡充滿濕棉襖與濕頭髮的味道。

蕾秋緊緊抱著莎瑞六個月前從閣樓裡挖出來的泰迪熊，她說：「這不公平啊！」

「的確，一點都不公平。」索爾同意，

希伯崙是顆沙漠行星，四百年來的環境地球化工程才產生了可供呼吸的大氣層與幾百萬畝可耕種的土地，在人類到來之前，這裡的動物體型很小，體格強韌，極度謹慎，後來從元地球遷過來的動物也是如此，其中包括了人類。

「啊！我們猶太人是多麼自虐啊，聖遷開始時有兩萬顆偵查過的星球適合我們居住，那群猶太呆瓜偏偏選了這裡。」當他們抵達太陽炙熱的丹鎮和平村公社時，索爾不禁怨嘆。

但首批殖民者和索爾來到此地並非為了自虐，希伯崙固然大部分都是沙漠，但是富饒的土地卻又是驚人地肥沃。西奈大學舉世敬重，醫學中心常常照顧頂級病人，為公社群帶來不小的收益，希伯崙只在新耶路撒冷有一座傳送門，其他地方一概不准設立。希伯崙不屬於霸聯或其領地，對觀光客課以非常高的通行稅，旅遊也僅限新耶路撒冷一城，對任何想要隱居的猶太人，這裡恐怕是人類踏過的三百顆星球中最安全的地方。

雖然號稱是公社，但這主要是基於傳統的名稱，而非真正的運作方式。大夥兒歡迎溫朝博一家住進他們的房子，一棟儉樸、用曬乾泥磚蓋的小屋，外形渾圓而非四四方方，地板則是木頭。身處山坡之上，從窗外看去，在橘子與橄欖園後就是一片一望無際的沙漠。這裡的太陽似乎把一切都曬乾了，索爾心想，連顧慮與噩夢都一併終結。陽光可以具體感受到，傍晚時他們的房子在太陽下山後還會泛著粉光整整一小時。

每天早上索爾總是會坐在女兒床邊等她醒來，她醒來後最初幾分鐘的困惑總是讓索爾十分傷心，但是他得確定自己是蕾秋每天起來看見的第一個人，他摟著她，讓她問問題。

「我們在哪裡啊，爸爸？」

「在一個很美好的地方，小傢伙。早餐的時候我再跟妳講一切經過。」

「我們怎麼到這裡的？」

「傳送、坐飛機、後來又走了點路，其實不是那麼遠……不過已經可以算得上是一次冒險了。」

「但是我的床……還有抱的動物娃娃……我怎麼不記得來這裡的經過？」

他會這麼說。

接著索爾會溫柔地抱著她的肩膀，看著她的褐色眼睛說：「妳發生了意外，蕾秋。還記得《思鄉的蟾蜍》中泰倫斯撞到頭，然後有好幾天忘了自己住在哪裡嗎？有點像那個樣子。」

「我好一點了嗎？」

「是的，妳好很多了。」索爾會說，接著屋裡會充滿早餐的香味，兩人一起走上陽臺，與在外頭等待的莎瑞會合。

蕾秋的玩伴比以前更多，她永遠都是公社學校歡迎的訪客，學校每天都像對待新客人一樣招呼她，漫漫午後，她與兒童一起在果園玩耍，探索懸崖。

議會長老艾弗納、羅伯特和以法連鼓勵索爾繼續完成他的著作。希伯崙一向對它所庇護的學者、藝術家、音樂家、哲學家、作家和作曲家非常自豪，視他們為長期居住的公民。他們指出索爾的房子是政府的餽贈，而索爾的退休金，雖然以萬星網的標準不算多，對他們在和平村的儉樸生活來說也綽綽有餘。更令索爾吃驚的是，他發現自己居然喜歡體力勞動，無論是在果園工作、在荒田中撿石頭、還是修理城牆，索爾發現自己的心靈比過去幾年都要更加自由，他發覺自己可以在等著水泥乾的時候與齊克果搏鬥，可以在小心檢查蘋果有沒有蟲的時候從康德與凡杜瓦中洞察新的思維。在七十三標準歲的那一年，索爾手上長了第一個繭。

傍晚時分，他會與蕾秋玩耍，然後跟莎瑞一起在丘陵上散步，讓茱蒂或其他鄰居女孩照顧他們沉睡的孩子。有個週末他們一同去了新耶路撒冷，就索爾和莎瑞兩人，自十七年前蕾秋回家團聚之後，這是這麼久以來他們第一次獨處。

但並非每一件事都像詩歌描述的那樣美好，不知有幾個晚上，索爾會從床上獨自驚醒，赤腳走過客廳才發現莎瑞在靜靜地看著蕾秋睡覺。往往在漫長的一日結束後，幫蕾秋在老舊的瓷磚澡缸中洗澡時，或在牆壁發著粉光、哄她入睡時，孩子會問：「我喜歡這裡，爸爸，可是我們明天可以回家嗎？」索爾總是點點頭，而在說過床邊故事、唱過搖籃曲、吻過晚安，確定她已經睡了，正想要躡手躡腳地走出房門時，也會聽到從棉被裡傳來含糊不清的聲音說：「再會了，短吻鱷。」他只得回答：「回頭見，小鱷魚。」之後當他也躺在床上，枕邊傳來摯愛的人輕輕的、彷彿已經睡著的呼吸聲。索爾則會看著希伯崙兩顆月亮投下的白光爬過粗糙的牆壁，開始與上帝對話。

和上帝對談了好幾個月，索爾才發現自己在這麼做，令他覺得十分可笑。他們的對話不是以祈禱的形式，而是憤怒的獨白，與無謂的謾罵僅差之毫釐，接著轉成了與自己的激烈辯論，然而他不光是和自己辯論，索爾有天理解到這些激辯的主題是如此深奧、其中意涵是如此嚴肅、包含的基礎如此廣闊，他唯一能指責的對象就是上帝本身。索爾一向都覺得有個全知全能的上帝、天天憂心人類而無法安枕、並不時插手凡人生活的觀念荒謬絕倫，因此開始與上帝對話，不禁讓他懷疑自己精神是否正常。

雖然如此，對話仍然繼續。

索爾想要了解任何一個倫理學說——更別說是個不屈不撓地撐過人類所有邪惡考驗的宗教——怎麼

能源自一個上帝叫父親殺死自己兒子的命令，雖然這個命令在最後被撤消了，對索爾來說並不重要，儘管這個命令的目的是在測試服從心也不重要。事實上，最讓索爾憤怒的正是因為亞伯拉罕靠著服從就成了以色列各族的祖先㉘。

於是在花費五十五年的生涯研究倫理學說之後，索爾．溫朝博獲致了一個堅定不移的結論：只要任何神祇、觀念，或是普世原則的信仰，把服從放在對無辜人類的正派行為之上，那麼這個信仰必定是邪惡的。

——那麼，請定義「無辜者」。傳來了一股帶點嘲諷又帶點挑剔意味的聲音，這是索爾想像中與他爭辯者的口氣。

——孩子是無辜的，索爾心想，以撤如此，蕾秋也是。

——光因為是個孩子就可被稱為「無辜者」嗎？

——是的。

——任何情況下，都不能讓無辜的人流血，以成就更偉大的目的嗎？

㉘ 舊約聖經創世紀第十七章，耶和華對亞伯拉罕說：「……因為我已立你作多國的父。我必使你的後裔極其繁多。國度從你而立，君王從你而出。我要與你並你世世代代的後裔堅立我的約，作永遠的約，是要作你和你後裔的神。我要將你現在寄居的地，就是迦南全地，賜給你和你的後裔永遠為業，我也必作他們的神。」

——不行，索爾心想，任何情況都不行。

——不過我猜「無辜者」並不僅限於孩子。

——索爾猶豫了一下，感覺出來這有個陷阱，試著理清他潛意識的對話者想要引向的目的，結果什麼都沒想出來。是的，最後他想：「無辜者」可以包括孩子以外的人。

——例如蕾秋嗎？在她二十四歲的時候？無辜的人無論幾歲都不能犧牲？

——沒錯。

——也許這就是亞伯拉罕在成為世上多國的父之前所要先學得的教訓。

——什麼教訓？索爾心想，什麼教訓？但是腦中的聲音已然逝去，只剩外頭夜鶯的啼叫與枕邊妻子溫柔的呼吸聲。

蕾秋五歲的時候還能念書，索爾老是想不起來她是什麼時候學會念書，印象中她好像一直都會。「四標準歲時，那是個初夏的日子……她生日三個月後，我們在大學旁的草地上野餐，她正盯著《小熊維尼》的故事書，然後突然說，『我聽到腦中有個聲音。』」莎瑞說。

索爾頓時想了起來。

他也想起了他和莎瑞那時對蕾秋快速學習新技藝的能力多麼引以為傲，他記起的另一個原因是他們現在正經歷著完全逆轉的過程。

「爸，媽生日過了幾天了？」蕾秋趴在他書房地上小心地塗鴉著。

「媽生日是月亮日。」索爾說，全神貫注地看著手中的資料，莎瑞的生日還沒到，不過蕾秋卻記得已經過了。

「我知道，可是到底過了幾天了？」蕾秋說。

「今天是托爾日。」索爾說，正讀著塔木德經中關於服從的一段冗長論文。

「我知道，可是到底是幾天嘛？」

索爾放下手中的書。「妳能夠講出一個星期中的每一天嗎？」巴納德星還使用舊月曆系統。

「當然囉，神農日、太陽日、月亮日、提爾日、奧丁日、托爾日、芙蕾亞日、神農日㉙……」

「妳神農日說了兩次。」

「對，可是到底過了幾天嘛？」

「妳能夠從月亮日數到托爾日嗎？」

蕾秋皺著眉頭，嘴唇默念著。然後她又試了一次，並拿出手指來算。「四天嗎？」

㉙西方語言中星期的表達法多源於拉丁語，以日月與火、水、木、金、土五大行星命名，在基督教崛起後略有變動。英語基本上採用基督教崛起前的用法，但改稱以對應的北歐或羅馬神名：星期日（Sunday）即太陽日，星期一（Monday）為月亮日，星期二（Tuesday）源自北歐戰神提爾（Tyr），星期三（Wednesday）紀念北歐主神奧丁（原為Woden），星期四（Thursday）取自北歐雷神托爾（Thor），星期五（Friday）來自北歐女神芙蕾亞（Freya），星期六（Saturday）則沿用自羅馬的農神薩頓（Saturnus），亦即土星名的由來。

「很好，妳可以告訴我十減四是多少嗎，孩子？」

「減是什麼意思啊？」

索爾強迫自己轉頭回去看書。「沒什麼，妳以後上學就會懂了。」他說。

「我們明天可以回家嗎？」

「可以。」

現在蕾秋已經不到上學的年齡了。有天早上，在她跑出去和茱蒂等別的小孩一同玩耍時，莎瑞說：「索爾，我們得帶她去海柏利昂。」

索爾瞪大眼睛看著她。「什麼？」

「你聽到我的話了，我們不能等到她更小連走路……說話都不會，況且，我們也不是越活越年輕。聽起來很怪，對不對？但我們的確不會更年輕了，波森延壽療程再過一兩年就會慢慢失效了。」莎瑞擠出了悲傷的笑容。

「莎瑞，妳忘了嗎？醫生都說蕾秋無法撐過冷凍神遊，但從來就沒有人能夠不進入神遊狀態就進行超光速旅行，霍金效應可是會讓人瘋狂……甚至更糟。」

「那不重要，蕾秋一定得回海柏利昂。」莎瑞說。

「妳到底在胡說些什麼？」索爾說，憤怒了起來。

莎瑞握住他的手。「你以為你是唯一作那怪夢的人嗎？」

「什麼怪夢？」索爾勉強出口。

她嘆了口氣，在廚房的白色桌子旁坐下來，晨光像黃色聚光燈一樣照在窗臺的植物上。「黑暗的地方，上頭有著紅色的燈火，那聲音告訴我們……告訴我們要帶……去海柏利昂，去……獻祭。」她說。

索爾舔舔嘴唇，發現自己口乾舌燥，心中忐忑不安。「祂喚著誰……誰的名字？」

莎瑞不解地看著他。「我倆的名字，如果你不在……不和我一起在我的夢中……我是不可能瞞你這麼多年的。」

索爾癱在椅子上，看著桌上那隻陌生的手掌與前臂，手指關節因為風濕有點腫大，前臂上全是墨色的靜脈及黑斑，當然這是他的手，他聽到自己的聲音說：「妳從來沒有提過，連一個字也沒說……」

這次莎瑞的笑不再有痛苦。「好像我非說不可！好幾次我們一同在黑夜中驚醒，你身上全是冷汗，我終於知道那不只是個夢，我們非去不可，孩子的爸，去海柏利昂。」

索爾動了動他的手，儘管感覺起來還是不像自己的。「為什麼？天殺的，為什麼，莎瑞？我們不能……獻上蕾秋……」

「當然不行，孩子的爸，你沒有想過嗎？我們得去海柏利昂……無論那個夢指示哪裡我們都得去……然後犧牲我們自己。」

「犧牲自己。」索爾重複道，他懷疑自己是不是得了心臟病，胸腔非常疼痛，幾乎無法呼吸。他沉默地坐了整整一分鐘，相信自己若是敢開口講任何一個字，必定只會變成徒然的啜泣。又過了一分鐘他才說：「妳這個念頭已經有……多久了，孩子的媽？」

「你是說什麼時候領悟我們必須做的事嗎？一年又多一點，就在她五歲生日過後不久。」

「一整年！妳怎麼一句話也不講？」

「我在等你，等你了解，等你領悟。」

索爾搖搖頭，房間看起來彷彿變得好大，又有點傾斜。「不，我是說，這不是說……我得好好想一想，孩子的媽。」索爾看著那陌生的手撫摸著莎瑞熟悉的手。

她點了點頭。

索爾在乾旱的山裡待了三天三夜，只吃自己帶來的硬麵包，喝集水瓶裡的水。

過去二十年來有千百萬次他希望可以代替蕾秋得病，若是必定要有人受苦的話，那也應該是父親而非孩子，任何父母都會這麼想，特別是每次他的小孩受了傷或發燒而痛苦不堪的時候。顯然答案不可能這麼簡單。

就在第三天下午的熱浪中，躺在一塊薄石板陰影下打盹時，索爾領悟了這答案的確不是那麼簡單。

——這有可能是亞伯拉罕對上帝的回答嗎？他寧願犧牲自己，而不是以撒？

——這可以是亞伯拉罕的回答，但卻不能是你的。

——為什麼？

彷彿是個回答，索爾在發燒中看到了異象，赤裸的人在守衛監視下排隊走進火爐，母親們把小孩藏在衣服堆下，男女穿著燒爛的衣服帶著恍惚的孩子走在化為灰燼的城市裡。索爾知道這些並不是夢境，而是第一次與第二次猶太人大屠殺的真實景象，於是他在心中的聲音回應前就明白了那答案是什麼，再也清楚不過了。

——父母已然奉獻了自己，神也接受了他們的犧牲，我們已經超越了這個答案。

——那麼是什麼？是什麼？

回答只有沉默，索爾站在陽光直射的天空下，幾乎跌倒，一隻黑色的鳥在頭上盤旋，卻也可能只是他的幻覺，索爾握拳對著鐵灰色的天空揮舞著。

——你利用納粹作你的工具。瘋子，怪物，你自己就是個天殺的怪物。

——非也。

一陣天旋地轉，索爾斜倒在尖銳的石頭上，他覺得這跟倚在粗糙的石壁上沒什麼兩樣，一塊拳頭大的石頭在胸中燃燒。

——對亞伯拉罕而言，正確的答案是服從，索爾心想，道德上來說，亞伯拉罕自己就是個孩子，那時所有人都是，而對亞伯拉罕兒子的正確答案，則是長大成人然後代替父親犧牲自己。那對我們而言正確答案又是什麼呢？

仍然沒有回答。天與地不再迴旋。過了一會索爾才踉蹌地站了起來，抹去臉頰旁的砂礫與血跡，走回山谷底下的城鎮。

「不，我們不去海柏利昂，那不是正確的解決方法。」索爾告訴莎瑞。

「那你就要我們什麼也不做？」莎瑞嘴唇泛白地回答，但聲音卻非常堅定。

「不是，我們不能作錯誤的決定。」

莎瑞深深吐了一口氣，指著窗外在後院騎著玩具馬的四歲女兒。「你覺得她能一直等待我們下決定……哪怕是錯誤的決定嗎？」

「坐下，孩子的媽。」

莎瑞繼續站著，棕色棉衫上沾了一點撒出來的糖，反射出隱微的亮光，索爾回想起那年輕女子在茂宜—聖約星上浮島尾波的點點磷光中赤裸著起身的景象。

「我們一定得做些什麼。」她說。

「我們已經見過一百多位醫學與科學家了，她已經被二十個以上的研究機構仔細測試、嚴密檢查、又戳又捅，額外折磨了半天。我去過萬星網每個星球的荊魔神教會，沒一個願意見我，米立歐與其他帝國大學的海柏利昂專家說荊魔神教會文獻中沒有與梅林症相關的紀錄，海柏利昂當地也沒有關於這種疾病的傳說或任何解藥的線索。考察隊在海柏利昂待了三年一無所獲，而現在研究已被立法禁止，只有所謂的朝聖者能夠進入時塚，甚至連申請前往海柏利昂的觀光簽證也幾乎不可能。另外，如果我們帶著蕾秋的話，她可能會死在旅程上。」

索爾暫停了一下吸口氣，再次握著莎瑞的手臂。「很抱歉我得重複這一切，孩子的媽，可是我們已經做了很多。」

「還不夠，那我們以朝聖者的身分前往如何？」莎瑞說。

索爾挫折地交疊雙臂。「荊魔神教會從數千個志願者當中選出這些犧牲受難者，萬星網多的是憂鬱愚笨的傢伙。沒有幾個活著回來。」

「那不正說明了什麼嗎？有東西在捕食這些人啊。」莎瑞急促地低語著。

「土匪吧。」索爾說。

莎瑞搖搖頭。「是魔像。」

「妳是指荊魔神。」

「魔像，就是我們在夢中看到的那一尊。」莎瑞堅持。

索爾不安了起來。「我在夢中沒見到什麼魔像，妳是在說什麼？」

「就是那雙監視的紅眼，就是蕾秋當晚在人面獅身像裡聽到的那尊魔像。」莎瑞說。

「妳怎麼知道她聽到了什麼？」

「都在夢中，就在我們進入那魔像盤據的地方之前。」莎瑞說。
「我們作的不是同一個夢，孩子的媽，孩子的媽……妳怎麼之前都沒提到這些事情？」索爾說。
「我以為我快瘋了。」莎瑞呢喃。
索爾想起了自己與上帝的祕密對話，伸手抱住了妻子。
「噢，索爾，這一切如此令人難受，這裡感覺又那麼孤寂。」她對著他細語道。
索爾摟住她。他們曾經試著回巴納德星的家鄉拜訪親戚朋友好幾次，但是每次都被成群的新聞記者和觀光客給破壞殆盡，這也不是那些親朋好友的錯，新聞透過巨型數據圈在瞬間就能傳遍萬星網一百六十顆星球，想要一飽好奇心，只須用萬用卡在任何傳送門閘口刷一下便可穿過空間的阻礙。他們有試過偷偷摸摸用假名旅行，然而他們可不是間諜，所有努力全是白費工夫。抵達萬星網不到二十四小時，他們就會被大眾包圍，儘管各大研究機構或醫療中心都能提供安檢設施，這對親戚朋友來說可是一大麻煩，蕾秋畢竟是大新聞。
「也許我們該再邀請泰莎與理查來……」莎瑞說。
「我有個更好的主意，妳何不自己去呢，孩子的媽？妳想要探望妳妹妹，更想要瞧瞧、聽聽、聞聞家鄉的味道……特別是不見鬣蜥的落日……或是在田裡漫步，去吧！」索爾說。
「就光我去？我不能離開蕾秋……」
「話不是這麼講，二十年只離開兩次，加上之前的好日子足足有四十年了……不管怎麼樣，二十年只離開兩次不能算是疏忽小孩吧，我們家庭成員能夠互相容忍還真是個奇蹟，都窩在一起這麼久了。」索爾說。

莎瑞盯著桌子沉思。「但是新聞記者不會找上我嗎？」

「我想不會，他們要找的是蕾秋，如果他們真的纏上妳了，那就回家吧。但我賭妳在記者到達之前，有一個星期的時間拜訪家鄉的朋友。」索爾說。

「一個星期，我不能……」莎瑞嚇了一跳。

「可以，當然可以。事實上，妳必須去，那幾天我可以多花點時間陪蕾秋，然後等妳煥然一新回來的時候，我就可以用幾天時間自私地專心去寫我的書了。」

「齊克果那本？」

「不是，是我最近在搞的一個叫作《亞伯拉罕難題》的書。」

「標題聽起來像繞口令。」莎瑞說。

「這個難題也很棘手，去收拾行李吧，我們明天可以載妳到新耶路撒冷，所以妳可以在安息日開始之前傳送離開。」索爾說。

「我考慮一下。」她說，聽起來還沒有被說服。

「妳去收拾吧。」索爾說，又擁抱了她一次，然後拉著她轉身面向走廊和臥室房門。「去吧，等妳回來的時候，我就會想出我們能做什麼。」

莎瑞遲疑了一下。「你保證？」

索爾看著她說：「我保證我會在時間摧毀一切以前想出辦法，我以蕾秋父親的身分發誓，我一定做得到。」

莎瑞點點頭，這幾個月來她終於看起來如釋重負。「我去收拾行李。」她說。

第二天索爾與女兒一起從新耶路撒冷回來之後，索爾出去外頭澆可憐的草地，蕾秋則安靜地在房裡玩耍，當他進來的時候，夕陽日曬的粉光讓牆壁散發出海洋的溫暖與安祥，可是蕾秋不在她房裡或其他平常待的地方。「蕾秋？」

沒人回答，於是他再次檢查了後院，還有外面空無一人的街道。

「蕾秋！」索爾跑進屋子正準備打電話給鄰居，卻忽然聽到莎瑞用來貯藏東西的大櫥櫃裡傳來非常細微的聲音，索爾悄悄打開了櫥櫃門。

蕾秋坐在懸掛的衣服底下，莎瑞的古董松木盒打開放在兩腿中間，地板上丟滿了照片和全像投影，是蕾秋高中生的樣子、蕾秋去大學那一天照的相、還有蕾秋站在海柏利昂嶙峋的山脈前。蕾秋的通訊記錄器躺在四歲的蕾秋旁邊低語，索爾再次聽到那年輕自信的女聲時，心臟差點停止。

「爸爸。」坐在地上的女兒說，她自己的聲音好似通訊記錄器裡聲音的恐怖幼小回音。「你從來沒說我有個姊姊。」

「妳是沒有啊，小傢伙。」

蕾秋皺起了眉頭。「那這是媽咪還沒……還沒這麼大的時候嗎？不是啊，她的名字也叫蕾秋，她自己說的，怎麼會……」

「不要緊，我會解釋的……」索爾說，並發現客廳裡的電話已經響了半天了。「等一下，親愛的，我馬上回來。」

投影艙上的畫面是個索爾不認識的男人，他想趕快掛掉這通來電，連自己這邊的攝影機都沒開。

「喂？」他沒好氣地回應。

「溫朝博君嗎？是原本住在巴納德星，現在搬到希伯崙丹鎮的溫朝博君嗎？」

索爾正打算掛電話，卻停住手，他們沒有註冊號碼，雖然偶爾會有推銷員從新耶路撒冷打電話過來，但是來自外星的卻很少。索爾肚子好似被寒冰刺了一下，突然發覺現在太陽已經下山，安息日開始了，只有緊急電話才會通。

「什麼事？」索爾說。

「溫朝博君，發生了一件很嚴重的意外。」那人說，目光空洞地望過索爾。

蕾秋醒過來的時候，她父親正坐在她床邊，看起來十分憔悴，雙眼發紅，沒刮的鬍碴爬上了臉頰。

「早安，爸爸。」

「早安，甜心。」

蕾秋看了看四周眨了眨眼，她的一些布偶和玩具還在，但是這間房不是她的，陽光不一樣，空氣感覺也不同，連爸爸也看起來好奇怪。「我們在那兒啊，爸爸？」

「我們出外旅行了，小傢伙。」

「去那裡？」

「現在說這些不重要，快起床，甜心，妳的洗澡水已經準備好了，然後我們得趕緊換衣服。」一件她從未見過的黑色洋裝躺在床邊，蕾秋看看洋裝，又轉頭看父親。「爸爸，怎麼了？媽咪去那兒了？」

索爾揉著臉頰，這是意外發生後的第三個早晨，也是喪禮的那一天，前兩天他都誠實地和她說明發生什麼事，他無法想像自己對蕾秋說謊，那簡直就是從根本背叛了莎瑞和蕾秋。但是他覺得自己沒法再重複一次。「媽媽發生了意外，蕾秋。」他說，聲音哽咽。「媽媽去世了，我們今天要去和她說再見。」索爾停了下來，他知道蕾秋得花幾分鐘的時間才能真正理解她媽媽去世的事實。第一天索爾還不確定四歲大的小孩能不能夠真正了解死亡的涵義，現在他確信蕾秋可以。

不久，他擁著啜泣的孩子時，試圖理清自己簡短描述給蕾秋聽的意外。電磁車是有史以來人類設計中最安全的個人交通工具了，儘管磁浮系統可能會失效，但是引擎殘餘的能量足以讓電磁車從任何高度安全降落。電磁車迴避系統的基本故障防護措施幾個世紀以來都沒有改變。然而任何環節都可能出錯。這次是一群飆車的青少年開著一輛偷來的電磁車在正常交通道外行駛，加速到一點五倍音速又把所有車燈及詢答系統關閉以逃避追蹤，居然就這麼碰巧撞上了正準備降落在巴薩德市歌劇院起降場、泰莎開的老爺維肯車。除了泰莎、莎瑞與那群青少年之外，還有三名聽眾在擁擠的歌劇院前廳被墜毀電磁車掉落的碎片砸死。

莎瑞。

「我們還會再看到媽咪嗎？」蕾秋哭到一半問，她每次都問同樣的問題。

「我不曉得，甜心。」索爾真誠地回答。

喪禮在巴納德星凱特郡的家族墓園裡舉行，儘管媒體沒有直接侵入墓園，但是記者就在遠處樹旁盤旋，或彷彿憤怒的暴風雨一樣推擠著黑色的鐵門。

理查希望索爾和蕾秋再待幾天，可是索爾知道，如果媒體持續緊迫盯人會對這位沉默的農夫帶來多大的傷害，於是他只擁抱了理查，對欄杆外頭喧囂的記者說了幾句話，然後拉著依舊震驚無語的蕾秋直接回到了希伯崙。

記者尾隨到了新耶路撒冷，還試著跟蹤到丹鎮，不過武警沒收了他們租的電磁車，把十幾個人扔進了監獄以儆效尤，並撤銷了其他人的傳送簽證。

索爾晚間仍然在村落旁的山脊上散步，沉睡的小孩則暫時交給了茱蒂照顧，他發覺自己與上帝的對話現在已是清晰可聞，他得克制自己的衝動，免得對著天空揮動拳頭、叫罵詛咒、或是扔石頭。然而他只是一遍又一遍地問著蒼天，最後總是以「為什麼」結尾。

可是依舊沒有回答，希伯崙的太陽落下了遠處的山脊，岩石開始發光發熱，索爾找了塊大石頭坐下來，手掌揉著太陽穴。

莎瑞……

即使經歷了蕾秋疾病的悲劇，他們的生活算是很美滿，然而就在莎瑞與她妹妹正要放鬆一下的時候……多麼諷刺啊……索爾嗚咽了起來……

問題當然就是他們把全部心思放在蕾秋的疾病上，沒有人想過在蕾秋……死後？還是消失後？……的未來。每一天的生活重心全都放在讓他們的小孩活下去，從未想過有任何意外的可能性，規律運行宇宙中的無常變化。索爾相信莎瑞和他一樣考慮過自殺，但是兩人都不可能拋棄對方或蕾秋而去，他連一絲一毫獨自與蕾秋生活的念頭都沒有考慮過……

莎瑞！

剎那間，索爾領悟了他族人與上帝亙古以來的憤怒對話並未由於元地球的毀滅而結束……也沒有因為強迫離鄉背井而終止……卻一直持續到今日。他、蕾秋與莎瑞不過是這其中的一部分，現下也是歷史的一部分，他讓痛苦流過全身，在他心中填滿堅決的苦惱。

索爾站在山脊上落淚，直到黑暗籠罩大地。

第二天早上，陽光灑滿房間時，他又已經坐在蕾秋床邊。

「早安，爸爸。」

「早安，甜心。」

「我們在哪兒啊，爸爸？」

「我們出門旅行了，這是個美麗的地方。」

「媽咪呢？」

「她今天和泰莎阿姨在一起。」

「我們明天會見到她嗎？」

「會啊，來，我幫妳穿衣服，然後我去準備早餐。」索爾說。

蕾秋三歲的時候索爾開始向荊魔神教會請願，去海柏利昂的機會少之又少，進入時塚早成了不可能的事，只有荊魔神朝聖團才能前往該地。

雖然蕾秋對於無法與媽媽共度生日感到有點悲傷，但是其他幾位從公社來的小朋友稍微移轉了她的注意力，她的生日禮物是本精靈童話的繪本，莎瑞好幾個月前就在新耶路撒冷挑好。

索爾在蕾秋就寢前念了幾篇給她聽，她能自己讀書已經是七個月前的事了，不過她還是很喜歡那些故事，特別是「睡美人」那一篇，因此又黏著爸爸再講一次。

「等我們回家之後，我一定要給媽咪看。」她邊說邊打著哈欠，索爾關了房間的燈。

「晚安了，小傢伙。」他站在門邊小聲地說。

「嘿，爸爸？」

「怎麼啦？」

「再會了，短吻鱷。」

「回頭見，小鱷魚。」

蕾秋在棉被裡吃吃地笑。

在最後兩年，索爾發覺這跟看著愛人年華老去不但沒有差別，反而更令人傷痛，千千萬萬倍的痛。

蕾秋的恆齒在她八歲與兩歲生日間脫落無蹤，反被乳牙所取代，可是到了十八個月大的時候，半數都已縮回下顎之中。

蕾秋最自負的頭髮也慢慢越來越短越疏，她的臉龐逐漸失去熟悉的面貌，修長的頰骨與下巴逐漸被嬰兒肥取代。她的協調能力喪失殆盡，其先只是使用鉛筆或叉子的時候比較笨拙，當她不能走路的那一天，索爾提早把她放回嬰兒床上，然後回到書房沉默地喝得酩酊大醉。

然而語言的逝去是索爾最痛苦的一點，她失去辭彙就像是火燄焚燒著兩人溝通的橋梁，切斷了最後一絲希望。她再次度過兩歲生日之後幾天，索爾安頓好她，準備就寢之前，站在門邊說：「再會了，短吻鱷。」

「嗯？」

「再會了，短吻鱷。」

蕾秋只是吃吃地笑。

「妳要說：『回頭見，小鱷魚』喔。」索爾說，然後向她解釋鱷魚和短吻鱷是什麼。

「回頭見，『鵝』魚。」蕾秋咯咯地笑著說。

第二天早晨，她又忘了。

索爾開始帶著蕾秋在萬星網四處旅行，不再理會蜂擁而來的新聞記者，他們向荊魔神教會請願加入朝聖團，遊說參議院發給他們海柏利昂的簽證，讓他們進入限制區，並拜訪任何一間可能發現解藥的醫學中心或診所。幾個月過去，只有更多束手無策的醫生。等他返回希伯崙的時候，蕾秋僅十五個月大，依照希伯崙用的古代單位測量，她重二十五磅，高三十吋，不能自己穿衣服，字彙只剩二十五個，最喜愛的是「媽咪」和「爹地」。

索爾喜歡背著女兒，有時候光是她的頭枕在他臉旁、溫暖的身軀靠著他的胸膛、加上她散發出的味道，就足以讓索爾忘卻一切不公。這些時候要是莎瑞還在，索爾就能暫時與宇宙和平相處。同樣，這也是他與心中那無法信任的上帝的憤怒對話暫時歇火的時候。

——這到底能有什麼可能的理由？

——你是說人類一切受苦受難到底有什麼明白的理由嗎？

——沒錯。索爾心想，懷疑自己是不是終於占了上風，恐怕沒有。

——有時候不明白不代表不存在。

——這麼拗口，說句話不需要用三重否定吧，特別又是這麼沒深度的話。

——沒錯，索爾。你開始了解這一切的要旨了。

——什麼？

他的問題沒有回答，索爾躺在自己的家裡聽著沙漠焚風吹過。

蕾秋最後說的字是「媽媽」，在她五個多月大的時候。

她從搖籃裡醒來時不能也沒法問她在什麼地方，她的世界只剩下吃飯、睡覺與玩具，哭的時候，索爾有時不免猜想她是在為她母親掉淚。

索爾帶著嬰兒逛丹鎮的小商店，挑著尿布、嬰兒食品包，偶爾也買買新玩具。

就在索爾去天崙五中心的一個星期前，以法連和兩位長老來拜訪他，那是傍晚時分，褪去的陽光照在以法連光禿禿的頭頂上。「索爾，我們很擔心你，接下來的幾個星期會很艱難，太太們都想幫忙，我們也想幫忙。」

索爾握住老人家的手臂。「我很感激你們，以法連，特別是過去好幾年來的照顧，這也是我們的家了，莎瑞……一定會叫我謝謝你們。但是我們星期天要走了，蕾秋就要變好了。」

坐在長凳上的三人互相看了看，艾弗納說：「他們找到解藥了？」

「不，但是我找到了希望的理由。」索爾說。

「希望好，希望好。」羅伯特謹慎地說。

索爾咧嘴笑了，白色的牙齒與灰色鬍鬚相互輝映。「最好是這樣，有時候我們僅有的就是希望。」他說。

「全民開講」攝影棚裡的全像攝影機拍了個蕾秋躺在索爾手裡的特寫。「你是指，荊魔神教會拒絕讓你重回海柏利昂，申請霸聯簽證則充滿了繁文縟節……這些將迫使你的小孩注定毀滅，直到……消失無蹤？」節目主持人戴文·懷特薛爾說，他是萬星網資訊網路中的第三知名人士。

「完全正確。去海柏利昂至少要六週的時間，蕾秋現在只有十二週大了，荊魔神教會或萬星網官僚的任何拖延都等於是謀殺這個孩子。」索爾說。

攝影棚裡的觀眾一陣騷動，懷特薛爾轉頭面向最近的遙控攝影機，他稜角分明的友善臉孔占滿了整個畫面。「這位先生不知道他是否能拯救他的孩子。」懷特薛爾說，聲音強而有力又隱含了複雜情感。「但是，他要的只是個可能性，您是否同意他……與他的嬰孩……該有這個機會呢？如果您認為如此的話，請立刻打給您星球的議員以及最近的荊魔神教會，號碼現在就會出現在螢幕上。」他回身面對索爾。「我們祝你好運，溫朝博君。還有，我們的小朋友，祝妳一路順風。」懷特薛爾的巨手撫摸著蕾秋的臉頰。

螢幕上的畫面定格在蕾秋身上，直到漸暗。

霍金效應令人感到噁心、暈眩、頭疼還會產生幻覺，旅程的第一段是搭乘霸聯炬船無畏號前往帕爾瓦蒂星系的十天飛行。

索爾抱著蕾秋忍受一切，他們是戰艦上唯二清醒的人，起初蕾秋哭個不停，但是過了幾個小時之後，她便安靜地躺在索爾懷裡，用烏溜溜的大眼睛看著索爾，索爾想起了她誕生的那一天，護理人員從莎瑞溫暖的肚子上抱起嬰兒交給索爾，蕾秋那時的黑髮不比現在短多少，她的凝視也不減深邃。

最後他們終於因為體力不支而睡著了。

索爾夢到自己在一座巨大建築物裡遊蕩，柱子有紅檜那麼粗，天花板高得看不見，紅色光線籠罩了冷清的空屋，索爾驚訝地發現自己手中還抱著蕾秋，嬰兒蕾秋從未出現在他夢中過，嬰兒抬起頭看他，索爾能夠感到彼此意識交流，就好像她正大聲說話一樣。

突然間，另一個宏亮無邊又冰冷的聲音在虛無之中回盪：

「索爾！帶著你的女兒，你唯一的女兒蕾秋，你的摯愛，去海柏利昂星一處我指定的地點，將她獻祭火焚。」

索爾遲疑了，低頭看著蕾秋，嬰兒也抬頭看著自己的父親，眼睛深邃而明亮，索爾感到了她無言的同意，他把蕾秋抱得更緊，向前跨入黑暗，提氣大聲對著一片寂靜喊著：

「聽著！我們將不再進行任何獻祭，無論是付出小孩抑或父母，除了為人類自己，我們將不再作任何的犧牲，服從與贖罪的時代已然過去。」

索爾傾聽著，他可以感到自己心臟的跳動，還有蕾秋靠在懷裡的溫暖，從頂上高處傳來了冷風呼呼吹過看不見裂隙的聲音，索爾把單手手掌貼在嘴旁大叫：

「這就是我要說的！現在要麼就別管我們，要麼就像一位父親一樣加入我們，別做個只收獻祭的神，這就是亞伯拉罕的抉擇！」

石頭地板隆隆作響，柱子猛烈震動，蕾秋在索爾懷裡騷動著，紅色光線漸漸變深然後忽然消失，四周只剩一片漆黑，很遠的地方傳來一陣巨大的腳步聲，索爾緊摟著蕾秋直到狂風停歇。近處照來了一絲微光，他與蕾秋醒了過來，還在霸聯無畏號上前往帕爾瓦蒂的途中，然後才要轉乘樹船世界之樹號前往海柏利昂。索爾對著他七週大的女兒微笑，她也以微笑回應。是她最後一個也是第一個微笑。

當這位老學者說完故事之後，風船車的主艙裡一片寂靜，索爾咳嗽了一下，然後從水晶杯裡喝點水，蕾秋還睡在用抽屜臨時搭建的搖籃裡。風船車緩緩左右搖動，巨大輪子發出轆轆聲響，加上主螺旋儀的嗡鳴聲，三者組成了引人入睡的背景雜音。

「我的天！」布瑯．拉蜜亞輕聲說道，想要開口說些什麼，卻又只搖了搖頭。

馬汀．賽倫諾斯閉上眼睛吟道：

設想，一切恨意被逐盡，

靈魂恢復原始的天真，

而終於領悟它能夠自娛、能夠自慰、也能夠自懼，

而它溫柔的心意便是天意；她仍能夠，

雖眾人怒眉，雖多風的地帶皆狂吹
雖風箱盡迸裂，仍能自怡。[30]

索爾·溫朝博問：「是威廉·巴特勒·葉慈？」

賽倫諾斯點點頭。「〈為吾女祈禱〉。」

「我想要在就寢前上甲板去呼吸點新鮮空氣。有人要一起來嗎？」領事說。

結果每個人都去了，清涼的晚風令人神清氣爽，眾人站在後甲板上看著灰暗的草海不停退後，天空是個布滿星斗的倒扣大碗，不時有流星劃過，風帆與索具演奏著自人類旅行以來就存在的古老歌曲。

「我覺得今天晚上應該要守夜。」卡薩德上校說。「一個人值夜其他人睡覺，兩小時一班。」

「我同意，我值第一班好了。」領事說。

「早上……」卡薩德正要開口。

「快看！」霍依特神父大叫。

他們順著神父手指方向望去，在閃耀的星座間，七彩的火球燃燒著綠色、紫色、橘色、又成了綠

[30] 此處採用的是余光中先生的翻譯。

色，好似閃電般照亮四周的大草原，在這突如其來的表演下，星與隕石頓時為之失色。

「爆炸？」教士大膽地猜測。

「宇宙戰，在月地空間內，核融合武器。」卡薩德說，他很快跑下船艙。

「是樹船。」海特．瑪斯亭說，指著在爆炸中移動的光點，好似煙火表演中的火燼。

卡薩德拿著軍用雙筒望遠鏡回來，遞給每個人輪流看。

「驅逐者？入侵開始了？」拉蜜亞問。

「無疑是驅逐者，不過我肯定這只是個突擊偵查行動，看到那團火光了嗎？那是霸聯飛彈撞上驅逐者小綿羊反制誘餌所產生的爆炸。」卡薩德說。

望遠鏡傳到了領事手上，閃光現在越發清楚了，是團持續擴張的火雲，他可以認出至少兩艘偵查艇長長的藍色尾燄，閃避著霸聯的追擊。

「我不認為……」卡薩德正要說話卻停了下來，風船車、風帆與草海反射著天光成了亮麗的眩目橘色。

「親愛的耶穌啊！樹船被擊中了。」霍依特神父低語說。

領事拿著望遠鏡向左掃視，還在擴大的火燄光暈肉眼即可辨識，不過透過望遠鏡可以看到世界之樹號一公里長的主幹與樹枝正焚燒燃毀，隨著阻絕力場的崩潰與氧氣的耗盡，火燄好似細長的藤蔓在太空中擺動，橘色的火雲閃爍了幾次，慢慢消散，最後退回了樹船本體，主幹又重新現身了最後一秒，然後開始解體燃燒，就像是營火最後的一絲餘燼。不可能有人存活，樹船世界之樹號與其船員及複製人和半覺醒的耳格駕駛已經全部死亡。

領事轉身面對海特・瑪斯亭，有點遲疑地遞出雙筒望遠鏡。「我……很遺憾。」他低聲地說。

高大的聖堂武士沒有接過望遠鏡，他的視線慢慢地從天空收了回來，拉起兜帽，然後一語不發地下艙去了。

樹船的毀滅是最終的爆炸，十分鐘過去，再也沒有任何其他閃光打攪寧靜的夜晚，布瑯・拉蜜亞說話了：「不知道有沒有逮到他們？」

「驅逐者嗎？恐怕沒有，偵查艇重速度與防禦，他們現在至少有數光分之遠。」卡薩德說。

「他們是故意要攻擊樹船嗎？」賽倫諾斯問，詩人聽起來十分清醒。

「我不覺得，不過是個機會目標罷了。」卡薩德。

「機會目標。」索爾・溫朝博重複道，學者搖了搖頭。「我得在日出前睡幾個小時。」

其他人一個接著一個也進了船艙，只剩卡薩德與領事留在甲板上，領事說：「我值夜站哪裡比較好？」

「巡邏比較好，樓梯底下的主廊你可以看到所有包廂的門和通往廚房及飯廳的入口，上來這裡檢查船板和甲板，確認每盞燈籠都是亮的，你有沒有帶武器？」上校說。

領事搖搖頭。

卡薩德把騾死棒交給他。「我已經轉到窄波束了，十公尺外的有效範圍大概半公尺寬，一定要確定有入侵者才用，旁邊這個能向前移的粗糙滑套就是保險，目前是關的。」

領事點點頭，確定自己的指頭盡量遠離扳機。

「我兩個小時後再來接你的班。」卡薩德說，檢查一下自己的通訊記錄器。「我的班結束以前就會天亮了。」卡薩德看了看天空，好似期待世界之樹號會再次出現，像螢火蟲一樣繼續劃過天空，然而天上只有閃爍的星星，東北邊地平線上的一團烏雲表示暴風雨即將來臨。

卡薩德搖搖頭。「真浪費。」他說完便走下去了。

領事在原地站一會兒，聽著風吹過船帆，索具吱嘎作響，輪子轆轆前行，不久之後，他走到欄杆旁邊，對著黑夜低頭沉思。

HYPERION

V

草海的日出堪稱美景。領事從後甲板的最高點觀望著。他值完夜班之後，曾經試著入睡，然後放棄，最後回到甲板上觀賞夜晚淡入白晝。風暴前沿的低雲已將天際掩沒，但旭日的燦爛金光在高低雲層間交相映照，點亮了世界。風船車的帆布、繩索和斑駁的甲板在日光的恩賜下閃閃發亮，幾分鐘之後，漫天雲層遮蓋太陽，色彩再度從世界流散。隨著這場閉幕儀式颳起的寒風刺骨，彷彿從馬轡山脈白雪皚皚的峰頂吹下，而山脈只是東北地平線上依稀可見的一團灰暗。

布瑯·拉蜜亞和馬汀·賽倫諾斯來到後甲板與領事為伴，各自端著一杯廚房來的咖啡。寒風在索具上抽打拉扯，布瑯·拉蜜亞厚重的鬈髮在臉龐四周飄動，像一圈烏雲。

「早。」賽倫諾斯含糊說著，瞇起眼睛自咖啡杯上緣望向隨風擺盪的草海。

「早安。」領事回應，對自己一整夜沒睡還如此敏銳振奮感到驚訝。「現下是逆風，但風船車似乎沒慢下來。我們絕對能在黃昏前趕到山腳。」

「嗯哼。」賽倫諾斯表達意見後，將鼻子埋進咖啡杯。

「我昨晚完全沒睡，都在想溫朝博君的故事。」布瑯·拉蜜亞說。

「我不認為……」詩人才開口又閉上嘴巴，溫朝博走上甲板，小孩從他橫掛胸前的揹巾裡向外張望。

「早安，各位。」溫朝博說，放眼四周深吸一口氣。「嗯嗯，真涼爽啊，是吧？」

「他媽的冷死了，山脈北麓會更糟。」賽倫諾斯說。

「我想我要下去拿件夾克。」拉蜜亞說，但她還沒動，下方甲板就傳來一聲尖叫。

「血！」

確實，到處都是血。海特．瑪斯亭的艙房意外地整齊，床鋪沒睡過，旅行箱和其他盒子工整堆放在一角，長袍掛在椅背上，只不過甲板、隔板和艙頂大半都沾染了血跡。六位朝聖者在門口擠成一團，但誰都不願再向內深入。

「我本來要去上層甲板，剛好經過。」霍依特神父說，語氣單調得詭異。「門開了一條小縫。我突然看到……牆上的血。」

「這是血嗎？」馬汀．賽倫諾斯質疑。

布瑯．拉蜜亞走入房間，一手畫過隔板上的厚厚血跡，再將手指湊到嘴邊。「是血。」她看看四周，走到衣櫥前面，很快看過空蕩的層板和衣架，然後走向舷窗。窗戶從內上閂。

雷納．霍依特的臉色比以往更加憔悴，他踉蹌坐上一張椅子。「所以他死了嗎？」

「我們什麼都不知道，只知道瑪斯亭船長不在房間裡，倒是有一大堆血在這。」拉蜜亞說。她把手在褲管上抹了抹。「現在要做的就是把整艘船徹底搜一遍。」

「沒錯，如果我們找不到船長呢？」卡薩德上校說。

布瑯．拉蜜亞打開舷窗。新鮮空氣沖淡了屠宰場般的血腥味，也帶進車輪的隆隆轉動聲和船底壓過草葉的窸窣聲。「如果我們找不到瑪斯亭船長，那麼我們就可以假設他若不是自願離開這艘船，就是被人帶走。」她說。

「可是這些血……」霍依特神父開口。

「不能證明什麼，拉蜜亞君說的對。我們不知道瑪斯亭的血型或基因型。有人看到或聽到任何動靜嗎？」卡薩德接著說。

除了否定的咕噥聲和幾顆搖動的頭，一片安靜。

馬汀．賽倫諾斯看看眾人。「你們這些人看到咱們老朋友荊魔神的傑作，竟然認不出來？」

「這我們不知道，也許是誰想讓我們以為這是荊魔神幹的。」拉蜜亞果斷地說。

「沒道理啊！」霍依特邊喘氣邊說。

「不管怎樣，我們兩人一組開始找吧。除了我誰有武器？」拉蜜亞說。

「我有，如果有需要，我還有多的。」卡薩德上校說。

「沒有。」霍依特說。

詩人搖搖頭。

索爾．溫朝博剛才抱小孩回到走廊上。現在他把頭探進來。「我什麼也沒帶。」他說。

「沒有。」領事說。日出前兩小時他值班過後，就把驟死棒還給了卡薩德。

「好吧，教士跟我一起找下層甲板。賽倫諾斯，你跟上校一起去檢查中層甲板。溫朝博君，你和領事去查所有上層的區域，注意任何不尋常的東西。任何掙扎的痕跡。」拉蜜亞說。

「我有一個問題。」賽倫諾斯說。

「什麼？」

「他媽的誰選妳當舞會皇后啦？」

「我是私家偵探。」拉蜜亞說，直視詩人。

馬汀．賽倫諾斯聳聳肩。「霍依特是某個失落宗教的教士，不代表他作彌撒的時候我們就得跪下來膜拜。」

「好吧，我給你一個更好的理由。」布瑯．拉蜜亞說。這女子行動速度之快，領事都險些錯過她的身影。前一秒她還在打開的舷窗旁邊，下一秒她已經橫過包廂大半，一手將馬汀．賽倫諾斯抓離甲板，大手環著詩人瘦弱的頸子。「不然這樣，你做合理的事，因為這樣做比較合理？」她說。

「嗝呃呃。」馬汀．賽倫諾斯勉強回答。

「很好。」拉蜜亞平淡的說，將詩人扔回甲板上。賽倫諾斯搖搖晃晃跌出一公尺，差點坐到霍依特神父腿上。

「來。」卡薩德說，他帶了兩把小型神經麻痺槍回來，將一把交給索爾．溫朝博。他詢問拉蜜亞：「妳身上有什麼？」

女子伸進寬鬆上衣的一個口袋，取出一把古老的手槍。

卡薩德對這把古物看了一陣，點點頭。「不要跟妳的同伴分開，不要對任何東西開槍，除非已經確認身分而且絕對構成威脅。」

「完全符合我要殺的賤人。」賽倫諾斯說，一面還在按摩脖子。

拉蜜亞朝詩人踏出半步。費德曼．卡薩德喊道：「閉嘴。正事要緊。」賽倫諾斯跟著上校走出包廂。

索爾．溫朝博走近領事，把麻痺槍交給他。「我不想把這東西拿在蕾秋旁邊。我們要不要上去了？」

領事接過武器點了點頭。

風船車上再沒有半點世界之樹真言者海特．瑪斯亭的線索。經過一小時的搜尋，一行人在失蹤者的包廂會合。那裡的血跡似乎更深更乾了。

「我們會不會錯過了什麼？」霍依特神父說。「密道？隱藏隔間？」

「有可能，但我用熱源和動態掃描器檢查過整艘船，如果船上還有什麼比老鼠大的東西，我倒是沒看到。」卡薩德說。

「如果你有掃描器，你他媽的幹麼要我們花一小時在船底的角落到處爬來爬去？」賽倫諾斯說。

「因為特定的裝備或衣著可以讓一個人躲過熱動掃描。」

「所以，我剛剛問題的解答是……」霍依特說著，顯然一股疼痛流經全身而停了一下。「只要有對的裝備或衣著，瑪斯亭艦長可能還躲在某處的密室。」

「有可能但機會不大，我猜他已經不在船上了。」布瑯·拉蜜亞說。

「荊魔神。」馬汀·賽倫諾斯用不耐煩的口吻說，而且不是問句。

「也許吧，上校，那四個小時你和領事在值班。你們確定什麼都沒聽到或看到？」拉蜜亞說。

兩個人都點了頭。

「船上很安靜，如果有發生打鬥，我值班之前就會聽到。」卡薩德說。

「我值完班也沒睡，我跟瑪斯亭的房間就隔著一張隔板。我什麼都沒聽到。」領事說。

「所以呢，那可憐的傢伙被殺的時候，摸黑拿著武器晃來晃去的兩個人都說過話了。他們說他們是無辜的。本案偵結！」賽倫諾斯說。

「如果瑪斯亭被殺了，凶器絕不是驟死棒。我知道的現代武器不會製造這麼多血跡。沒有人聽到槍聲，沒找到彈孔，所以我假設拉蜜亞君的自動手槍沒有嫌疑。如果這是瑪斯亭艦長的血，我會猜凶手用的是利刃武器。」卡薩德說。

「荊魔神就是一種利刃武器。」馬汀·賽倫諾斯說。

拉蜜亞走到一小堆行李旁。「辯論解決不了什麼。我們來看看瑪斯亭的隨身行李有沒有什麼東西。」

霍依特神父遲疑地舉起一隻手。「那是……呃，私人物品，不是嗎？我想我們沒有權這麼做。」

布瑯．拉蜜亞叉起雙臂。「聽好，神父，如果瑪斯亭死了，對他也沒差別。如果他活著，檢查這些東西可能會對他的去向提供一些蛛絲馬跡。不管怎樣，我們都得盡量找線索。」

霍依特臉色猶豫但最後還是同意。拖了半天，結果沒多少隱私受到侵犯。瑪斯亭的第一個箱子裝了少少幾套衣服，一本《謬爾生命之書》。第二個袋子內有一百包封裝妥善的種子，快乾處理後埋放在濕潤土壤當中。

「聖堂武士不管前往哪個世界，都必須種下至少一百株永恆之樹的後代，樹苗很少長大，但這是一種儀式。」領事說明。

布瑯．拉蜜亞走向壓在整堆行李下面的金屬大箱子。

「別碰它！」領事突然出聲。

「為什麼？」

「那是莫比烏斯方塊，向內折疊的零阻絕力場，包上一層碳—碳複合材料的外殼。」卡薩德上校代替領事回答。

「所以呢？」莫比烏斯方塊是用來密封工藝品之類的東西，又不會爆炸。」拉蜜亞說。

「是不會，但裡面裝的東西可能會爆炸。可能已經爆炸了，都很難說。」領事同意。

「只要在引爆的那一奈秒裝箱，這個大小的莫比烏斯方塊可以封住一千噸的核爆。」卡薩德上校補充。

拉蜜亞對著箱子皺眉。「那我們怎麼知道不是裡面的什麼東西殺了瑪斯亭？」

卡薩德指向方塊唯一的接縫上微微閃著綠光的條狀物。「封條沒拆。一旦拆開，莫比烏斯方塊必須在能夠產生阻絕力場的地方重新啟動。不管裡面是什麼，都沒讓瑪斯亭受傷。」

「所以無從得知囉？」拉蜜亞思索著。

「我大概猜得到裡面是什麼。」領事說。

其他人盯著他看。蕾秋開始哭泣，索爾從育兒包裡拿出一根保溫條。

「記得嗎，昨天在邊緣城，瑪斯亭君把方塊形容得有多神奇嗎？他把它說得像是什麼祕密武器一樣？」領事說。

「武器？」拉蜜亞說。

「對了！／是耳格！」卡薩德突然說。

「耳格？」馬汀·賽倫諾斯盯著那個小箱子。「我以為耳格是那種聖堂武士在樹船上養的力場小動物。」

「是啊，三個世紀以前有人在金牛座畢宿五附近的小行星上發現牠們。體型大概跟貓的脊椎骨差不多，基本上是矽軟骨包著一個壓電神經系統，但牠們嗜吃……而且能操縱……小型跳躍艦等級的力場。」領事說。

「那要怎樣把這些統統塞進這麼小的盒子裡？用鏡子？」賽倫諾斯看著莫比烏斯方塊發問。

「可以這麼說，耳格的力場會被減弱……不挨餓也不進食。有點像我們的冷凍神遊。而且這隻一定還小。或者說，是一隻幼耳格。」卡薩德說。

拉蜜亞伸手撫摸金屬盒蓋。「聖堂武士可以控制這些東西？和牠們溝通？」

「對，沒人知道怎麼辦到，這是兄弟會的祕密之一。但是海特．瑪斯亭一定是相信耳格能幫他面對……」卡薩德說。

「荊魔神。」馬汀．賽倫諾斯補上。「這聖堂武士以為可以拿一隻能源小妖去對付痛苦之王。」詩人笑出聲來。

霍依特神父清清喉嚨。「教會接受霸聯的裁決……認為這些生物……耳格……不屬於有意識的生物……因此無法成為上主救贖的選民。」

「喔，牠們當然有意識，神父，牠們對事物的感官知覺能力遠超過我們的想像。但如果你的意思是有智慧……有自覺……那牠們和一隻聰明的蟋蟀相差無幾。蟋蟀是上主救贖的選民嗎？」領事說。

霍依特沒吭聲。布瑯．拉蜜亞說：「嗯，看來瑪斯亭船長以為這玩意會是他的救贖。結果出了意外。」她轉頭看看染血的隔板與甲板上乾燥的痕跡。「我們出去吧。」

風暴從東北面襲來，風船車在逐漸增強的風勢中輾轉前行。風暴前端低空飛行的灰色積雲下，破布條狀的白雲疾行而過。陣陣寒風颳得野草胡亂拍打。閃電一波波照亮地平線，隨後是連串雷聲，像示警槍響橫越風船車的船頭。朝聖者靜靜眺望，直到第一滴冰冷的雨水將他們趕進船尾包廂。

「這個原本在他的長袍口袋裡。」布瑯．拉蜜亞說，拿出一張寫了數字五的紙條。

「所以下一個講故事的應該是瑪斯亭。」領事低聲道。

馬汀．賽倫諾斯將椅子向後倒去，直到後背靠上高大的窗戶。風暴閃光讓他的羊人外觀染上一點惡魔的味道。「還有一種可能，也許某個還沒說故事的人本來是五號，故意殺了這位聖堂武士來交換順序。」他說。

拉蜜亞瞪著詩人。「那就是領事或我自己了。」她語調平板。

賽倫諾斯聳聳肩。

拉蜜亞從上衣拿出另一張紙條。「我是六號。就算是我殺的又有什麼用？我反正就是下一個。」

「那也許是瑪斯亭想說的事情必須保密。」詩人說。他又聳聳肩膀。「我個人認為，荊魔神已經開始收割我們的靈魂了。他連從這裡往濟慈市半路上的人都屠殺過，我們憑什麼以為他會讓我們到時塚去？」

「這次不一樣，我們是荊魔神朝聖團。」索爾．溫朝博說。

「所以呢？」

在隨後的沉默中，領事走到窗邊。大風吹動的陣陣雨勢籠罩了草海，敲打著鉛釉玻璃窗。風船車發出嘎嘎聲，重重倒向右舷，開始另一段搶風航行❶。

「拉蜜亞君，現在妳願意說故事嗎？」卡薩德上校問。

拉蜜亞叉起雙臂看看雨水縱橫的窗戶。「不，等我們離開這艘該死的船吧。死氣沉沉。」

風船車在下午三、四點駛進朝聖者驛港，不過狂風暴雨和昏暗天色讓疲憊的一行人覺得當時已到深夜了。在這旅程倒數第二段的起點，領事本來期待跟荊魔神教的代表會面，不過就領事所見，朝聖者驛港似乎和邊緣城一樣空蕩蕩。

航向山腳的那段路和馬轡山脈映入眼簾的興奮，不遜於在任何地方靠岸，即使冰冷的雨水持續落下，六名朝聖者全都被吸引到甲板上。山麓丘陵枯萎焦黃而充滿美感，那曲線起伏的褐色和隨處突起的土丘，與草海的一色翠綠形成強烈對比。遠處九千公尺高的山峰，眼下只是灰白相間的色塊，很快消失在低雲之中，但如此殘缺的景觀已是震撼人心。雪線一路向下延伸，幾乎觸及成群的燒毀小屋和廉價旅館，也就是曾經被稱為朝聖者驛港的地方。

「如果纜車被他們毀掉，我們就玩完了。」領事喃喃自語。這個一直壓抑到現在的想法，讓他胃部一陣翻攪。

「我看到前五座塔了，似乎沒壞。」正在用動力望遠鏡的卡薩德上校說。

「有沒有看到纜車？」

「沒有……等等，有了。有一輛停在月臺門前。」

「有在動的嗎？」馬汀・賽倫諾斯問，他顯然清楚如果纜車被破壞了，他們的處境將有多麼危殆。

「沒有。」

領事搖了搖頭。即使天氣惡劣到極點，沒人要搭車，纜車也一向保持運轉，以避免巨大的纜繩失去張力或結冰。

風船車收起帆布、伸出跳板之前，六人就已經將行李搬上甲板。現在每個人都披上了禦寒大衣，卡薩德身穿霸聯軍配給的熱迷彩斗篷，布瑯・拉蜜亞的寬大服飾名叫壕溝袍❷，不過名稱由來沒人記得，馬汀・賽倫諾斯圍上的厚重毛皮在變化無常的風勢下飄動，時而貂褐時而深灰，霍依特神父的外衣既長且黑，使他顯得比以往更像一具稻草人，索爾・溫朝博以鵝絨外套包住自己和嬰兒，領事則選擇了一件稍有磨損但依然堪用的長大衣，是妻子數十年前給他的。

「瑪斯亭船長的東西怎麼辦？」一行人站在跳板前等候時，索爾問道。卡薩德先行到村子探勘了。

「我都拿上來了。」拉蜜亞說。「我們要一起帶走。」

「怎麼說感覺還是不太對，我的意思是，就這樣走掉。應該要有某種……儀式。對一個人過世的

---

❶ tack，遇逆風時，帆船走之字形路線，使左舷或右舷受風形成推力。

❷ trenchcoat / trench coat，一種表布用防水的斜紋厚棉布製成的長雨衣，起先是作為一次世界大戰壕溝戰時的軍官制服，故得其名。後為服裝設計界所吸收運用，成為現今長風衣的經典款式。

某種紀念。」霍依特神父說。

「也許過世了。」拉蜜亞提醒他，一手輕鬆抬起四十公斤重的背包。

霍依特的懷疑寫在臉上。「妳真的相信瑪斯亭君可能還活著？」

「不。」拉蜜亞說。雪花灑在她的黑髮上。

卡薩德在碼頭尾端向他們招手，他們從靜止的風船車卸下行李。沒人回頭。

「沒人嗎？」他們走向上校時拉蜜亞喊道。那高大男人的斗篷正從變色模式的灰黑色恢復正常。

「沒人。」

「屍體呢？」

「沒有。」卡薩德說。他轉向索爾和領事。「你們拿了廚房裡的東西嗎？」

兩人都點了頭。

「什麼東西？」賽倫諾斯問。

「一星期份的食物。」卡薩德轉身，抬頭望向山丘上的纜車站。領事第一次注意到藏在卡薩德手臂凹處的長型武器，在披風下若隱若現。「我們不確定過了這裡還有沒有糧食補給。」

一星期後我們還會活著嗎？領事想著，沒說出口。

他們分兩次把裝備送上車站。風從深色建築敞開的窗戶和破裂的圓頂間呼嘯而入。第二趟上去，領事抬著瑪斯亭的莫比烏斯方塊一端，另一邊，雷納．霍依特被壓得氣喘吁吁。

「我們為什麼要帶這隻耳格一起走？」他們來到直通車站的金屬樓梯底部時，霍依特邊喘邊說。

鐵鏽像橘色的苔蘚般爬滿月臺表面。

「我不知道。」領事說，他自己也在喘氣。

從車站月臺他們可以俯瞰整個草海。風船車停留在他們下船處，船帆折疊整齊、黑暗而無生氣。雪片隨風飄起漫過草原，在無數聳立的草莖頂端給人浪花四起的錯覺。

「把器材搬上車，我去看能不能從上面的控制室重新設定傳動齒輪。」卡薩德喊道。

「那不是自動的嗎？」馬汀·賽倫諾斯問，他窄小的頭幾乎消失在毛皮大衣當中。「跟風船車一樣？」

「我想不是，你們先走吧，我看能不能啟動它。」卡薩德說。

「萬一你來不及上車呢？」拉蜜亞對著上校遠去的背影大喊。

「不會的。」

除了前車廂的金屬長凳和較小的後車廂裡十來個簡陋臥鋪，纜車內部既寒冷又空曠。車廂不小，至少有八公尺長、五公尺寬。前後車廂間以一層薄薄的隔板分開，有開口但沒有門。後車廂的角落有個衣櫥大小的便所。前車廂左右兩面的窗戶從腰部延伸到天花板。

朝聖者將行李堆在空曠的地板中央，或四處踱步、或揮揮手臂、或以其他方式取暖。馬汀·賽倫諾斯直直躺上一張長凳，只剩頭頂和腳從毛皮大衣露出。「我忘記他媽的要怎樣才能把這裡的暖氣打開？」

領事朝熄滅的照明控制面板看了一眼。「靠電力。上校一把車子啟動就會打開。」

「如果上校把車子啟動的話。」賽倫諾斯說。

索爾．溫朝博換了蕾秋的尿布。現在他又把她用嬰兒保暖裝包裹起來，放在懷裡搖動。「我當然是沒來過這裡，你們兩位都來過嗎？」他說。

「有啊。」詩人說。

「沒有，不過我看過纜車的照片。」領事說。

「卡薩德說他有一次從這裡回到濟慈市。」布瑯．拉蜜亞從後車廂喊道。

「我想……」索爾．溫朝博剛開口就被巨大的齒輪轉動聲和劇烈的搖晃打斷，突然轉動的纜繩讓狹長的纜車大幅晃動，接著向前擺盪。所有人都衝到面對月臺的窗戶前面。

卡薩德在爬上通往控制室的長梯之前，已經把他的裝備扔上纜車。現在他出現在控制室的門口，滑下長梯，向纜車跑來。纜車已經通過月臺的登車區了。

「他來不及了。」霍依特神父低聲說道。

卡薩德像卡通火柴人一般，踏著不可思議的長步跑過最後十公尺。

纜車滑過卸載鉤，盪出了車站。纜車和車站間的空隙逐漸拉開。下方的岩石有八公尺深。月臺表面結了一道道冰痕。卡薩德不顧正在遠離的纜車，全速飛奔。

「快點！」布瑯．拉蜜亞尖叫。其他人跟著大喊。

領事抬頭看向包覆纜繩的冰塊，隨向上前進的纜車而碎裂掉落。他拉回視線。間隔太大了。卡薩德絕對來不及。

費德曼．卡薩德接近月臺邊緣時，速度快得驚人。領事又一次聯想到在盧瑟斯動物園看過的元地球美洲豹。他有些期待看到上校的腳在冰面上打滑，一雙長腿水平飛出，整個人朝下方的雪白岩石靜靜摔落。然而，卡薩德剎那的騰空飛翔似乎永無止歇，一對長臂打直、背後披風飛動。他消失在纜車後面。

一聲撞擊傳來，之後漫長的一分鐘裡沒人開口或動作。現在他們已離地四十公尺，正朝第一座高塔邁進。片刻後卡薩德在纜車一角出現，靠著一連串結冰的小凹槽和抓手處向上攀爬。布瑯．拉蜜亞一把推開車廂門。十隻手一起把卡薩德拉進車內。

「感謝主。」霍依特神父說。

上校深吸一口氣然後苦笑。「有個死人煞車❸。我非得用沙袋把拉桿卡住不可。我不想把纜車拉

❸ Deadman's brake，預防駕駛不慎讓腳離開煞車，車輛無法停下，而自動啟動的煞車裝置。

回去再試一次。」

馬汀・賽倫諾斯指向快速靠近的支撐塔，以及稍遠處的雲層。拉直的纜繩延伸到視線之外。「我看不管我們想不想，都得通過山區了。」

「通過山區要多久？」霍依特問道。

「十二小時。也許不到。如果風速太快或結冰太厚，有時候操作員會把車停下來。」

「我們這一趟不會停。」卡薩德說。

「除非哪裡的纜繩有裂口，或者我們遇到障礙物。」詩人說。

「閉嘴，誰想熱點晚餐來吃？」拉蜜亞說。

「看那邊。」上校說。

他們移往前頭的窗戶。纜車以離地一百公尺的高度越過山麓最後一段褐色起伏。他們望向後下方數公里處，最後一次看到車站、朝聖者驛港的廢墟房舍、以及文風不動的風船車。

然後白雪和密雲將一切覆蓋。

纜車上沒有真正的烹飪設備，不過後車廂隔板間倒是有冰櫃和微波爐可供重複加熱。拉蜜亞和溫朝博把風船車廚房帶來的幾樣菜肉雜燴成一鍋堪入口的燉湯。馬汀・賽倫諾斯從貝納瑞斯號和風船車各拿了幾瓶酒，他挑了一瓶海柏利昂勃艮地紅酒搭配燉鍋。

晚餐即將用畢之際，緊逼窗外的陰鬱雲霧由暗轉明，接著一掃而空。坐在長凳上的領事轉身看到突然再次出現的太陽，無限清澈的金光灑滿車廂。

一行人齊聲讚嘆。幾小時前黑暗似乎鋪天蓋地而來，但現在，他們升起於雲海之上，與列島般突出的山頂並行，便得以飽覽燦爛的落日。海柏利昂日間耀眼的藍灰色天空暗了下來，化為夜間無限深邃的琉璃藍，而金紅太陽點亮了塔狀積雲與大片冰岩交錯的高峰。領事看看身旁。同行朝聖者在半分鐘前昏暗的光照下還顯得灰暗渺小，現在卻在落日中散發著金色光芒。

馬汀·賽倫諾斯舉起酒杯。「老天，這樣好多了。」

領事抬頭望著他們行進的路線，巨大的纜繩在前方遠處縮成一線，接著完全消失。更遠數公里處的一座高峰上，下一個支撐塔閃耀著金色光芒。

「一百九十二座鐵塔，每一座都以耐久合金和碳晶鬚纖維建造而成，高度為八十三公尺。」賽倫諾斯用單調無趣的導遊語氣說道。

「我們一定離地很高。」布瑯·拉蜜亞低聲說道。

「這趟九十六公里的纜車行，最高點位於馬轡山脈第五高峰德萊敦山山頂上空，高度是九千兩百四十六公尺。」馬汀·賽倫諾斯繼續念著。

卡薩德上校看看四周。「車廂空氣有加壓。不久前我感覺到設定改變了。」

「看那邊！」布瑯·拉蜜亞說。

太陽在雲層地平線上已經懸了一陣子。現在沉了下去，彷彿從內部點亮風暴積雲的深處，將萬般顏色投射到整顆星球的西方邊緣。成群的山頭比正在攀升的纜車高出一公里以上，高峰西側的冰簷雪瓦依然反射著日光。逐漸黯淡的天頂出現幾顆亮星。

領事轉向布瑯．拉蜜亞。「乾脆現在來說妳的故事吧，拉蜜亞君？晚點我們抵達時光堡之前，得小睡一下。」

拉蜜亞喝下杯裡最後一小口酒。「大家都希望現在聽嗎？」

玫瑰色夕照下眾人紛紛點頭。馬汀．賽倫諾斯聳聳肩。

「好吧。」布瑯．拉蜜亞說。她把空酒杯放下，將雙腳縮上長凳，左右手肘枕著膝蓋，開始講她的故事。

偵探的故事——漫長的告別

他一走進我辦公室，我就知道這個案子非常特別。他很美。我不是說女性化或那種男模、全像電視明星裝扮的「漂亮」，就是……很美。

他是個矮子，不比我高，而我可是在重力達一．三G的盧瑟斯出生長大的。一眼就看得出來，我的訪客不是盧瑟斯人，他矮小的身材以萬星網標準來看算是比例相當勻稱，健美但纖細。他的臉是意志力的具體展現：眉毛低懸、顴骨銳利、鼻型窄小、下顎結實，還有一張寬闊的嘴，意味既有感性的一面，又頑固如牛。他的眼睛大而呈現榛果棕色。看來是二十五到三十標準歲。

要知道，這一切不是他一走進來我就一項項整理清楚。我第一個念頭是，這是客戶嗎？我第二個念頭是，靠，這男的真美。

「拉蜜亞君？」

「對。」

「全網徵信社的布瑯·拉蜜亞君？」

「對。」

他看看四周，似乎不太相信。這表情我懂。我的辦公室在盧瑟斯星鐵豬城老坑區一座工業蜂巢的二十三樓。這兒有三扇面對九號產業壕溝的大窗戶，因為正落在蜂巢的大型過濾排水管下方，所以那邊永遠漆黑一片、永遠在滴水。窗外景色多半是廢棄的自動化裝貨碼頭和生鏽的鋼梁。

管他的，便宜嘛。再說我的客戶大部分靠電話聯絡，不會親自出現。

「我可以坐下嗎？」他問，顯然對貨真價實的偵探社可以在這樣一個貧民窟運作而感到滿意。

「當然，呃……大名是？」我指著一張椅子說。

「強尼。」他說。

我看他不像單名沒姓的那種人。他有一種有錢的味道。不是他的衣服，很普通的黑灰色休閒服，雖然料子比一般的要好，只是一種這個男的背景不錯的感覺。他的口音有點特別。我對判斷口音很在行，特別是我這種職業，可是我聽不出這傢伙的母星在哪，更別說星球上哪一區了。

「你需要什麼，強尼？」我拿出一瓶他進來的時候本來要收起來的威士忌。

強尼兄搖搖頭。他可能以為我要他直接對瓶子喝。靠，我可沒那麼粗俗。冷水機那邊有紙杯。

「拉蜜亞君，我需要一個偵探。」他說，有教養的口音還是讓我困惑。

「正是我本行。」

他停下來。害羞了。我很多客戶要告訴我案子內容的時候都會猶豫。也難怪，畢竟我九成五的工作都是離婚和家庭問題之類。我等他講出來。

「這事有點敏感。」他終於開口。

「嗯，先生……啊，強尼，我大部分工作都是這個範圍。我跟『全網』有合約關係，所以只要和客戶有關的東西都歸隱私權保護法管轄。一切的一切都是機密，連我們正在對話這件事也算。就算你決定不要僱用我也一樣。」這一大段基本上是廢話，因為當局只要想調我的檔案隨時都可以，不過我感覺我得想辦法讓這傢伙安心。天哪，他真美。

「嗯——哼。」他說，再次環顧四周。他向前靠過來。「拉蜜亞君，我希望妳調查一件謀殺案。」

這話引起我的注意。我本來仰坐著兩腳放在桌上，現在我直起身子靠過去。「一件謀殺案？你確定嗎？找過警察了嗎？」

「不干他們的事。」

「不可能。」我說著心裡向下一沉，跟我交涉的可能是個神經病而不是客戶。「謀殺案知情不報是違法行為。」我心裡想的是：你就是凶手嗎，強尼？

他微笑搖搖頭。「這次不算。」

「什麼意思？」

「我的意思是，拉蜜亞君，確實有謀殺案發生，但是不管是本地還是霸聯的警方，不但不知情也沒有管轄權。」

「不可能。」我重複。窗戶外頭兩名工人的焊槍火花隨生鏽廢水一起灑落壕溝。「解釋一下。」

「謀殺案發生在萬星網之外。在保護區之外。沒有所謂主管機關。」

這倒是合理。大概吧。但我打死也想不到他說的到底是哪裡。即使是邊疆拓荒區和殖民星球一樣有警察。在某種太空船上？不對。那是星際運輸管理局的轄區。

「原來如此，好吧，告訴我細節。」我說。我已經幾個禮拜沒接案子了。

「所以就算妳不接這個案子，對話還是保密？」

「絕對保密。」

「如果妳接下來，只對我報告進度？」

「當然。」我還沒談成的客戶猶豫了，用手指刮刮下巴。「好吧。」他終於說道。

「從頭開始說吧，誰被殺了？」我說。

強尼直起身子，小學生般專注。他的誠懇無庸置疑。他說：「我。」

我花了十分鐘才從他嘴裡問出來龍去脈。他講完之後，我已經不覺得他是瘋子。我才是。或者說，如果接下這個案子我會瘋掉。

強尼的真名是一長串數字、字母、密碼組成的編號，排起來比我手臂還長，他真的是個模控人❹。我聽過模控人的事。誰沒有呢？有一次我罵我前夫是模控人。但我從沒想到會跟其中一位共處一室。或發現他如此迷人。

強尼是個ＡＩ。他的意識，或本我，或不管你怎麼叫，漂浮在智核的超巨型數據圈資料平面的某處。我跟大家（或許除了現任參議院首席執行官或ＡＩ的垃圾處理機之外）一樣不知道智核在哪裡。眾ＡＩ在我還沒出生的三個多世紀以前，就和平脫離了人類掌控，雖然他們依然以盟友身分幫助霸聯，擔任萬事議會資政、監視數據圈、偶爾用預測能力讓我們免於重大決策錯誤或自然災難等等，基本上智核總是自己偷偷進行著外人無法了解、全然不屬於人類的事務。

沒什麼不公平，我覺得。

ＡＩ通常透過數據圈和人類以及人類的機器來往。如果需要，他們可以製造一個互動式全像投影——我記得茂宜—聖約星的入盟儀式上，出席簽約的智核大使跟全像電影老明星泰隆・巴斯懷特的相似程度令人起疑。

模控人就完全不一樣了。他們以人類基因庫量身打造，外型和外顯行為上，遠比受限的生化人更像人類。智核和霸聯的共識下，世上只存在極少量的模控人。

我看著強尼。從ＡＩ的觀點來看，隔著書桌坐在我對面的美麗軀殼和有趣個性一定只是另一具附屬品、一個遠端單位，某種程度更複雜些，但除此之外比起ＡＩ日常工作所用到的一萬個類似的偵測器、操控器、自主機具或其他遠端單位，並不會更重要。丟棄「強尼」對ＡＩ造成的困擾，大概不會比剪一片指甲給我的負擔要大。

太浪費了，我想。

「模控人。」我說。

「對，有執照的。我有萬星網用戶簽證。」

「很好啊，所以某人……殺了你的模控人體，你要我把他找出來？」我聽到自己說。

❹ Cybrid，結合了Cyborg與Hybrid兩字，Hybrid即混合，而首字Cyborg為Cybernetic Organism的簡稱，指一種混合了有機體與機械體的智慧型態。Cybernetics一般譯為模控學或控制論，指研究生物或機械之中回饋通訊與控制的理論，故將Cybrid譯為模控人，此處指有人類身體卻靠人工智慧遙控的有機體。

「不是。」這年輕人說。他的鬈髮是棕紅色。就像他的口音，這髮型讓我摸不著頭緒。不知道為什麼顯得古老，但我一定在哪裡看過。「不只是這具身體被謀殺了。凶手殺的是我。」

「你？」

「是。」

「所謂你是指……呃……AI本身？」

「沒錯。」

我不懂。AI不會死。至少全萬星網沒人聽說過。「我不懂。」我說。

強尼點點頭。「不同於人的人格會在……我想一般觀念是……死亡的時候消失，我的意識是無法毀滅的。然而，因為被攻擊，出現了一次……中斷。雖然我擁有……啊……就說是記憶、個性等等的複製記錄吧，但確實有損失。部分資料在攻擊中銷毀了。在這層意義上，凶手犯下了謀殺案。」

「我懂了。」我說謊。我吸了一口氣接著說：「那麼AI主管單位呢……如果有這種東西的話……或霸聯電子警察呢？不是應該找他們才對嗎？」

「因為一些個人因素，我不去尋求這些單位協助，有其重要性，甚至有必要性。」我試著把說話的這個迷人的年輕人當成模控人。

我挑起一邊眉毛。這話聽起來就比較像我一般的客戶了。

「我跟妳保證，絕不是違法。也沒有不道德。只是……在一個我無法解釋的層面上覺得丟臉而已。」他說。

我雙手盤在胸前。「聽好，強尼。這故事不太高明。我是說，我手上只有你的說法來證明你是模控人。你搞不好是個詐騙高手也很難說。」

他表情驚訝。「這我倒沒想過。妳要我怎麼證明我的身分真的跟我說的一樣？」

我一秒都沒遲疑。「匯一百萬元到我在星網運通的帳號。」我說。

強尼微笑了。同一瞬間我的電話響起，螢幕上出現一個滿臉困惑的人，星網運通的代碼在背景浮動著，他說：「不好意思，拉蜜亞君，我們想知道以您的……啊……存款規模來說，您有沒有興趣研究一下我們長期存款或共同保證市場基金等各種可能方案？」

「再說。」我說。

銀行經理點點頭消失了。

「那可能只是虛擬的。」我說。

強尼笑臉宜人。「是，不過就算這樣也是一場讓人滿意的虛擬，不是嗎？」

「不一定。」

他聳聳肩。「假設我的身分確實如我所說，妳會接案嗎？」

我嘆氣。「會。不過還有一件事。我的費用不是一百萬。我每天拿五百元，支出外加。」

模控人點點頭。「妳的意思是要接下這個案子？」

我起身，戴上帽子，從窗邊的衣架拉下一件舊大衣。我彎過身擋住書桌下層的抽屜，把我父親的手槍順暢滑進大衣口袋。「出發了！」我說。

「好，去哪？」強尼說。

「我想看看你被殺的地方。」

人們通常有一種刻板印象：盧瑟斯出生的人痛恨離開蜂巢，如果到任何比購物中心更開放寬廣的地方，曠野恐懼症就會立刻發作。事實上，我大部分生意都來自……也把我帶到……這顆星球以外。四處追蹤得標不付錢、利用傳送系統和新身分試圖重新來過的買家。尋找搞婚外情、以為在不同星球見面就不會被發現的出軌夫妻。追查失蹤小孩和離家爸媽。

不過，我們穿過鐵豬市群星廣場的傳送門，踏上一片似乎無邊無界的岩石高原那一刻，我還是震驚地遲疑了一秒鐘。除了我們背後的銅體長方形傳送門之外，放眼沒有一點文明的痕跡。空氣聞起來像是發臭的蛋。天空是一大鍋黃棕色的噁心雲塊。周遭的地面呈現灰色鱗片狀，肉眼所及之處毫無生命，連苔蘚都沒有。我不知道地平線到底有多遠，但感覺上我們很高、地平線很遠，而且遠方也沒有一點樹木、草叢、或任何生物。

「我們在什麼鬼地方？」我問。我一直確定自己知道每一顆萬星網內的星球。

「莫德雅❺。」強尼說，他的發音類似「莫—耶」。

「沒聽過。」我說著，一手伸進口袋摸索我爸手槍的珍珠握把。

「這裡還沒有正式加入萬星網，官方名稱，這裡是帕爾瓦蒂星的殖民地之一。不過距離那邊的霸聯軍基地只有幾光分遠，傳送門連結在莫德雅加入領地之前就已經建立了。」那模控人說。

我看著這片荒蕪。二氧化硫的臭味讓我作嘔，我擔心它會毀了我的衣服。「有殖民城市嗎？這附近？」

「沒有。星球另一邊有幾個小城市。」

「最近的人類居住區域是什麼？」

「南達・德威❻。大概三百人的小鎮。往南邊兩千多公里的地方。」

「那為什麼在這裡蓋一座傳送門？」

「可能是未來的採礦場。」強尼說。他指向灰色高原。「重金屬。銀行團可在這個半球建造一百多座傳送門，方便開始發展後的交通來往。」

「好，這地方適合謀殺案。你那時為什麼過來？」我說。

---

❺ Madhya，即印度文「中央」之意，今印度中部的一省，通常稱為中央邦。

❻ Nanda Davi，今印度第二高峰，高七、八一七公尺，位於喜馬拉雅山脈，聯合國組織立為世界遺產之一。

「我不知道。那也是毀損的記憶區段的一部分。」

「你跟誰一起來的？」

「這我也不知道。」

「你知道什麼？」

那年輕人把他優雅的手放進口袋。「不管是誰……是什麼……攻擊我，都用了一種智核稱之為愛滋二型病毒的武器。」

「那是什麼？」

「愛滋二型是聖遷之前很早期人類間的一種傳染病，會讓免疫系統失效。這種……病毒……對ＡＩ的作用也一樣。不到一秒鐘就會侵入安全系統，然後對宿主釋放致命的吞噬細胞程式……傷害ＡＩ本身。傷害我。」強尼說。

「所以你不可能自然染上這種病毒？」

強尼笑了。「不可能。差不多就像問一個被槍射傷的受害人，他是不是自己摔倒在子彈上一樣。」

我聳聳肩。「聽著，如果你要一個資料網路或ＡＩ專家，你找的女人完全不對。除了像其他兩百億個呆瓜一樣上上數據圈，我對『靈界』一竅不通。」我故意用這個過時字眼看他會不會被刺激。

「我知道，那不是我希望妳做的。」強尼說，冷靜如常。

「你希望我做什麼？」

「查出是誰把我帶到這裡殺了我。還有為什麼。」

「好吧。為什麼你覺得這是謀殺案發生的地點？」

「因為我重新控制模控人體的時候就在這裡，當我……結構重組之後。」

「你是說病毒毀了你的時候，模控人體也失去作用？」

「是。」

「那持續了多久？」

「我的死亡？備用人格啟動之前，將近一分鐘吧。」

我笑了。我忍不住。

「什麼讓妳笑了，拉蜜亞君？」

「你對死亡的概念。」我說。

淡褐色的眼睛露出悲傷。「也許對妳來說可笑吧，但妳不了解一分鐘的……失連……對智核的成員代表什麼。那是無限的時間和資訊。幾千年般的通訊中斷。」

「嗯，那麼你的身體、你的模控人體，在你改變人格特質之類的同時，做了什麼？」我說，不花太多工夫就忍住眼淚。

「我猜是陷入昏迷。」

「它本身沒辦法自主控制？」

「喔，可以，不過系統全面停擺的時候不行。」
「那你在哪裡醒來的？」
「您說什麼？」
「你重新啟動模控人體的時候，它在哪？」
強尼點點頭表示聽懂了。他指著一塊離傳送門不到五公尺的岩塊。「躺在那裡。」
「面對我們這邊還是另一邊？」
「另一邊。」
我走過去檢查那個地點。沒血跡。沒字跡。沒有丟在一旁的凶器。甚至沒有腳印或任何強尼的身體曾經在那永恆的一分鐘癱瘓的痕跡。也許警方一支法醫團隊可以從那裡靠顯微鏡和微生物層級線索看出不少端倪，但我看到的只有堅硬的石頭。
「如果你記憶真的消失，你怎麼知道有別人跟你一起來？」我說。
「我查過傳送記錄。」
「你有沒有順便查一下，刷萬用卡的這一位、或一群神祕客的名字？」
「我們兩個都是用我的卡傳送。」強尼說。
「跟你來的只有一個人？」
「是。」

我點點頭。如果這些門戶真能傳送人體，每一件星際犯罪就能靠傳送記錄破案了，傳送資料記錄可以將使用人身體的每一公克、每一顆濾泡精細重建。然而，傳送門基本上只是靠相位奇異點，在時空中硬生生扯出來的簡陋破洞。如果傳送的罪犯不使用他或她自己的卡，我們能得到的資料只有起點和終點。

「你們兩個從哪裡傳送來的？」我問。

「天崙五中心。」

「你有傳送門代碼？」

「當然。」

「我們到那邊再繼續講吧，這裡臭氣沖天。」我說。

天崙五，天崙五中心行之有世紀的別名，當然是萬星網當中最擁擠的星球。除了五十億人口在不到元地球一半的地表面積上爭搶棲身之地，更有一個繞地環狀生態圈承載另外五千萬人。除了是霸聯首都及參議院所在地之外，天崙五也是星網貿易的集散中心。理所當然，強尼找到的門戶代碼將我們帶到一處擁有六百道門戶的傳送站，位於新倫敦最巨大的高塔之一，而新倫敦本身是幅員最廣、歷史最悠久的市區之一。

「操，我們去喝一杯。」我說。

傳送站附近有一堆酒吧可供選擇，我挑了個比較安靜的：模仿船艦餐廳風格，昏暗、涼爽、堆滿了假木板和銅製品。我點了杯啤酒。我辦案時從不喝烈酒或用逆時針。有時我想這種對自律性的要求正是我在這行存活至今的關鍵。

強尼也點了杯啤酒，文藝復興星裝瓶、深色的德式釀酒。我意識到自己在想模控人會有什麼不良嗜好。

「你來找我之前，還有什麼發現？」我問。

小夥子雙手一攤。「沒什麼。」

「靠，這簡直是個笑話。你可以隨便動用ＡＩ一切資源，但還查不出在你的……意外之前那幾天，模控人體的去向行蹤？」我恭敬地說。

「不行。」強尼淺嘗一口啤酒。「應該說，我是可以，但是我有很重要的理由，不能讓其他ＡＩ注意到我在調查。」

「你懷疑是他們當中某人幹的？」

強尼沒回答，倒是給了我一張他萬用卡的明細晶片。「我被謀殺而產生的連結中斷，導致有五天行蹤不明。這是那段時間的刷卡記錄。」

「我以為你說你只斷連了一分鐘。」

強尼用指頭搔搔臉頰。「只損失五天的資料，算我幸運。」

我把人類服務生招來再點了一杯啤酒。「聽好，強尼……不管你是誰，除非我對你和你的情況更深入了解，否則我永遠找不到案子的切入點。如果殺你的人知道你會結構重組或什麼鬼的，為什麼還要殺你？」我說。

「我想得到兩種動機。」強尼喝著啤酒說。

我點點頭。「一個是製造他們想要、也成功得到的記憶喪失，這就代表，不管他們要你忘記什麼，都是在上星期左右發生或被你發現的。另一個動機是什麼？」我說。

「給我一個訊息，只是我不知道什麼意思，還有是誰發的。」強尼說。

「你知道誰可能想殺你嗎？」

「不知道。」

「一點都猜不到？」

「猜不到。」

「大部分殺人案，都是突發的、沒經過大腦的憤怒衝動，凶手跟被害者很熟，家人、朋友或情人。有計畫的謀殺，多半是被害者身邊的人犯下的。」我說。

強尼沒說話。他的臉有某種不可思議的東西吸引著我，某種男性力量和女性敏銳感的混合。也許是眼睛吧。

「ＡＩ有家人嗎？」我問。「會結仇？吵架？情人之間鬥嘴？」

「不會，的確有類似家庭的一些安排，但完全沒有人類家庭所展現的各種必要的情緒或責任條件。AI所謂的『家庭』主要是代碼相近的團體，用以凸顯某些程序處理的趨勢從何而來。」他微微一笑。

「所以你不覺得是別的AI攻擊你的？」

「有可能。」強尼轉動手中的玻璃杯。「我只是不懂為什麼他們會攻擊我的模控人體。」

「比較容易成功？」

「或許吧。可是這樣對凶手來說事情會更複雜。從資料平面發動攻擊絕對會更加致命。況且，我確實看不出其他AI有什麼動機。完全不合理。我沒有威脅到任何人。」

「為什麼你有一具模控人體呢，強尼？如果我能釐清你在整件事的角色，或許可以找到一個動機。」

他把一片麻花脆餅拿起來把玩。「我有模控人體……某方面來說我就是模控人體，因為我的……功能……就是對人類加以觀察並作出反應。可以說，我曾經也是人類。」

我皺起眉毛搖搖頭。完全無法理解他目前為止所說的。

「妳聽過人格再生計畫嗎？」他問。

「沒有。」

「一個標準年以前，霸聯軍把霍瑞斯．葛藍儂—海特將軍的人格虛擬再生，看看這個將軍為什麼這麼成功？新聞都有報導。」

「對啊。」

「嗯，我算是……至少曾經是……一項比較早而且複雜許多的計畫。我核心人格的原型是一位聖遷前的元地球詩人。遠古時代。元地球曆十八世紀晚期出生的。」

「這麼古早的人格，媽的他們怎麼重建？」

「著作，他的信件、日記、評傳、朋友的說詞，但主要透過他的詩集。虛擬程式重建了生活環境，加入已知條件，再從作品逆向解讀。然後，核心人格出來了。剛開始很粗糙，不過等到我誕生的時候，算是相當精緻了。我們第一次的試驗是一位二十世紀詩人，叫作艾茲拉·龐德。我們得到的人格，主見之強簡直荒謬、偏見之深無藥可救，基本上是瘋子。花了一年敲敲打打我們才發現，這個人格其實很精準，就是這個瘋子沒錯。是天才但也是瘋子。」強尼說。

「然後怎樣呢？他們按照一個死掉的詩人打造你的人格。然後呢？」我說。

「這個人格成為ＡＩ生長的樣板，模控人體讓我在資料平面上扮演我的角色。」強尼說。

「詩人？」

強尼又笑了。「比較接近詩。」他說。

「一首詩？」

「一部不斷發展的藝術作品……但不是人類那種定義。或者說謎語吧。一個變化中的謎團，偶爾可以就比較重要的分析面向，提供特殊見解。」

「我不懂。」我說。

「那也沒關係。我非常懷疑我……存在的目的……就是被攻擊的原因。」

「你想原因是什麼？」

「我不知道。」

我覺得我們回到了原點。「好吧，我看看能不能查出你在那消失的五天裡做了什麼、跟誰在一起。除了這張明細單，你還能想起任何其他有用的事情嗎？」我說。

強尼搖搖頭。「妳當然了解，為什麼對我來說凶手的身分和動機很重要吧？」

「當然，他們可能會再次下手。」我說。

「完全正確。」

「如果我得聯絡你怎麼辦？」

強尼給我一片通聯晶片。

「線路安全嗎？」我說。

「非常安全。」

「好，如果找到什麼情報，我馬上跟你聯絡。」我說。

我們離開酒吧走向傳送站。他正要走開的時候，我三個箭步趕上去抓住了他的手臂。這是我第一次碰他。「強尼。他們復活的那個元地球詩人名字叫……」

「再造的。」

「隨便啦。他們用來打造你人格的那個？」

美麗的模控人稍稍遲疑。我注意到他的睫毛很長。「這怎麼會有關連？」他問。

「誰知道什麼會有關連？」

他點頭。「濟慈，西元一七九五年出生。一八二一年死於肺結核。約翰·濟慈。」他說。

要尾隨某人穿過一連串不同的傳送門，媽的幾乎比登天還難。尤其是當你不想被發現的時候。星網警察辦得到，大概要派出五十個探員，加上一堆罕見又貴得要命的高科技玩具，更不用說需要運輸管理局的配合。一個人呢，簡直是不可能的任務。

不過，掌握客戶的去處對我來說相當重要。

強尼穿過傳送站廣場的時候沒有回頭。我移動到附近一臺售票機，用隨身錄像器看著他在手動圓幕上輸入密碼，插入卡片，然後走進發亮的長方門戶。

使用手動圓幕可能表示他要去的是一個公共門戶，因為私人門戶密碼通常都印在保密晶片上。很好。這下子我可以把他的目的地範圍縮小到一百五十多個星球和七八十顆衛星上，大約兩百萬個門戶左右。

我單手拉下大衣上的紅色「縫線」，同時按下錄像器的重播鈕，透過眼鏡觀察放大後圓幕上的按鍵順序。我拿出一頂紅帽子搭配新的紅色外套，壓低帽簷把臉遮住。很快地我穿過廣場，一邊在通訊記錄器上查詢九位數的傳送密碼。我記得所有的星球冠碼，所以知道前三碼代表青島—西雙版納，結果在片刻後傳來，這個門戶代碼通往萬縣第一波拓荒城的一處住宅區。

我趕忙走進第一道空出的門戶傳送過去，踏上一個鋪了陳舊磚頭的小型傳送廣場。古老的東方店鋪互相倚靠，尾端翹起的屋簷間是狹窄的小巷。廣場上人群川流，站在各家門前，雖然眼前大多數人很明顯是第一批定居青西版納的「長征」❼流亡人士的後代，不少人卻是外星旅客。空氣中傳來異國草木、下水道、烹飪米飯的氣息。

「該死。」我低聲道。那裡有另外三道傳送門戶，都不常使用。強尼可能早已迅速傳送離開。

我沒有傳送回盧瑟斯，反而花了幾分鐘檢查廣場和附近的巷道。這時候我稍早吞下的黑色素口服錠已經生效，現在化身一位年輕黑人女性，或男性。其實很難分辨，我穿著時髦的紅色氣球外套和偏光鏡片，一面閒晃一面用觀光錄像器拍照。

我溶在強尼第二杯德國啤酒裡的追蹤藥片早已充分生效。此時含紫外線的微粒幾乎就懸浮在空氣當中，我簡直可以四處跟隨他呼吸的痕跡。不過我在一面暗牆上找到一枚亮黃色的手印（透過特殊改造鏡片當然是亮黃色，不過紫外線光譜外是看不到的），然後按照飽含微粒的衣服與市場攤販或石頭的接觸面，一路追蹤隱隱約約的斑點。

強尼正在一間港式餐廳用餐，距離傳送廣場不到兩條街。油炸食物香味四溢，但我克制了進去的衝動，先看看巷內書攤的標籤、到市場上討價還價，花了將近一小時，等他吃完回到廣場傳送離開。這次他用了晶片代碼，當然是往私人門戶，也許是私人住宅，而我冒了雙重風險，用釣魚卡❽跟蹤他。雙重風險之一：那張卡完全不合法，如果哪天被抓，代價就是我的執照，但只要我使用的是席瓦老爹那張貴得要命卻堪稱完美藝術的變形晶片，被抓的就機率不大。再來，風險之二：有五成機率我會出現在強尼家的客廳裡……想自圓其說、全身而退的難度可不低。

結果不是他家客廳。即使還沒看到路標，再熟悉不過的額外重力拉扯、昏暗的青銅光線、空氣中油漬和臭氧的味道，我都早已認出，知道回到盧瑟斯的家了。

強尼傳送到位於伯格森蜂巢之一的一座中度警戒私人住宅塔。或許他就是因此才選了我這家偵探社，我們幾乎算是鄰居，相隔不到六百公里。

我的模控人不見蹤影。我小心翼翼地行走，避免觸發任何能偵測逗留行為的安全監視器警報。公寓門口沒有住戶目錄，沒有姓名電話，通訊記錄器也查不到住戶名冊。我猜想東伯格森蜂巢區大概有兩

❼ Long Flight，指華人移居至青西版納星的殖民，應是借用自中國共產黨的兩萬五千里長征（Long March），即一九三四年向陝甘區域撤退的歷史事件。

❽ Pilot-fish card，類似網路釣魚（phish），可以調出某裝置最近一次使用者的資料。

萬個膠囊住戶。

微粒逐漸褪色，線索即將中斷，不過我只搜了兩個放射狀走廊就找到痕跡。強尼住在甲烷湖邊的公寓一側，鋪著玻璃地板的樓層邊間。他的指紋門鎖上一枚掌印微微發光。我用飛賊工具組在門鎖上取了樣本，接著傳送回家。

整體來說，我看著客戶出門吃了一頓中國菜然後回家睡覺。今天的成績夠好了。

ＢＢ．梭靈傑是我的ＡＩ專家。ＢＢ替霸聯流量控制記錄暨統計局工作，一生大半仰躺在一張自由升降長椅上，頭上連接著十幾條微線路，和資料平面上其他官員進行虛擬互動。我大學時代認識他的時候，他徹頭徹尾是個網路痞客，身為家中第二十代駭客，十二個標準歲就做了大腦皮層分流。他的真名是恩耐斯特，但他跟我的朋友席拉．托優交往過程中，得到了ＢＢ這個別名。第二次約會時席拉看到他的裸體，結果大笑整整半小時：恩耐斯特當時（現在也還是）有著將近兩公尺的身高，體重卻不到五十公斤。席拉說他的屁股像兩顆ＢＢ彈，而這個小名再也沒離開他，殘酷的事多半如此。

我到天崙五一座無窗獨棟的公務員小樓造訪他。ＢＢ這類人可沒有摩天高塔。

「布瑯，妳這把年紀了，怎麼會想搞懂資訊科技呢？要找份真正的工作都嫌太老啊。」他說。

「我只想知道ＡＩ的事，ＢＢ。」

「不過是已知宇宙中最複雜的主題之一罷了。」他嘆口氣，幽幽看著拔下來的神經分流器和外皮層導線。網路痞客從不下線，但公務員規定得休息吃午餐。BB跟大部分網路痞客一樣，不在數據波上衝浪就無法自在地交換資訊。「那妳想知道什麼？」他說。

「AI為什麼退出？」我總得起個頭吧。

BB做了個模稜兩可的手勢。「他們說他們有一些計畫，跟全面融入別名為人類的霸聯事務並不相容。不過說真的，沒人知道為什麼。」

「可是他們沒有走。還是在管理各種事情？」

「當然。沒了他們系統根本跑不動。這妳知道吧，布瑯。就連萬事議會想正常運作，都不能沒有AI來管理即時史瓦茲模組……」

「好，可是他們的『其他計畫』是什麼？」我趕緊在他端出網路痞客語之前打斷他。

「沒人知道。人智企業的布拉能和史維茲認為，AI追求的是以宇宙為規模的意識進化。我們知道他們有自己的探測器，深入邊疆星域的程度，遠遠超過……」

「那模控人呢？」

「模控人？」BB直起身子，第一次露出好奇的表情。「妳幹麼問模控人的事？」

「我問模控人的事，你幹麼這麼驚訝？」

他不經意揉揉分流器的接孔。「嗯，首先呢，大部分人早忘了他們的存在。兩個世紀以前，大家緊張得要命，什麼機器人全面接管之類的，可現在沒人在意他們。而且，我昨天才看到一則怪異現象報告，說模控人正在消失。」

「消失？」這一回換我坐直起來。

「妳知道，被淘汰當中。AI一直在萬星網中保持大概一千個有執照的模控人。約有一半以天崙五為基地。上星期的普查顯示，其中三分之二都在上個月左右被召回了。」

「AI召回模控人的時候會怎樣？」

「不知。會被毀掉吧，我猜。AI不喜歡浪費，所以我想基因性質的材料會用某種方式回收。」

「為什麼要回收？」

「沒人知道，布瑯。不過我們大多數人對AI做的事多半也不知道原因。」

「專家覺得他們AI是一種威脅嗎？」

「妳開玩笑啊？六百年前，也許吧。兩個世紀以前AI跟人類分割，讓我們起了戒心。但如果這些傢伙想傷害人類，在那之前早就可以下手了。擔心AI會對付我們，大概跟擔心農場的動物會起來造反一樣沒意義。」

「只不過AI比我們聰明。」我說。

「對啊，嗯，那倒是。」

「BB，你聽過人格再生計畫嗎？」

「像葛藍儂—海特那個？有啊。誰沒聽過。幾年前我還在帝國大學做過一個呢。可是這些計畫都過時了。現在沒人在搞。」

「為什麼？」

「天哪，妳還真的什麼鬼都不知道，是不是，布瑯？人格再生計畫沒一個成功。就算有最好的虛擬環境控制……連奧林帕斯歷史戰術網都加入了……妳不可能每項變數都計算得恰到好處。樣版人格會出現自覺……我是指不只是有自覺而已，像妳我這樣，而是自覺到它是一個人工製造的自覺人格，這一來就會導致終端怪奇迴路和不諧和迷宮出現，最後直接進入埃薛爾空間。」

「翻譯一下。」我說。

ＢＢ嘆了口氣，眼光飄向牆上的金藍兩色帶狀時鐘。再五分鐘他的強制午餐時間就要結束。他就可以回到真實世界了。「意思就是，再生的人格崩潰了。發瘋了。心理不正常。神經病。」他說。

「每一個都這樣？」

「每一個都這樣。」

「可是ＡＩ還是對這個實驗有興趣？」

「哦，是嗎？誰說的？他們一次都沒做過。我聽過的每一項再生計畫都是人類主持的……多半是不怎麼高明的大學計畫。死腦筋的學院派花了一大筆錢，換來一顆學院製造的死腦袋。」

我勉強笑了一下。還剩三分鐘他就可以插上接頭了。「所有再生的人格都有遠端模控人體嗎？」

「沒有。妳怎麼會這樣想，布瑯？一個都沒有。不能用。」

「為什麼不行？」

「只會破壞刺激模擬而已。何況妳需要完美的人體，還有一個完全精準的互動環境。聽好，小子，妳手上有一個再生人格，就得透過全套模擬系統讓他活在他的世界裡，然後妳只能用夢境或互動情境來偷塞進幾個問題。把一個人格從模擬系統拉出來放進龜速時空……」

這是網路痞客老掉牙的講法，意思是……不好意思我用這個詞……真實世界。

「……只會讓他更早變成神經病。」他下了結論。

我搖搖頭。「對，嗯，謝啦，ＢＢ。」我走到門邊。還剩三十秒，我的大學老友就能逃出龜速時空了。

「ＢＢ，你有沒有聽過一個再生人格，是元地球的詩人，叫約翰・濟慈？」我又想到什麼。

「濟慈？喔，有啊，我的大學課本有一大篇相關報導。馬地・卡洛斯大概五十年前在新劍橋弄的。」

「結果呢？」

「一樣啊。人格出現怪奇迴路。不過壞掉之前，他倒是經過一次完整的模擬死亡。某種古老疾病。」ＢＢ看看時鐘，露出微笑，拿起他的分流器。接進腦袋上的插孔前，他又看我一眼，幾乎帶著幸福喜樂。「我想起來了，是肺結核。」他透過半夢半醒的笑容說。

如果我們的社會哪天選擇採取歐威爾筆下的老大哥手段，高壓統治最好的工具一定是信用曲線❾。在這個完全淘汰現金，只剩一個以物易物的退化黑市的經濟體系下，只要監視他或她萬用卡的信用曲線，就可以即時追蹤一個人的行動。有相當嚴厲的法規保護持卡人隱私，不過法律有個壞習慣，每當社會推力變成極權統治，法律也跟著被忽視或是廢除。

強尼被謀殺前五天的信用曲線，顯示出一個生活規律、習性節儉的人。在追蹤明細晶片上的線索之前，我花了無聊的兩天跟蹤強尼本人。

資料：他獨自住在東伯格森蜂巢。制式檢查顯示他已經在那裡住了約七個本地月，也就是不到五個標準月。早上他會在當地一間咖啡店用餐，接著傳送到文藝復興星，工作大概五小時，顯然是在平面資料庫進行某種研究，然後在中庭小販的攤位上吃個簡單午餐，再回到圖書館待上一兩個小時，最後傳送回盧瑟斯家中或到其他星球上的某間有名的餐廳。晚上十點回到他的小窩。比一般盧瑟斯中產階級的傳送次數多些，不過這份行程的其他部分就乏善可陳。萬用卡明細證明，他在被謀殺的當週行程沒有改變，購買商品的次數多了一些，一天買鞋子、第二天買雜貨，另外，「被謀殺」當天光顧了一間位於文藝復興的酒吧。

❾ Credit Wake，刷卡記錄／地點所構成的記錄。

我和他一起在青島─西雙版納傳送門附近紅龍街上的一家小餐廳吃晚飯。食物很燙、很辣，也很美味。

「妳過得如何？」他問。

「好極了。從我們見面到現在我賺了一千塊，現在又找到一間好吃的港式料理。」

「很高興我的錢都花在重要的東西上。」

「說到你的錢……都從哪來的？在文藝復興的圖書館閒晃應該賺不了多少吧。」

強尼抬起一邊眉毛。「我靠一筆小小的……遺產過活。」

「我希望不會太小。我還想拿錢呢。」

「對我們的事情來說夠用了，拉蜜亞君。妳有沒有發現什麼值得討論的事？」

我聳聳肩。「告訴我你在圖書館裡做什麼。」

「有可能扯上關係嗎？」

「是啊，有可能。」

他用奇怪的眼光看著我，眼神裡有某種東西讓我膝蓋發軟。「妳讓我想到一個人。」他輕聲說。

「喔？」如果這句話由別的任何人來講，我一定讓他滾蛋。「誰？」我說。

「一個……我以前認識的女人。很久以前。」他的手指掃過眉間，彷彿突然感到疲倦或頭暈。

「她叫什麼名字？」

「芬妮。」兩個字小聲到幾乎聽不見。

我知道他說的是誰。濟慈有過一個未婚妻叫芬妮。他們的愛情故事是一連串的情感挫敗，幾乎把詩人逼上瘋狂邊緣。他孤單一人在義大利死亡時，身邊只有一個同行旅人，他感到自己被朋友和情人遺棄，於是，濟慈要求下葬時要將芬妮寄來還沒拆封的信以及一束她的頭髮一起陪葬。

那星期之前我從來沒聽過約翰．濟慈，這一大篇鬼話都是我在通訊記錄器看的。我說：「所以你在圖書館做什麼？」

模控人清清喉嚨。「我在研究一首詩。尋找原著的一些片段。」

「濟慈的作品嗎？」

「是。」

「用查的不是比較快嗎？」

「當然。可是對我來說看到原著……摸到它，是很重要的事情。」

我想了一下。「那首詩在說什麼？」

他笑了……也許只是他的嘴唇在動。淡褐色的眼睛依然透露出困擾。「詩的標題是〈海柏利昂〉，很難形容它在說什麼……藝術的困境吧，我想。濟慈一直沒有寫完。」

我推開盤子喝了口熱茶。「你說濟慈一直沒有寫完。你的意思是你沒有寫完，不是嗎？」

他吃驚的表情絕對假不了……除非ＡＩ是完美的演員。就我所知，他們有可能是。「我的天哪，我不是約翰．濟慈。人格建構在再生樣版上，並不代表我是濟慈，就像名字叫拉蜜亞並不代表妳是怪物，兩者一樣荒謬。我跟那位可憐、悲慘的天才之間，有上百萬種因素而有所區別。」他說。

「你說我讓你想到芬妮。」

「遙遠的一場夢吧。甚至連夢都不是。妳吃過RNA學習藥劑，對吧？」

「對。」

「差不多一樣。讓人覺得……空虛的記憶。」

一位人類服務生端上幸運籤餅。

「你想不想到真正的海柏利昂去？」我問。

「那是什麼？」

「一個邊疆星球。我想，是比帕爾瓦蒂星更遠的地方。」

強尼似乎不解。他已經掰開了餅乾但還沒看籤的內容。

「那邊原本叫作詩人之星，我想，甚至還有一個城市以你……以濟慈來命名。」我說。

那年輕人搖搖頭。「對不起，我沒聽過這個地方。」

「怎麼可能？AI不是無所不知嗎？」

他的笑聲短促而尖銳。「這一位所知很有限。」他念了他的籤：小心突發的衝動。

我盤起雙臂。「你知道，除了銀行經理那場不怎麼高明的全像把戲之外，我手上沒有證據顯示你就是你所描述的那個人。」

「給我妳的手。」

「我的手？」

「對。隨便一隻。謝謝。」

強尼用雙手捧住我的右手。他的手指比我的長，而我的手指比較強壯。

「眼睛閉上。」他說。

我照做。兩者之間沒有過渡：前一秒我還坐在紅龍街上的碧蓮餐廳，下一瞬間我到了……一片虛空。某個地方。奔馳過灰藍色的資料平面，沿著鉻黃色的資訊高速公路飛行，從發光的資料儲存大都會上方、下方、中間穿越，紅色的摩天大樓表面是黑色的安全系統，個人帳戶或企業檔案之類的單純個體，在夜空中有如燒紅的煉油廠般大放光芒。所有一切之上，彷彿就在視線以外的某個扭曲空間中，懸掛著ＡＩ的巨大重量，他們之間最簡單的通訊像是強烈的火熱閃電，打在無盡的地平線上。遠方的某處，在這顆小星球不可思議的數據圈上，幾乎隱沒在分隔短短一角秒的立體霓虹迷宮之中，與其說我看見不如說我感受到了，那對正在等待我的褐色溫柔雙眼。

強尼鬆開我的手。他把我的籤餅打開。小紙條上寫著：謹慎進行新的冒險。

「天哪。」我低語。ＢＢ曾經帶我飛越資料平面，但少了分流器，那次經驗只不過是這次的萬分之一。兩者的差別有如看一場黑白全像電影上的煙火，和置身施放煙火的現場。「你怎麼辦到的？」

「這個案子妳明天會有進展嗎？」他問。

我恢復冷靜。「明天，我打算破案。」我說。

好吧，也許不是破案，但至少會有新進展。強尼的明細晶片上最後一筆消費是在文藝復興的那間酒吧。我當然第一天就去探過，因為沒有人類服務生就跟幾個常客聊了一下，不過沒遇到記得強尼的人。我又去了兩次，運氣一樣差勁。但是第三天，我決定待在那裡直到有點進展為止。

這間酒吧跟強尼和我去天崙五造訪過、有木頭跟銅板的那間，絕對是不同等級。這地方擠在一個老舊社區的荒廢建築的二樓角落，離強尼在文藝復興消磨時間的圖書館只有兩條街。不是那種他會在去傳送廣場的路上駐足的地方，但如果他在圖書館裡面或附近碰到想私下談談的人，這正是他會選擇的地點。

我已經在那邊坐了六個小時，快被鹹花生和淡而無味的啤酒煩死的時候，一個流浪漢走了進來。我從他的動作猜出他是常客，因為他沒在門口停下來或四處張望，而是直接走到後面一張小桌子坐下，機器人侍者還沒停穩他就點了一杯威士忌。當我走到他的桌邊，我發現他其實不算流浪漢，比較像我在那個社區的破爛商店和街頭攤販看到的那種疲憊的男人或女人。他瞇起受挫的眼睛抬頭看我。

「可以坐這裡嗎？」

「很難說，小妹，妳要賣什麼？」

「我要買東西。」我坐下，把啤酒杯放在桌上，伸手塞給他一張強尼走進天崙五傳送門的照片。

「看過這個人嗎？」

那老人看了照片一眼就把注意力全放回杯裡的威士忌。「說不定看過。」

我把機器人招來再點了一輪。「如果你看過他，今天就是你的幸運日。」

老人哼一聲，拿手背擦擦臉上的灰鬍碴。「如果真是幸運日，還真他媽的有一段日子沒碰過啦。」

他專心看我。「多少錢？妳要什麼？」

「消息。多少錢要看消息好不好。你有沒有看過他？」我從上衣口袋掏出一張五十塊黑市紙鈔。

「有。」

鈔票向桌面移動，但還沒離手。

「什麼時候？」

「上星期二。星期二早上。」

日期對了。我把五十塊塞給他，又拿了一張。「他一個人嗎？」

那老人舔舔嘴唇。「讓我想一下。我看他不是……不，他坐在那邊。」他指向後面一張桌子。

「另外有兩個人。裡面有一個……嗯，所以我才記得。」

「什麼意思？」

老人搓了搓指頭和大拇指，這個手勢和貪婪一樣久遠。

「跟我說那兩個人的事。」我引誘他。

「年輕的那個……妳找的那個……他旁邊坐了其中一個，妳知道，穿袍子很愛大自然的怪胎一天到晚在ＨＴＶ上出現。那些人和他們該死的樹。」

樹？「聖堂武士？」我吃了一驚。聖堂武士來一間文藝復興的酒吧幹麼？如果他是為了強尼來的，為什麼要穿長袍？那跟殺人凶手穿小丑裝上街犯案沒兩樣。

「對。聖堂武士。咖啡色袍子，有點東方味道。」

「一個男的？」

「對，我是這樣說啊。」

「你能不能多講一點關於他的事？」

「不行。聖堂武士嘛。高得要命。看不太清楚他的臉。」

「另外那個人呢？」老人聳聳肩。我再拿一張鈔票，把兩張都放在我的酒杯旁邊。

「他們一起進來的嗎？」我提示他。「三個人一起？」

「我不……不太……不，等一下。妳的人和那個聖堂武士先進來。我記得先看到袍子，後來才看到另外那個人坐下。」

「描述一下另外那個人。」

老人把機器人招來點了第三杯酒。我刷了我的卡，服務生大聲滑行離開。

「像妳，有點像妳。」他說。

「矮矮的？四肢發達？盧瑟斯人？」我說。

「嗯。大概吧。我沒去過。」

「還有呢？」

「他沒頭髮，有一根我姪女以前會弄的那種、叫什麼來著的。馬尾。」老人說。

「辮子頭。」我說。

「對啦。隨便。」他的手伸向鈔票。

「再兩個問題。他們有吵架嗎？」

「沒。我不覺得啦。講話很小聲。每天那個時候酒吧滿安靜的。」

「那是當天幾點？」

「早上。大概十點。」

這跟明細晶片的代碼相吻合。

「你有聽到什麼他們在說什麼嗎？」

「沒有。」

「都是誰在講話？」

老人喝了一口酒，眉頭深鎖陷入沉思。

「一開始是聖堂武士。妳的人好像在回答問題。有一次我看過去，他好像嚇了一跳。」

「很驚訝嗎？」

「沒有，就嚇了一跳。就像那穿袍子的說了什麼讓他意外的話。」

「你說是一開始都是聖堂武士在說話。後來是誰？我的人嗎？」

「不是，綁馬尾那個。然後他們就走了。」

「三個人都走了？」

「不是，妳的人和馬尾兄而已。」

「聖堂武士留下來了？」

「對。我猜。我想啦。我去上廁所。回來的時候我想他就不在了。」

「另外兩個人往哪走？」

「我不知道，他媽的。我沒在注意。我只是來喝酒，不是來當間諜的！」

我點點頭。機器人又溜過來但我揮手把他趕跑。老人恨恨地看著它的背影。

「所以他們走的時候沒吵架？沒有話不對頭、或一個人硬把另一個帶走？」

「誰？」

「我的人跟辮子頭。」

「沒有。靠，我不知道啦。」他低頭看著自己髒手裡的鈔票，以及機器人顯示面板上的威士忌，也許突然意識到，這兩樣我都不會再給他了。「那妳幹麼想知道這麼多？」

「我在找那個人，這裡還有沒有可能看到他們的人？或你記得誰那天有來？」我說。我看看酒吧四周，各桌大概坐了二十個客人，大部分看起來像本地常客。

「沒有。」他遲鈍地說。我注意到老人眼睛的顏色，跟他一直在喝的威士忌完全相同。

我站起來，把最後一張二十塊放在桌上。「謝了，朋友。」

「隨時歡迎啊，小妹。」

我還沒到門口，機器人已經朝他溜了過去。

我回頭走向圖書館，在繁忙的傳送廣場停下片刻，原地站了一分鐘。目前為止情況是：強尼早晨抵達時，可能在圖書館裡或者在外面遇到聖堂武士，或對方主動攀談。他們找了個隱密的場所交談，然後在那間酒吧，聖堂武士講了讓強尼感到意外的話。一個綁辮子的男人，可能是盧瑟斯人，隨後出現並開始主導談話。強尼和辮子頭一起離開。之後，強尼傳送到天崙五，接著又從那邊跟另一個人，可能是辮子頭或聖堂武士，傳送到莫德雅，在那裡，某人企圖殺他。確實殺了他。

太多漏洞了。太多「某人」。這一天的成績單沒什麼看頭。

我還在考慮要不要傳送回盧瑟斯，通訊記錄器就輕輕響起，是我給強尼的限制通訊頻率。

他的聲音粗啞。「拉蜜亞君。快過來，拜託。我想他們又試了一次。又想殺我。」隨後傳來的座標是東伯格森蜂巢。

我跑向傳送門。

強尼寓居的門開了一道小縫。走廊上沒有人，公寓裡也沒聲音。不管發生什麼事，都還沒引來警方。

我從大衣口袋拿出老爸的自動手槍，一個動作就把槍膛填滿、打開雷射瞄準器。

我伏低身子進入，雙臂伸直，紅點滑過黑暗的牆壁、遠端牆上一幅廉價海報、一道更幽暗的走廊通往室內。門廳是空的，客廳和視聽室都沒人。

強尼躺在臥室地板上，頭靠在床邊。血液浸濕了床單。他掙扎著撐起身體，又倒了回去。他背後的滑門開著，從外邊的開放大型建築飄來一股潮濕的工廠氣味。

我逐一檢查單門衣櫥、短短的走廊、嵌進牆壁的廚房，然後回頭走上室外陽臺。陽臺座落在蜂巢的曲面大牆上方約兩百公尺處，俯瞰前後延伸一、二十公里的蜂巢大廣場，景色十分壯觀。頭頂上方一百公尺左右，一大群黑暗的鋼梁構成了蜂巢的屋頂。大廣場上數以千計的燈火、廣告全像、霓虹燈散發光芒，與遠方的薄霧連成一團明亮、刺眼的朦朧電氣。

蜂巢的這面牆上還有幾百個類似的陽臺，全都荒廢了。最近的一個在二十公尺外。這種露臺正是房屋仲介人員喜歡點出的額外好處。天知道，強尼搞不好為了邊間多付了一大筆錢。但露臺一點都不實用，因為朝上方排氣口猛吹的強風，一向帶著沙塵廢土和蜂巢永不消散的油料兼臭氧味。

我把手槍收好，回去檢查強尼的情況。

那道割傷從他的髮際延伸到眉毛，只是皮肉傷但處處血跡。我從浴室取來一片消毒紗布蓋上傷口，他慢慢坐直。「怎麼回事？」我說。

「有兩個人……我回來的時候就等在臥室裡。他們避開了陽臺門上的警鈴。」

「你的保全稅可以全額退費了，然後呢？」我說。

「我們打起來。他們好像想把我拖到門口去。其中有一個帶了注射器，可是我把它從他手裡打掉。」

「他們為什麼離開？」

「我啟動了公寓警報。」

「但沒聯絡蜂巢安全部？」

「沒有。我不想把他們扯進來。」

「誰打你的？」

強尼心虛地笑了。「我自己。他們放開我，我追上去，結果撞到床頭櫃就摔倒了。」

「兩邊都打得很難看。」我說。我打開一盞燈檢查地毯，找到滾到床下的注射筒。

強尼像看到毒蛇一般瞪著它。

「你猜是什麼？」我說。「又是愛滋二型？」

他搖搖頭。

「我知道我們可以去哪裡化驗，我猜這裡面只是強力鎮定劑。他們只想把你帶走……不想殺你。」我說。

強尼移開紗布，臉一下子痛得皺成一團。血還在流。「為什麼會有人想綁架模控人呢？」

「不知道。我開始覺得所謂的謀殺只是另一次綁架未遂。」

強尼再次搖頭。

我說：「那兩個人有沒有誰綁辮子？」

「我不知道，他們戴了帽子和滲透面具。」

「有沒有哪一個像聖堂武士一樣高，或者有盧瑟斯人那種力氣？」

「聖堂武士？」強尼嚇一跳。「沒有。有一個的身高在萬星網平均左右。拿注射筒的那個人可能是盧瑟斯人，他夠壯。」

「所以你空手追打一個盧瑟斯流氓？你是不是有生物處理器，還是植入了體能調節機，沒告訴我？」

「沒有。我只是生氣而已。」

我把他扶起來。「所以AI也會生氣囉？」

「我會啊。」

「來吧，我知道一家有打折的自動醫療診所。然後你要跟我住一段時間。」我說。

「跟妳？為什麼？」

「因為你已經不只需要偵探了，現在你需要的是保鏢。」我說。

我的小窩在蜂巢分區圖裡，並不是歸類為公寓。我從一位惹火不少高利貸債主的朋友那邊，接手這間重新裝潢的無梁柱倉庫隔間。這個朋友晚年決定移民到一個邊疆殖民地，而我則得到一個很划算的地點，從辦公室沿走廊過去才一公里。周遭環境有點惡劣，載貨碼頭的噪音偶爾會壓過對話聲，但也給了我比一般窩居大十倍的空間，而且我在家裡就能用啞鈴和健身器材。

強尼看來真的對我家感到好奇，我得努力趕走這股興奮感。否則，我可能會為了這個模控人突然擦起唇膏和腮紅。

「所以你為什麼要住在盧瑟斯？」我問他。「外地人通常覺得地心引力很麻煩，景色又太單調。何況你的研究材料在文藝復興的圖書館。為什麼住這？」

我發覺，我非常專心地看著、聽著他回答。他的頭髮先是直的，然後中分，最後以垂到領口的紅褐色捲曲收尾。他習慣在講話時用拳頭撐著臉頰。我驚覺他的口音其實是那種完美學會新語言，但少了說母語的人會省略的發音方式。而且其中還有一絲歌唱般輕快的語調，有點像我認識的一個艾斯葵司長大的飛賊，那顆星球靜靜躲在萬星網一角，第一波拓荒時才有人定居，移民都來自毀滅前的不列顛群島。

「我在好幾個星球上住過，我的目的是觀察。」他說。

「從詩人的角度嗎？」

他搖搖頭，臉抽動了一下，然後小心翼翼地摸摸縫線。「不，我不是詩人。他才是。」

雖然情況不妙，強尼仍有一種我知道非常罕見的能量和活力。很難加以形容，不過我見識過多次，一屋子更顯赫的人物為了環繞在他這種人身邊，願意放低身段。不只是因為他沉默敏感的個性，而是他所散發的一種張力，即使他只是觀察四周，依然存在。

「那麼妳為什麼住在這裡？」他問。

「我在這出生。」

「對，可是妳的童年是在天崙五中心度過。妳父親是議員。」

我不吭聲。

「很多人期待妳踏進政壇，是妳父親自殺讓妳卻步嗎？」他說。

「那不是自殺。」我說。

「不是？」

「新聞報導和死因調查庭都這樣說，可是他們錯了。我父親絕不可能自殺。」我不帶情緒說道。

「所以是謀殺？」

「對。」

「即使沒有一絲動機和任何嫌犯?」

「對。」

「原來如此。」強尼說。載貨碼頭的黃色燈光照進蒙塵窗戶,使他的頭髮發出新銅的金屬微光。

「妳喜歡當偵探嗎?」

「做得好的時候。你會餓嗎?」我說。

「不會。」

「那我們睡吧。你可以睡沙發。」

「妳常常做得好嗎?偵探的事?」他說。

「明天就知道了。」

早上強尼在往常的時間傳送到文藝復興星,在廣場稍作停留,又傳送到天龍座七號星的早期拓荒博物館。他從那邊傳送到諾洪星,接著傳到神之谷的聖堂武士之星。

我們事先就把行程安排好了,我藏在文藝復興的柱廊陰影下等他。

綁辮子頭的男人是強尼之後第三個走出來的。他毫無疑問是盧瑟斯人,久住蜂巢的蒼白臉色,結實的體型和肌肉,以及囂張的走路方式,說他是我幼年失散的兄弟都不無可能。

他的眼光沒落在強尼身上，但當強尼繞了一圈往出境門戶走去時，我看得出他大感驚訝。我沒有跟上去，他的卡我只瞥到一眼，但我有十足把握那是追蹤器。

辮子頭在早期拓荒博物館裡很小心，跟強尼保持距離的同時，也檢查自己是否被人跟蹤。我穿上諾斯替禪教的連身冥想服，隔離護目鏡什麼的都戴了，我沒看他們一眼，就繞向博物館的出境門戶，逕自傳到神之谷。

放強尼一人從博物館傳送到諾洪星，給我一種怪怪的感覺，不過這兩個地方都是公共場所，其中風險我也評估過了。

強尼分毫不差地踏出世界樹星入境門，買了一張參觀門票。尾隨他的影子不得不暴露身分慌忙上前，趕搭即將開走的萬用浮掠機。按照計畫，強尼在上層甲板找了前排的位子坐下，我則是早就等在後排座位了。現在我已經一身普通觀光客打扮，正在使用的錄像器現場也有十幾臺，此時辮子頭才急急忙忙在強尼背後第三排找到座位。

參觀世界之樹一向很好玩，我爸第一次帶我去，我才三個標準歲。不過這一趟，隨著浮掠機從高速公路般的巨大樹枝頂端飛過，繼續沿著寬度相當於奧林帕斯山的樹幹盤旋上升，隱藏在寬大帽簷後的聖堂武士不時飄過眼角，卻讓我有種近乎焦慮的反應。

強尼跟我討論過，如果辮子頭出現，我們有幾種聰明又極為巧妙的手段來跟蹤他，找出他的巢穴所在，如果有必要，可以花上幾個禮拜來弄清楚他的陰謀。結果我選了個稱不上巧妙的作法。

公共艇在謬爾博物館附近讓我們下車，人潮在廣場四處遊走，難以決定該花十元買門票增廣見聞，還是直接殺到禮品店，就在此時我走到辮子頭身邊，抓住他的上臂，然後以閒聊的語氣說：「嗨。你介不介意跟我說一下，你他媽的要對我客戶做什麼？」

人們對盧瑟斯人一向有種刻板印象，說我們精巧的程度跟洗胃管差不多，和藹可親的程度則不到一半。如果我證實了前半句話，那麼為了加深後半句偏見，辮子頭可是花了不少力氣。

他很快。即使我輕描淡寫一掐，麻痺了他的右手肌肉，左手的刀子不到一秒就向上橫掃而來。

我讓自己向右方倒去，刀鋒割開臉旁幾公分的空氣，我在地上轉了一圈同時掏出神經麻痺槍，單膝跪地準備迎向危機。

危機不存在。辮子頭正在奔跑。遠離我。遠離強尼。他把遊客推開，躲在他們背後，朝博物館入口移動。

我把麻痺槍滑回腕帶開始奔跑。麻痺槍是很不賴的近距離武器，就像霰彈槍一樣容易瞄準，又沒有分裂子彈擊中無辜路人的危險效果，但是八或十公尺以外就毫無用處。調到最大動力，我可以給廣場上半數遊客一次要命的頭痛，但辮子頭已經太遠來不及擊倒。我追趕上去。

強尼向我跑來。我揮手趕他。「到我家！」我大叫。「別忘了上鎖！」

辮子頭已經跑到博物館入口，現在他回頭看我一眼，刀子還在手上。

我衝向他，想到接下來幾分鐘會發生的事就有某種快感。

辮子頭翻過旋轉鐵柵，推開遊客向門口移動。我跟了上去。

直到我進入拱形的大廳，看他一路分開手扶梯上的人潮擠向遊覽平臺，我才意識到他要往哪裡去。

我父親在我三歲的時候帶我玩過一趟聖堂之旅。傳送門全都保持開放，走完所有導覽行程大概要花三小時，途中會經過三十顆星球，每一處聖堂生態學家都保留了一點他們認為謬爾會欣賞的自然景觀。我記得不是很清楚，但我想遊覽步道都是環狀設計，傳送門之間的距離相當短，方便聖堂導遊和維修人員出入。

靠。

一個傳送門邊的制服警衛看到辮子頭所造成的混亂，於是上前攔截這個粗魯的入侵者。即使相隔十五公尺，我依然看得到老警衛踹跚倒退時臉上的驚訝和疑懼，辮子頭的長刀柄從他的胸口突出。

老警衛可能是本地退休的警察，他低頭看去，臉色蒼白，小心碰了碰骨質刀柄好似那只是一件道具，然後臉朝下摔倒在平臺地磚上。遊客尖叫。有人大喊找醫生。我看著辮子頭推開一名聖堂導遊，投向發亮的傳送門。

事情的發展不如預料。

我毫不遲疑地跳進門裡。

半衝半溜地下了山邊濕滑的草地。頭上是檸檬黃色天空。熱帶氣味。我看到受驚的臉孔朝我轉來。辮子頭劃過繁複的花床，踢開修剪精美的盆栽，離下一道門只剩一半路程。我認出了這是富士星，搖搖晃晃衝下斜坡，接著手腳並用攀爬上坡，跟循辮子頭一路毀壞的痕跡，再次穿越花床。「把那個人攔住！」我大叫，並意識到聽起來多麼愚蠢。沒人作出任何反應，只有一個日本遊客拿起錄像器開始攝影。

辮子頭向後望了一下，擠過一群目瞪口呆的旅行團，然後穿過了傳送門。

我再度把麻痺槍拿出來向人群揮動。「退後！退後！」他們慌忙讓開。

我舉起麻痺槍，謹慎穿過傳送門。辮子頭的刀子已經沒了，但我不知道他還帶了什麼玩具。

海水閃耀。無涯海洋星的紫色波浪。走道是一條狹窄的木板高架步道，下方十公尺處是支撐浮球。走道向外延伸，在一群美妙的珊瑚礁和一株黃色島嶼馬尾藻上空盤旋，再繞回岸邊，但另有一條狹長的小徑橫向切過，通往步道終點的傳送門。辮子頭爬過了「禁止通行」的大門，正在貓道上向另一邊前進。

我跑了十步來到平臺邊緣，選擇束狀發射，接著把全自動模式的麻痺槍舉起，像拿著花園水管一樣前後掃動那道看不見的光束。

辮子頭似乎跌出半步，但還是撐過通往傳送門的最後十公尺，縱身穿越。我罵了一句翻過大門，無視背後聖堂導遊的喊叫。我瞥見一張提醒遊客穿上保暖裝備的告示，然後穿過門戶，幾乎感覺不到傳送幕掃過時類似淋浴的搔癢感。

風暴嘶吼，拍打著拱形的阻絕力場，內部的導覽路線成了穿越猛烈白雪的隧道。天龍座七號星的星球極北處，聖堂武士說服萬事議會停止殖民地的暖化計畫，以挽救當地的北極幽靈獸。我的肩膀可以感受到一．七G的重力束縛像重量訓練器材一樣向下拉扯。可惜辮子頭也是盧瑟斯人，如果他是萬星網標準體格，只要在這裡被我逮到肯定毫無勝算。現在就來看看誰的體能比較好。

辮子頭在步道前方五十公尺處回頭觀望。另一頭的傳送門就在不遠處，但暴風雪使步道以外的一切難以看清，也無法通行。我開始朝他大步奔跑。不考慮重力的話，這是所有聖堂世界導覽步道中最短的一段，大概延伸兩百公尺左右就折了回來。我接近辮子頭的同時可以聽到他的喘息聲，我跑得很輕鬆，他絕不可能比我更快跑到下一道傳送門。我在步道上沒看到遊客，目前為止也沒別人追上來。我想在這裡拷問他應該是個不錯的選擇。

距離出口門戶還有三十公尺時，辮子頭轉身單膝跪地，用能源手槍瞄準我。可能因為天龍七號星的重力讓武器意外沉重，第一發低了，不過也足以在步道上留下一道燒痕，被融化的永凍土就在我前方不到一公尺。他調整了準心。

我向外衝破阻絕力場，用肩膀推開向內擠壓的阻力，跌跌撞撞地迎向腰部以上的寒風。不到幾秒鐘，冷空氣讓我的肺部灼燒，冰雪夾著風勢將整張臉和赤裸的上臂掩蓋。我可以看到辮子頭在打燈的走廊上尋找我，但陰暗的風暴對我有利，我拚命穿過風雪朝他而去。

辮子頭把頭、兩肩和右手硬推出力場外，在瞬間掩蓋臉頰和眉毛的漫天冰雪中瞇著眼睛。他的第二發偏高，我感到子彈掠過的熱度。現在我距離他不到十公尺。我把麻痺槍的範圍開到最大，頭也不抬地倒向雪地中，向他那邊掃射。

辮子頭的能源手槍滾落雪地，他跌回阻絕力場當中。

我興奮大喊，聲音在強勁的風勢中消失，我蹣跚著向力場牆面移動。我的手腳現在遙不可及，無感於冰冷的痛。我的臉頰和耳朵發燙。我把凍傷的想法拋到腦後，撞向力場。

那是一堵三級力場，目的是阻擋風雪和幽靈獸那樣巨大的生物，同時讓偶爾迷路的遊客或處理雜務的聖堂武士回到走道上，但被惡寒大大削弱的我，一時半刻之間，竟發現自己像一隻撞牆的蒼蠅一樣拍打著牆面，踩在冰雪上的腳不停打滑。最後我猛力一撞，笨重地跌在地上，然後把雙腳拖進來。走道突然傳來的溫暖讓我忍不住劇烈發抖。我用盡力氣跪起一隻腳，然後站直，身上落下不少碎冰雹。

辮子頭跑完剩下的五碼來到出口門戶，右手像骨折一樣垂著。我懂被麻痺槍擊中那種神經著火的痛苦，並不羨慕他。他在我向前奔跑時回頭看了一眼，然後穿了過去。

茂宜—聖約星。熱帶空氣中夾雜著海洋和植物的氣味。天空是元地球的藍。我馬上看到步道通往聖堂武士從霸聯手中保存下來的幾座自由浮島之一。那個浮島還算大，直徑大約有半公里寬，入口門戶位於環繞主帆船樹幹的寬廣平臺上，居高臨下，我看得到巨幅的帆船葉迎風鼓漲，蔚藍色的舵藤蔓拖在後方遠遠飄盪。

出口門戶只要下一段十五公尺的階梯即可，但我馬上看到辮子頭往反方向走，沿著主步道往一群靠近浮島邊緣的茅草屋和特約攤販而去。

這是整個聖堂行程的中點，只有在這裡，他們才允許人類架設建築物接待疲勞的旅客，讓他們購買飲食或紀念品，增加聖堂兄弟會的收入。快速融化的雪浸濕了衣服，我一邊發抖，一邊開始快步向底下的步道前進。辮子頭為什麼要往那邊的人潮跑去？

我看到攤在地上供人租用的明亮地毯，於是心中明白。獵鷹魔毯在大部分網內星球並不合法，但因為西麗傳奇的關係，在茂宜—聖約星仍是當地傳統，這些攤在地上的古老玩物不到兩米長、一米寬，等著載遊客飛往海上遊覽，再返回這座浮島。萬一……辮子頭踏上其中一條……我拔腿飛奔，就在距離鷹毯不到幾公尺的地方追上另一個盧瑟斯人，一把抱住他的膝窩。我們翻滾到特約攤販區，幾個遊客大叫著散開。

我父親教了我一件事，是所有小孩都會忽略而付出代價的：一個厲害的大個子永遠能打贏一個厲害的小個子。現在我們大概勢均力敵。辮子頭奮力掙脫跳起身來，以一種雙臂伸展、五指齊張的東方格鬥姿勢落地。現在可以來分個高下了。

辮子頭第一個命中：他以左手指伸直戳來欺敵，瞬間躍起旋身發出一記迴旋踢。我向旁迴避，但還是結結實實挨了一腳，左肩和上臂痛得發麻。

辮子頭跳步後退。我欺身上前。他右手握拳揮來，被我擋開。他左掌劈下，我抬起右前臂架住。辮子頭向後跳開、旋轉、左腳狠狠踹出。我閃開，抓住踢空的腳，把他往沙地上一砸。

辮子頭一躍而起。我一記近身左勾拳把他撂倒。他在地上翻滾，連忙用膝蓋撐起身體。我一腳朝他左耳後方踢去，稍稍收力讓他還能保持清醒。

太清醒了，一秒後我意識到。此時他四指併攏避過我的防守，試圖戳向我的心口。但他只打傷我右胸下方的肌肉。我用盡全力一拳擊中他的嘴，鮮血迸出，他滾了幾圈來到沙灘，癱在地上。在我們背後，人潮逃向傳送門，幾個人去報警。

我拎著暗殺未遂的刺客的辮子，將他一把舉起拖到浮島邊緣，把他的臉按進水中直到他清醒。接著我把他的身體翻過來，抓著破爛染血的領口把他舉到空中。在其他人到場前，我們只剩一兩分鐘的時間。

辮子頭眼神矇矓看著我。我猛力把他抖了一下拉近身前。「聽好，朋友，我們來簡短但誠懇地聊聊天。先說你是誰，還有為什麼你要打擾你跟蹤的那個人。」我附耳說道。

還沒看到藍光，我就感受到強勁的電流了。我咒罵一聲放開他的領口。電光似乎在一瞬間圍繞了辮子頭的全身。我向後跳開，但我的頭髮已經根根豎直，通訊記錄器的突波控制警報也急急響起。辮子頭張嘴想要大喊，我可以看到他口中露出藍光，像某種低劣的全像特效。他的領口滋滋作響，化為黑色，竄出火頭。底下的胸口皮膚不斷冒著藍點，就像逐漸被火燒穿的老舊膠捲。光點擴大，互相連結，然後繼續擴大。我看進他的胸腔內部，器官在藍色火燄中融化。他再次尖叫，這次發出了聲音，然後我看著他的牙齒和眼睛在藍火中塌陷。

我再退開一步。

辮子頭現在著火了，藍光的頂端燒著橘紅火燄。他的皮肉向外炸開，彷彿骨頭紛紛引爆。不到一分鐘他已經成了具萎縮冒煙的焦屍，細小的身體就像所有火災受害者一樣，呈現古代侏儒拳擊手的姿勢。我一手遮嘴，轉身檢視在旁觀望的幾張臉孔，看看是不是其中哪位幹的。充滿驚嚇而撐大的眼睛瞪了回來。上方遠處，灰色保安制服從傳送門衝出。

該死。我看看四周。頭上的樹帆飽滿鼓漲。耀眼的游絲，即使在白天依然美麗，在五顏六色的熱帶植物之間輕巧穿梭。日光在藍色大海上舞動。往兩扇傳送門的路都被擋住了。帶頭的警衛已經掏出武器。

我三大步跑到最近的獵鷹魔毯，試著從二十年前唯一一次搭乘經驗回想飛行線路該如何啟動。我絕望地敲著毯子的花紋。

獵鷹魔毯僵固成形，飄起十公分高。警衛現在來到人群旁邊，我聽得到他們的叫喊聲。一個穿著小文藝復興俗豔衣物的女人對我指了過來。我跳下飛毯，把其他七條毯子一把抱起，再跳回自己這條。我在亂堆的毯子下方幾乎找不到飛行控制區，所以狠狠拍著前進線直到毯子突然升空飛行，差點把我抖了下去。

飛出五十公尺，高度來到三十公尺時，我把其他毯子扔進海中，轉彎看看海灘上的情況。幾件灰色制服團團圍住燒盡的餘灰。另一名把一根銀色手杖對準我的方向。

針頭般細小的疼痛一路戳著我的手臂、肩膀到脖子。我的眼皮垂下，差點從右邊摔下飛毯。我用左手抓住毯子另一邊，向前滑去，然後用麻木的手指敲上升線。再度攀升後，我在右腕上到處尋找自己的麻痺槍。腕帶是空的。

一分鐘後我坐直身體，甩開大部分的麻痺作用，不過我的手指還是火燙，頭也痛得要命。浮島遠落在後方，一秒秒縮小。一個世紀以前，浮島應該是靠著聖遷時期移入的海豚隊伍牽引，但「西麗叛變」期間，霸聯的平亂計畫除去了大部分的海洋哺乳動物，於是現在的浮島扛著網內旅客和度假中心老闆，隨處飄盪。

我檢查地平線上有沒有其他浮島，或其他少數幾塊大陸的一點蹤影。空無一物。應該說，有藍天，無限的大海，和幾道柔軟的白雲掛在西邊天空。還是東邊呢？

我把通訊記錄器從皮帶鎖上解下，正想按下一般數據圈登入，卻停住手指。如果當局已經追了我這麼遠，下一步就是找出我的確切位置，並派出浮掠機或警衛電磁車。我不確定他們能不能追蹤通訊記錄器，但我想不到任何該幫助他們的理由。我把通訊電路掀到待命，再次看看四周。

這一招真漂亮啊，布瑯。開著一張用了三個世紀的獵鷹魔毯在兩百米高空到處遊蕩，天知道鷹毯還有……或剩下……多少小時的電力，距離任何陸地可能有一千公里，甚至更遠。而且迷路了。太棒了。我盤起雙臂開始思考。

「拉蜜亞君？」強尼柔和的聲音差點沒讓我摔下飛毯。

「強尼？」我瞪著通訊記錄器。還在待命模式。一般通訊頻段指示燈沒有閃動。「強尼，是你嗎？」

「當然。我以為妳永遠不會打開通訊記錄器了。」

「你怎麼追蹤我的？你用什麼頻道？」

「那個就別管了。妳要去哪裡？」

我大笑告訴他我一點都不知道。「你可以幫忙嗎？」

「等一下。」不能再短的一瞬間之後：「好，我在一顆氣象記錄衛星上看到妳了。這東西原始得可怕。幸好妳的獵鷹魔毯有被動式發訊器。」

我看看這張毯子，要是沒有它，我會經過一段漫長墜落，水花四濺地摔入海中。「真的？其他人能追蹤我嗎？」

「可以，不過我在干擾這個特定頻段。好，妳想去哪裡？」強尼說。

「回家。」

「我不確定在……我們的嫌犯死亡之後，這樣做聰不聰明。」

我瞇起眼睛，突然懷疑了。「你怎麼知道的？我什麼都沒說！」

「認真點，拉蜜亞君。六個星球的警方頻道全在講這件事。他們對妳的特徵描述還算完整。」

「靠。」

「沒錯。好，妳要去哪？」

「你在哪？」我問。「我家？」

「沒有。我聽到警方頻道提到妳就走了。我在……一道傳送門附近。」

「我就是需要一道傳送門。」我又看了四周一遍。海、天、幾片浮雲。至少沒有一整支的電磁車隊。

「好吧，有一座沒啟動的霸聯多重傳送門，離妳現在的位置不到十公里。」聲音脫離強尼的身體傳來。

我把手遮在額前，三百六十度看了一圈。「有才怪，我不知道這顆星球的地平線有多遠，但至少有四十公里，而我什麼都沒看到。」我說。

「潛水基地，抓好了。我來接手操作。」強尼說。

獵鷹魔毯再次爬高，稍稍下跌，然後安安穩穩地下降。我兩手緊緊攀住毯子，壓抑大叫的衝動。

「潛水，有多遠？」我逆風叫著。

「妳意思是有多深嗎？」

「對！」

「八噚。」

我把過時的單位換算成公制。這回我叫了出來。「將近十四公尺，水下！」

「要不然妳認為潛水基地是什麼？」

「你他媽要我怎樣，憋氣嗎？」大海迎面而來。

「不必，獵鷹魔毯有一種原始的防撞力場，應該可以輕鬆撐過八噚水深。請妳抓穩。」通訊記錄器說。

我抓穩了。

我到的時候強尼正在等我。潛水基地又黑又潮，荒廢日久，我從沒見過軍方特製的多重傳送門。走進陽光下強尼等候的市街讓我鬆了一口氣。

我告訴他辮子頭的事。我們走過空蕩街頭的老舊建築。淡藍色天空正褪入夜晚。路上空無一人。「嘿，我們到底在哪裡？」我停下步伐說。這顆星球和地球相似得不可思議，但這裡的天空、重力、質地，不像我造訪過的任何地方。

強尼微笑。「給妳猜猜看。我們繼續走。」

隨著我們走下寬敞的道路，左方出現一些廢墟。我停下來看著。「那是競技場，元地球的羅馬競技場。」我看看四周凋零的建築、鋪著圓石的街道，以及在和風中微微擺動的樹木。我盡力不要在語氣中透露出驚訝說道：「這是元地球羅馬城的複製品，新地球？」我馬上知道不是。我到過新地球好幾次，天空的色調、氣味、重力都不像這裡。

強尼搖搖頭。「這裡不在萬星網內。」

我停下腳步。「不可能。」按照定義，所有可以透過傳送門連結的星球都在網內。

「可是，這裡不在網內。」

「那是哪裡？」

「元地球。」

我們繼續走路。強尼指著另一處廢墟。「公共廣場。」走下一段漫長的臺階中途，他說：「前面是西班牙廣場，我們在那邊過夜。」

「元地球，時光旅行？」我二十分鐘以來第一次開口。

「那是不可能做到的，拉蜜亞君。」

「那是主題樂園？」

強尼笑了。是愉悅的一笑，發自內心且輕鬆愉悅。「可能吧。我不知道它的目的和功能。它是……一個相似體。」

「一個相似體。」我斜眼看著幾乎消失在一條窄街盡頭的紅色落日。「看起來像我看過的元地球全像，感覺一樣，雖然我沒去過。」

「它很精準。」

「這是哪裡？我是說，哪一顆星？」

「我不知道是幾號星，在武仙座星雲裡。」強尼說。

我忍住沒重複他的話，但我停步在一方臺階坐下。隨著霍金引擎誕生，人類已經探索、殖民，以及用傳送門連結了數千光年以外的星球。不過，沒人試過接觸銀河系核心正在爆漲的恆星群。我們才勉強爬出一個旋臂而已。武仙座星雲吶。

「為什麼智核要在武仙座星雲蓋一個羅馬的複製品？」我問。

強尼在我身旁坐下。我們同時抬頭看著一群鴿子轟然起飛，在各家屋頂上空盤旋。「我不知道，拉蜜亞君。有很多事我還不知道……至少部分是因為我一直到現在才有興趣。」

「布瑯。」我說。

「抱歉，妳說？」

「叫我布瑯。」

強尼笑了，頭歪向一側。「謝謝妳，布瑯。不過有件事。我不認為這只是羅馬城的複製品而已。這是整個元地球。」

我把兩隻手放在身下陽光溫熱的臺階上。「整個元地球？所有的……大陸、城市？」

「我想是這樣。我還沒出過義大利和英格蘭，除了在兩地之間坐船來回，但我相信這個相似體是完整的。」

「看在上帝份上，為什麼？」

強尼緩緩點了頭。「也許正是如此。我們為什麼不進去吃頓飯，多聊聊這些？也許跟試圖謀殺我的人的身分和動機有關。」

「進去」指的是大理石階梯下方一間不小的公寓。窗外是強尼稱之為「廣場」的地方，階梯上方可以看到一間黃褐色的大教堂，下面廣場的一座船形噴泉⑩將池水投入寧靜的夜晚。強尼說噴泉是貝尼尼設計的，不過這名字對我來說沒有意義。

房間不大但天花板很高，家具粗糙卻雕飾精美，我無法辨認那是屬於什麼時代的設計。看不到電力或現代電器的蹤跡。我在門口下指令的時候房子沒有反應，在樓上的公寓也一樣。黃昏覆蓋窗外的廣場和城市時，唯一的光源是幾盞路燈，使用瓦斯或更原始的燃料。

「這是模仿過去的元地球。」我摸著手感粗糙的枕頭。我抬起頭來，突然有所領悟。「濟慈死在義大利。是……十九或二十世紀早期。這是……那個時候。」

「是的。十九世紀早期。更精確的說：一八二一年。」

「整顆星球是一個博物館？」

⑩ 這裡指的是彼得・貝尼尼（1562-1629）設計的破船噴泉（Fontana della Barcaccia），彼得為著名的義大利雕塑家、建築師與畫家濟安・勞倫佐・貝尼尼（1598-1680）之父。

「喔不是。不同的地區當然代表不同的時期。要看相似體的目的是什麼。」

「我不懂。」我們已經走進一間堆滿厚重家具的房間，我坐在窗邊一張有著怪異雕紋的長椅上。黃昏金光輕輕落在階梯頂端茶色教堂的尖塔上。白鴿繞著藍天打轉。「有幾百萬人……模控人……住在這顆假的元地球上嗎？」

「我想沒有，只有這個相似體計畫所需的必要人數而已。」他看到我還是不懂，吸了一口氣繼續說。「當我……在這裡醒來，還有約瑟夫·沙芬、克拉克醫師、房東太安娜·安潔列提、年輕上尉艾爾頓，和一些其他人的模控人相似體。義大利人店主，廣場對面那家熟食店的老闆，以前會帶食物給我們吃，還有路人之類的人，最多不超過二十個。」

「他們怎麼了？」

「他們大概被……回收了。像那個有辮子的男人。」

「辮子頭……」我的視線越過逐漸變暗的房間，突然落在強尼身上。「他是模控人？」

「毫無疑問。妳說的自毀程序完全符合必要時我會拋棄這個人體的方式。」

我思緒飛轉。我發覺自己是多麼愚蠢，沒想到的事有多少。「所以，想殺你的是另一個ＡＩ。」

「看來是如此。」

「為什麼？」

強尼雙手比劃了一下。「可能是為了去除一些隨我的人體一起消失的特定記憶。一些我最近才知道的事，而且是另一個ＡＩ……或一群ＡＩ知道會在我的系統當機時銷毀的東西。」

我站起來，來回踱了幾步，停在窗邊。現在黑暗確確實實籠罩了下來。房裡有燈但強尼並沒去點燃，我也喜歡這昏暗。讓我所聽到的事情的不真實感，顯得更加不真實。我看看臥房內部。面西的窗戶照進最後一點光線，床單被褥散發白光。「你死在這裡。」我說。

「是他，我不是他。」強尼說。

「可是你有他的記憶。」

「忘了一半的夢境。不怎麼完整。」

「可是你知道他的感覺。」

「我記得設計者設定的他的感覺。」

「告訴我。」

「什麼？」強尼的皮膚在夜色下十分蒼白。他的短鬈髮變成黑色。

「告訴我，死的感覺是什麼，復活的感覺又是什麼。」

強尼跟我說了，他的聲調非常柔和，幾乎帶著旋律，有時掉進一種太過古老、難以理解的英文，但比起我們今天使用的混合語言，聽著又悅耳許多。

他告訴我身為一個苛求完美的詩人是什麼感覺，比最凶狠的評論者更嚴格地對待自己的創作。而評論者確實凶狠，他的作品受到忽視、訕笑，被形容為愚蠢平庸。窮到娶不起自己心愛的女人，借錢給在美國的弟弟，因而失去最後一點經濟上的保障……然後是個人詩學藝術邁向完全成熟的短暫光輝，但在此同時，卻屈服於埋葬了他母親和弟弟的所謂「惡疾」。接著在眾人歡送下前往義大利，表面上是「為了他的健康」，但內心明白那代表了在二十六歲走向孤獨而痛苦的死亡。他談到那些不忍拆封的芬妮的信，讀著她的字跡是多麼苦悶，他談到忠心的年輕藝術家約瑟夫．沙芬，被最後紛紛拋棄濟慈的「朋友們」選作他的旅遊夥伴，談到他如何照顧垂死的詩人，並陪他走完最後的歲月。他講到夜晚的出血，克拉克醫師替他放血並吩咐「運動和好空氣」的處方，也談到生命盡頭個人及信仰上的絕望心情，使得濟慈要求刻在自己墓碑上的墓誌銘為：「此地長眠一人，其姓名寫於水中。」⓫

只剩下方最稀薄的光線勾勒出窗戶的高大輪廓。強尼的聲音似乎在散發夜晚氣味的空氣中飄浮著。他談到在他死去的床上從死亡中醒來，忠心的沙芬和克拉克醫師依然隨侍在側，談到記得自己是詩人約翰．濟慈，猶如記得一場即將消逝的夢境中的身分，在此同時卻一直明白：他是另一人。

他講到盤旋不去的幻覺，回到英格蘭的旅程，再次與「不是芬妮的芬妮」見面，因而瀕臨精神崩潰的邊緣。他談到自己無法再繼續寫詩，談到與身邊的偽裝模控人漸行漸遠，談到他陷入某種類似精神分裂的狀態，加上「幻想」著真正的自我存在於幾乎無法理解的（以一位十九世紀詩人而言）智核當中，談到最終一切幻象的崩毀以及「濟慈計畫」的完全棄置。

「事實上，這整場邪惡荒謬的偽裝遊戲，讓我印象深刻的大概只有一封我生病前……他生病之前……寫給弟弟喬治的信裡的一段話。濟慈說：

「我心易生的優美情思出於天性，鼬鼠之機警與野鹿之焦愁皆使我歡欣，莫不有神祇以此為樂？即使街頭的爭辯令人嫌惡，所展現的能量並無不妥。我們的思辯或能藉神祇之力而與此同調，即使錯誤仍無不妥，這正是詩之所在。」[12]

「你認為……濟慈計畫……是邪惡的嗎？」我問。

「我認為任何欺騙之事都是邪惡。」

「也許你比你願意承認的更像約翰．濟慈。」

「不。即使在最繁複的幻象之中，我依然缺乏詩性的本能，這就是反證。」

我看著陰暗的房子裡各種陰暗的輪廓。「ＡＩ知道我們在這嗎？」

「有可能。幾乎可以肯定。任何我能去的地方，智核都能追查跟蹤。但我們要躲的，是萬星網的相關單位和強盜土匪，不是嗎？」

「可是你現在知道是某人……智核的某個ＡＩ攻擊你的。」

⓫ Here lies One Whose Name was writ in Water，墓碑上未刻濟慈姓名。

⓬ 出自濟慈的〈論爭辯〉。

「對，可是只有在網內。這樣的暴力在智核內部是不會被允許的。」

街上傳來什麼聲音。我希望是隻鴿子，也可能是垃圾被風吹過圓石街道。我說：「智核對於我在這裡會有什麼反應？」

「我不知道。」

「這裡一定是個祕密吧。」

「這裡……他們認為與人類無關。」

我搖搖頭，這動作在黑暗中毫無作用。「複製元地球……在這個複製的星球上用模控人復活了……多少個？……歷史上的人類……ＡＩ屠殺ＡＩ……這些都與人類無關？」我笑出來但沒讓笑聲失控。

「耶穌會哭的，強尼。」

「幾乎可以篤定。」

我移到窗邊，不在乎成為下方黑暗的街道上任何人的目標，然後摸出一枝香菸。它們在下午的雪中追逐中受潮了，不過有一枝順利點燃。「強尼，你之前說元地球相似體是完整的，我說：『看在上帝份上，為什麼？』然後你好像說：『可能正是如此。』這句話是故作聰明，還是有什麼特別意思？」

「我的意思是可能的確是『為了上帝』。」

「說清楚。」

強尼在黑暗中嘆氣。「我不懂濟慈計畫或元地球相似體的真正目的是什麼，但我懷疑跟至少七個標準世紀以前智核實現『無上智慧』的計畫有關。」

「『無上智慧』，喔。所以智核想要……怎樣？……創造上帝？」我吐了一口煙。

「對。」

「為什麼？」

「這沒有一個簡單的答案，布瑯。就像沒辦法回答，為什麼人類自一萬個世代以來追求了上百萬種上帝的化身。但對智核來說，意義在於追求更高的效率、更可靠的方式，來控制……各項變數。」

「可是智核可以動用本身的資源，還有兩百顆星球構成的超大數據圈。」

「但在……預測能力上，還是會有缺陷。」

我把香菸扔出窗戶，看著餘燼落入夜晚。微風突然變得寒冷，我抱起雙臂。「這一切……元地球、復活計畫、模控人……這些怎能有助於創造無上智慧呢？」

「我不知道，布瑯。八個標準世紀以前，第一波資訊時代剛開始，有一位名叫諾伯特・維納⑬的人這樣寫：『上帝能跟祂的造物公平競爭嗎？任何造物主，即使能力有限，能跟祂的造物公平競爭嗎？』人類在初期的ＡＩ身上找不到最終結論。智核以復活計畫與這個問題搏鬥。或許無上智慧計畫已經完

⑬ Norbert Wiener（1894-1964），美國應用數學家，在電機工程方面貢獻良多，並率先於一九四八年提出「模控學」一詞。他是英國哲學家暨數學家羅素的學生。

成，而這一切只是最終造物／造物主的一種功能，一個人格，其動機遠遠超出智核所能理解，一如智核的動機之於人類。」

我起身在這黑暗的房間遊走，膝蓋撞上一張矮桌，於是站著不動。「這些都不能告訴我們，想殺你的是誰。」

「不行。」強尼起身走向房間另一頭的牆壁。火柴一閃，他點亮了一根蠟燭。我們的影子在牆壁和天花板上搖曳。

強尼靠了過來，輕輕抓住我的上臂。柔和的燈光將他的鬈髮和睫毛染成銅亮，撫過他高聳的顴骨和堅毅的下巴。「妳為什麼這麼強悍？」他問。

我瞪著他。他的臉離我的只有幾吋。我們身高一般。「放開。」我說。

他反而貼上來吻我。他的嘴唇柔軟溫暖，這個吻似乎持續好幾個小時。他是一部機器，我想。人類，但其實是一部機器。我閉上眼睛。他柔軟的手觸碰我的臉頰，我的頸子，我的後腦杓。

「聽好……」我們分開片刻時我低語。

他沒讓我講完。他把我抱了起來抬進隔壁房間。高床。柔軟的床墊和厚實的棉被。隔壁房間的燭光搖曳彷如舞蹈，突然我們急切地彼此寬衣。

那晚我們做愛三次，觸摸和溫度和親密感和升高的感官張力，下達緩慢而甜美的指令，每一次我們都順從了。我記得第二次中途我低頭看他：他眼睛閉著，頭髮鬆散地落在前額，燭光映出蒼白胸口的紅暈，出乎意料的強壯手臂和手掌將我牢牢固定。那一秒他睜開了眼睛回望，眼神中我只看得到當下的熱烈激情。

日出前不知何時我們睡著了，正當我轉身陷入夢鄉，我感到他冰涼的手靜靜放上我的臀部，想保護似地輕鬆擱著，不帶占有欲。

他們在破曉時分襲擊。一共有五人，不是盧瑟斯人但肌肉結實，都是男的，而且團隊默契良好。我第一次聽到他們的聲音是公寓門被一腳踢開的時候。我滾下床鋪，跳到臥室門口邊，看著他們進來。強尼坐起身子，當其中一人舉起麻痺槍時，叫了什麼。強尼入睡前穿了件棉短褲，我裸著身體。在裸體的情況下跟穿了衣服的敵人戰鬥，壞處不少，但最大的問題是心理障礙。如果你能克服強烈的脆弱感，其他的很容易解決。

那人看到我，決定先麻痺強尼，不得不為這個錯誤付出代價。我把武器從他手中踢飛，對著左耳後方一拳把他撂倒。又有兩個人進來。這一回他們都放聰明了，先轉過來對付我。另外兩人朝強尼奔去。

我擋下一記鐵指戳刺，格開威力強大的一腳，向後退開。我左邊有個高大的衣櫥，一拉之下，最上層的抽屜順暢而沉重。我前面的大個子用兩手護住臉，厚重的木板因而斷裂，但他的本能反應卻給了我一秒鐘的空檔，我逮住機會，把全身力量灌到那一腳裡。第二個傢伙悶哼一聲往後倒在同伴身上。

強尼正在掙扎，不過一個入侵者鎖住了他的頸子，另一個壓住他的雙腳。我伏著身子，先接過我這邊第二人的一擊，然後跳到床鋪另一邊。抓住強尼的腳的傢伙一聲沒吭，就撞破窗戶的玻璃和木板飛了出去。

某人撲上我的背，我順勢滾過床鋪和地板，讓他撞上牆壁。他挺有兩下子。他用肩膀承受撞擊，試圖掐住我耳後的神經。他因為那裡有額外的肌肉組織而遭遇片刻阻礙，我一肘深深打進他的腹部，他向後彈開。勒住強尼頸子的人扔下他，對準我的肋骨踢出如教科書般完美的一腳。我吃下一半力道，感到至少一根肋骨折斷，接著滾到他內側，毫不優雅地用左手指掐碎他的左睪丸。那人大叫一聲昏倒。

我一直沒忘記地板上的麻痺槍，而僅存的敵人也沒有。他匆忙繞到床的另一邊，脫離了我的攻擊範圍，然後全身趴向地面抓住武器。折斷的肋骨現在毫無疑問地痛了起來，我把整張大床連強尼一起舉起，砸在那傢伙的腦袋和肩膀上。

我從我這邊下到床底，拿回麻痺槍，然後退到一個空的角落。

一個人掉到窗外。我們在三樓。第一個進來的人還躺在門口。被我踹倒的傢伙用一邊膝蓋和兩隻手肘勉強趴在地上。從他嘴邊和下巴的血跡來看，我猜一根肋骨穿透了肺部。他的呼吸聲非常刺耳。大床壓碎了地板上另一個人的頭骨。原本抱住強尼脖子的人蜷縮在窗邊，捧住胯下不斷嘔吐。我用麻痺槍讓他閉嘴，然後走到我踢倒的人身邊，抓住他的頭髮把他舉起來。「誰派你來的？」

「操妳媽的。」他對著我的臉吐了一口帶血唾沫。

「等會再說，再問你一次，誰派你來的？」我說。我把三根手指放上他體側肋骨似乎凹陷的地方，使勁加壓。

那人大叫一聲，臉色變得慘白。他咳嗽的時候，鮮血在蒼白皮膚上紅得過分。

「誰派你來的？」我把四根手指壓上他的肋骨。

「主教！」他想躲開我的手指。

「什麼主教？」

「荊魔神廟……盧瑟斯……不要，拜託……喔，靠……」

「你想對他……對我們怎麼樣？」

「不怎麼樣……喔，他媽的……不要！我需要醫生，求求妳！」

「可以啊。回答我。」

「麻痺他，帶他……回神廟……盧瑟斯星。拜託。我不能呼吸了。」

「那我呢？」

「抵抗的話就殺了。」

「好，我們進行得不錯。他們要找他幹麼？」我說，抓著他的頭髮再抬高一點。

「我不知道。」他叫得很大聲。我眼角一直盯著公寓大門。麻痺槍還在我掌心，被一手頭髮遮住。

「我……不……知道……」他喘著氣。他現在真的在出血。鮮血滴下我的手臂和胸口。

「你怎麼來的？」

「電磁車……在屋頂。」

「你從哪傳送來的？」

「不知道……我發誓……一個在水中的城市。車子設定要回那邊的……拜託！」

我撕開他的上衣，沒有通訊記錄器，沒有其他武器，在他心臟上方有一個藍色三叉戟的刺青。

「蠱達⓮。」我說。

「對……帕爾瓦蒂兄弟會。」

萬星網外，可能很難追蹤。「你們都是？」

「對……拜託妳……找誰幫忙……喔，靠……求求妳……」他軟倒下去，幾乎失去意識。

我扔下他，退後一步，然後把麻痺光束射在他身上。

強尼一邊坐起來，一邊揉著頸子，用一種奇異的眼光瞪著我。

「穿點衣服，我們要走了。」我說。

電磁車是一輛老舊、透明的維肯「漫遊」型，點火盤跟圓幕上都沒有掌紋鎖。我們在飛越法國之前追上了日夜線，看著下方強尼說是大西洋的一片黑暗。除了水上城市或鑽油平臺偶然的燈火，唯一的照明是天頂繁星，與海底殖民地寬廣、游泳池般的光線。

「我們為什麼要用他們的載具？」強尼問。

「我想看他們從哪傳送過來的。」

「他說是盧瑟斯星的荊魔神廟。」

「嗯。等等就知道了。」

強尼看著下方二十公里處的黑暗深海，臉部輪廓幾乎消失在夜色中。「妳覺得那些人會死嗎？」

「一個已經死了，肺穿孔的那個會需要幫助。另外兩個不會有事。我不知道那個跌出窗口的人怎樣了。你在意嗎？」我說。

「會。剛剛的暴力……很野蠻。」

「即使街頭的爭辯令人嫌惡，但是所展現的能量並無不妥。」我引述。「他們不是模控人，對吧？」

「我想不是。」

「所以至少有兩組人在追你……ＡＩ和荊魔神教的主教。而我們還是不知道為什麼。」

「我現在倒有個想法了。」

我把泡棉椅子轉向他。我們頭上的星座既不像元地球的夜空全像，也不像我所知的任何一個網內

⓮ Goonda，原為印度語中地痞流氓之意，此處為勢力強大的黑道組織。

星球，此時投下的光線剛好足以讓我看到強尼的雙眼。「告訴我。」我說。

「妳提到海柏利昂給了我一條線索，事實上我對它一無所知，這反而凸顯了它的重要。」他說。

「晚上叫的狗反而奇怪。」我說。

「什麼？」

「沒什麼。繼續說。」

強尼靠近了一點。「我之所以不知道這顆星球，唯一原因就是某個智核分子封鎖了我對它的認識。」

「你的模控人體……」現在這樣形容強尼很怪。「你大部分時間都是在網內過的，對吧？」

「對。」

「你難道沒有在哪裡聽到關於海柏利昂的事嗎？偶爾會在新聞看到，尤其是荊魔神教成為話題的時候。」

「也許我有聽過。也許就是這樣我才被謀殺。」

我向後躺，望向星空。「我們去問主教。」我說。

強尼說前面的光線是二十一世紀中葉的紐約市相似體。他不知道重建這個城市是為了哪個復活計畫。我把電磁車的自動駕駛關掉，降低高度。

來自都會建築陽具象徵時期的高大建築，從北美洲沿海地區的沼澤和礁湖中升起。有幾棟點了燈。強尼指向一棟陳舊但格外優雅的建築說：「帝國大廈。」

「好，不管那棟是什麼，電磁車要在那裡降落。」我說。

「安全嗎？」

我對他露齒一笑。「生命中沒什麼是安全的。」我讓車頭自動對準，降落在一座小小的開放平臺上，就在大廈的高塔下。我們下車走上破損的陽臺。除了下方遠遠幾棟建築的燈光和星光之外，四周相當黑暗。幾步之外，原本可能是電梯的地方，朦朧的藍色光線框著一道傳送門。

「我先走。」我說，但強尼已經踏過門檻。我取出借來的麻痺槍，跟了上去。

我沒去過盧瑟斯的荊魔神廟，但毫無疑問我們現在就在那裡。強尼站在我身前幾步，不過四周除了他沒有別人。這地方涼爽陰暗，有洞窟的感覺，如果真有這麼大的洞窟。隱形繩索吊著一尊形貌嚇人的多重鋁合金雕像，在感覺不到的微風下轉動。強尼跟我一起轉身看著傳送門閃動消失。

「看來，我們幫他們完成了他們的工作，是吧？」我低聲對強尼說。就連低語也似乎在紅光籠罩的大廳裡迴盪。我本來沒打算讓強尼跟我一起傳送到神廟。

此時燈光似乎打開了，並沒有照亮整個大廳，只是擴大了涵蓋的範圍，讓我們看到眼前呈半圓弧排列的人。我記得有些被稱為驅魔師、有些是讀經師，還有另外一種我忘了。不管他們是誰，看著他們站在那裡，至少二十多人，穿著紅黑兩色長袍、高高的額頭反射上方的紅光，都讓人感到不安。我一眼就看出主教是誰。雖然比大部分人矮胖些，他跟我來自同一顆星球，而且他的袍子非常紅豔。

我沒試著把麻醉槍藏起來。如果他們圍上來，我也許可以全部撂倒。也許可以但機會不大。我沒看到任何武器，不過他們的袍子足以遮蔽一整座軍火庫。

強尼向主教走去，我跟在後頭。我們在十步以外停住。主教是唯一沒有站著的人。他的椅子是木製品，看起來似乎可以折疊，如此一來，精緻的扶手、靠墊、椅背、椅腳都能方便攜帶。主教袍子下明顯的大堆肥肉和脂肪，就不能如此形容了。

強尼又往前踏出一步。「你為什麼想綁架我的人體？」他旁若無人地對荊魔神教的聖人這麼說。

主教咯咯笑了幾聲，搖搖頭。「我親愛的……實體……我們確實希望你在我們的禮拜堂出現，但你沒有證據證明我們涉嫌任何綁架你的行動。」

「我對證據沒興趣，我好奇的是，你為什麼要我來這裡。」強尼說。

我聽到背後傳來一陣騷動，馬上轉過身去，舉起充電完畢的麻痺槍，但一大圈荊魔神教教士依然靜立。大部分不在槍的射程之內。我真希望身上有父親的投射武器。

主教的聲音深沉而有層次，似乎充塞了偌大的空間。「你想必知道，最終和解教會對於海柏利昂星有深刻而長久的興趣。」

「是。」

「而且你想必清楚，過去幾個世紀以來，元地球詩人濟慈這號人物，已經跟海柏利昂殖民地的神話傳說緊密結合。」

「對。所以？」

主教以手指上一顆紅色大戒指揉揉臉頰。「所以你提議參加荊魔神朝聖的時候，我們同意了。當你違背這項提議，我們非常困擾。」

強尼驚訝的表情非常人性化。「我提議的？什麼時候？」

「八個本地日之前，就在這個房間。你帶了這樣的想法來找我們。」主教說。

「我有說為什麼要參加……荊魔神朝聖嗎？」

「你說那對……我相信你的說法是……『對你的教育很重要』。如果你想，我們可以把錄影給你看。所有在神廟進行的類似對話都有錄影。或者可以給你一份錄影的備份，等你方便再看。」

「好。」強尼。

主教點點頭，然後一個輔祭或天知道算什麼的人消失在黑暗中，片刻之後手裡拿了一片標準影像晶片回來。主教又點了頭，穿著黑袍的人於是上前將晶片交給強尼。等到那傢伙回到旁觀者的半圓行列中，我才稍稍放下麻痺槍。

「你為什麼派人跟蹤我們？」這是我第一次在主教面前說話，聲音聽起來太過大聲，也有點生澀。

荊魔神教的聖人用肥胖的手掌做了個手勢。「濟慈君表示有興趣參加我們最神聖的朝聖。既然我們相信最終和解一天比一天接近，這對我們來說絕不是小事。因此，我們的勤務人員報告，濟慈君可能受到一次或更多次的攻擊，還有一位私家偵探……也就是妳，拉蜜亞君……造成了智核派遣給濟慈君的模控人保鏢的毀滅。」

「保鏢！」這次驚訝的是我。

「當然。」主教說。他轉向強尼。「綁辮子的先生最近在聖堂導覽行程中遭到謀殺，他不就是你向我們介紹的保鏢嗎？他也出現在錄影當中。」

強尼沒說什麼。他似乎盡力在回想什麼。

「無論如何，我們必須在本週結束以前，得到你對朝聖的答覆。長青杉號在九個本地日之後就會離開萬星網。」主教說道。

「但那是聖堂武士的樹船，他們不會長途跳躍到海柏利昂。」強尼說。

主教露出笑容。「這一次會。我們合理相信，這可能會是最後一次教會贊助的朝聖，因此承租這艘聖堂船隻，盡量讓最多的教徒完成整趟行程。」主教打了個手勢，穿著紅黑長袍的人紛紛退到黑暗當中。兩個驅魔師在主教起身後折起座椅。「請你盡快給我們答覆。」他消失了。剩下的驅魔師留在原地送我們離開。

我們沒再經過傳送門。從神廟大門離開，我們踏上漫長樓梯的頂端，向下看著蜂巢中心的匯流大廳，吸進涼爽、泛著油味的空氣。

我父親的自動手槍就在原本我放的抽屜裡。我確定子彈裝填完整，把彈匣塞回手把，帶著手槍走進正在烹煮早餐的廚房。強尼坐在長桌前，透過灰色窗戶凝視下方的裝貨碼頭。我拿著煎蛋捲在他對面坐下。他在我倒咖啡時抬起頭來。

「你相信他嗎？」我問。「是你自己想去？」

「妳也看過錄影了。」

「錄影可以假造。」

「對。可是這一份不是。」

「那你為什麼自願參加朝聖？還有為什麼在你跟荊魔神教會和聖堂船長講話之後，你的保鏢想殺你？」

強尼嘗了嘗煎蛋捲，點點頭，又叉了一口。「那個……保鏢……對我來說完全是未知數。他一定是在我記憶喪失的那個星期指派給我的。他真正的目的顯然是確保我不會發現什麼東西……或如果我碰巧發現了，就消滅我。」

「網內還是資料平面的東西？」

「我假設是網內。」

「我們需要知道他……它……替誰工作，他們又為什麼派他來找你。」

「這我知道，我剛剛才問。智核回答保鏢是我要求的。那個模控人是由連結到安全部隊的一組AI網絡控制。」強尼說。

「問問為什麼他想殺你。」

「我問過了。他們強烈否認這種可能性。」

「那為什麼這個所謂的保鏢，在你被謀殺後的那個星期到處跟蹤你？」

「他們說我雖然沒有在我的……連結中斷……後再次要求保護，智核當局認為提供保護是比較謹慎的作法。」

我笑了。「保護得真好啊。我在聖堂星球逮到他的時候，他到底為什麼要跑？他們連個合理的故事都不肯給你啊，強尼。」

「沒錯。」

「主教也沒解釋荊魔神教怎麼會有傳送門通到元地球……不管你怎麼叫那個如舞臺布景的世界。」

「我們也沒問。」

「我沒問是因為我想活著離開那座該死的神廟。」

強尼似乎沒聽到。他正小口喝著咖啡，眼神落在某處。

「怎麼了？」我說。

他轉過來看我，大拇指指甲敲著下唇。「有個弔詭的地方，布瑯。」

「哪裡？」

「如果我的目的確實是去海柏利昂……將人體移動過去……我不可能還留在智核。我必須把整個意識灌注到模控人體內。」

「為什麼？」但在問的同時我已經明白。

「想想看。資料平面本身是抽象的。混合了電腦以及ＡＩ產生的數據圈以及類意識的吉布森⓯陣列，原本設計給人類操作員使用，現在則公認是人類、機器、ＡＩ的輻輳點。」

「可是ＡＩ的硬體存在於現實世界的某處，在智核裡。」我說。

「對，可是那跟ＡＩ意識的功能無關，我可以『存在』於任何互相接壤的數據圈所容許的範圍……當然包括全部的網內星球、資料平面，還有智核所有的結構體，例如元地球……可是只有在這個大環境裡我才能自稱有『意識』，操作監視器或遠端工具，譬如這具人體。」強尼說。

我把咖啡杯放下，注視著前一晚我才當作人類來愛的東西。「然後呢？」

「殖民星球的數據圈涵蓋有限，雖然透過超光速通訊，跟智核之間有某種程度的接觸，但那只不過是資訊交換而已……類似第一波資訊時代的電腦介面……而不是意識流。海柏利昂數據圈原始到根本不存在的地步。而就我所知，智核和那顆星球沒有任何一點來往。」強尼說。

「這樣正常嗎？我是說，跟一顆那麼遙遠的殖民星球之間？」我問。

⓯ 此處與後文中的「牛仔吉布森」指涉的是科幻小說家威廉·吉布森（William Gibson, 1948-），其一九八四年出版的《神經漫遊者》（*Neuromancer*），是早期網路叛客（cyberpunk）小說代表作之一，很早就檢視了許多現在流行於大眾文化的想法，例如人工智能、虛擬實境、基因工程、網際網路等等。電影「駭客任務」系列及本章許多詞彙亦源於此。

「不。智核跟所有殖民星球都有來往，像驅逐者那樣的星際蠻族也有，另外還有一些霸聯無法想像的聯絡對象。」

我震驚地坐在那裡。「跟驅逐者？」自從幾年前布列西亞戰役以來，驅逐者一直是萬星網最害怕的洪水猛獸。光是想像智核……擔任參議院和萬事議會資政，驅動我們整個經濟體系、傳送門系統、科技文明的那一群ＡＩ集合體……智核和驅逐者有所接觸這個想法讓人膽顫心驚。還有強尼說「其他聯絡對象」他媽的又是什麼意思？我當時真的不想知道。

「但你說你的模控人體可能可以移動過去？」我說。「你說『灌注你的意識』到人體是什麼意思？ＡＩ能變成……人類嗎？你能單獨存在於模控人體當中嗎？」

「有人成功過。」強尼輕聲說：「一次。一個跟我自己差不多的重建人格，名叫艾茲拉·龐德的二十世紀詩人。他放棄了他的ＡＩ面向，以模控人體的形式逃出萬星網。不過重建的龐德瘋了。」

「也許沒瘋。」我說。

「對。」

「所以一個ＡＩ的全部資料和個性，都能在模控人體的有機大腦中生存。」

「當然不行，布瑯。即使是我全部意識的萬分之一，也不可能度過這個轉換過程。有機大腦連最簡單的資訊都無法用我們的方式運算。所產生的人不等於ＡＩ人格……也不是真正的人類意識或模控人……」強尼話講到一半，很快轉身看著窗外。

經過漫長的一分鐘，我說：「怎麼了？」我伸出手，但沒碰到他。

他繼續看著外面。「也許我說不是人類意識是錯的，所產生的人格有可能屬於人性，同時帶有一點瘋狂的神性和超乎人類的觀點。可能會是……如果去除了所有關於這個時代的記憶、所有智核的意識……可能會是符合模控人體設計的那個人……」他低語。

「約翰．濟慈。」我說。

強尼的視焦從窗戶移開，閉上了眼睛。他的聲音粗糙而富有情感。這是我第一次聽他讀詩：

狂熱之徒有夢，他們用以編織
異端之淨土，野蠻之人亦同
以夢境中最崇高之幻想
揣度天國；惜嘆兩者皆未
於羊皮紙或野生印度葉
追逐敘語如歌之影蹤。
但他們不冕桂冠而生、而夢、而死；
因為詩自可訴說她的夢境，
僅以文字之魔力即能挽救

想像，自貂紫色的魅惑
以及闇啞的迷咒。現世之人誰能說，
「你本非詩人——不該訴說你的夢」？
因任一非泥塑木雕之人
均有憧憬，且欲發言，如他愛過，
並受細心的母語養育。
此刻意圖習練的夢境
為詩人或狂熱之徒所屬
將於我手之溫暖筆觸入棺時分曉。⑯

「我不懂，是什麼意思？」我說。

「意思是說，我知道我作了什麼決定，還有作這決定的原因。我不想繼續當模控人，想做人類。我想去海柏利昂。現在還是。」強尼微微笑著。

「某人在一星期以前因為這個決定殺了你。」我說。

「對。」

「然後你還想試一次？」

「對。」

「為什麼不在這裡把意識灌注到人體裡？在網內變成人類？」

「不可能成功的，妳眼中這個複雜的星際社會，只是智核現實陣列的一小部分。我會不斷跟ＡＩ發生衝突，而且受他們任意擺布。濟慈的人格……的現實……不可能存活下去。」強尼說。

「好吧，你得離開萬星網。可是還有其他的殖民地。為什麼一定要海柏利昂？」我說。

強尼握住我的手。他的手指纖長、溫暖而強壯。「妳不懂嗎，布瑯？其中有某種關連。濟慈關於海柏利昂的種種夢想，很可能是他當時的人格跟他現在的人格之間某種跨越時間的訊息。海柏利昂的意義之一，無論實體上和理想上，都是我們這個時代的關鍵謎團，而且很有可能他……我經過出生，死亡，然後再次出生，就是為了探索這顆星球。」

「在我聽來是胡言亂語，華麗的幻想。」我說。

「八成是這樣，可我從來沒有這麼開心過！」強尼大笑。他抓住我的雙手把我拉了起來，一把抱住。「妳願意跟我去嗎，布瑯？跟我去海柏利昂？」

我驚訝地眨眨眼睛，不只因為他的問題，也因為答案讓一股暖意流過我的全身。「好，我去。」

⑯出自濟慈的〈海柏利昂的殞落〉一詩。

我說。

我們進到睡眠區，做愛度過那一天，終於入睡後，外面工業壕溝的第三梯次暗光將我們照醒。強尼仰躺著，他張開褐色的眼睛望著天花板，沉浸在思緒之中。不過沒沉得太深而忘記笑著擁我入懷。我把臉貼在他身上，依偎在肩膀連接頸部的那一道小弧線裡，然後再次入睡。

第二天我穿上最好的家當，斜紋呢西裝，上衣是文藝復興產的絲絨織成，領口中央鑲了一顆卡夫尼爾血玉珠，跟強尼傳送到天崙五。我讓他留在靠近中央傳送站的木銅酒吧，但在那之前我給他一包紙袋，裝著我父親的自動手槍，告訴他只要有人敢斜眼看他，儘管開槍。

「網內英文真是一種婉轉的語言。」他說。

「那句話比萬星網還古老，做就對了。」我說。我捏捏他的手，頭也不回地離開。

我搭計程飛車到行政大樓區，步行經過大約九道檢查哨，他們才讓我進到中央樓區。我走過半公里長的鹿園，欣賞鄰近湖泊的天鵝和遠方山頭的白色建築，然後又通過九道檢查哨，一位中央區女警衛才帶我走上通往執政院的扁石小徑。那是一棟低矮、優雅的建築，周圍有花園和造景小丘。有一間裝潢別致的休息室，不過我幾乎連坐上一件前聖遷時期杜庫寧⑰真品的時間都沒有，一位助理就出現將我領進執行官的私人辦公室。

梅娜．葛萊史東繞過書桌跟我握了手，請我坐下。在HTV上看了她這麼多年，再次親眼見到她的感覺很怪。她本人更讓人印象深刻：頭髮剪得很短，但似乎在灰白色的波浪中向後吹動，她的臉頰和下巴如同所有沉迷歷史的政評家所堅稱的，尖銳而近似林肯，但她巨大而悲傷的褐色眼睛才真正主宰了整張臉，也讓人感到自己面對的似乎確實是位獨一無二的人。

我發現自己的喉嚨很乾。「謝謝您答應見我，執行官閣下，我知道您有多忙。」

「我再怎麼忙也有時間見妳，布瑯。就像妳父親在我還是新進議員的時候，永遠有時間見我。」

我點點頭。爸爸曾以霸聯中唯一的政治天才形容梅娜·葛萊史東。他知道她雖然在政壇發跡較晚，遲早會當上首席執行官。我希望爸爸能活著看到這一天。

「妳母親還好嗎，布瑯？」

「她很好，執行官。她現在很少離開我們在自由洲的避暑老屋子，不過每年聖誕祭我都會跟她見面。」

葛萊史東點點頭。她一直輕鬆地坐在一張巨大書桌的邊緣，小報說這張書桌是一位前大錯誤時期遭暗殺的美國總統（不是林肯）的所有物，現在她露出微笑，繞過書桌回到後方一張簡單的椅子坐下。

「我想念妳父親，布瑯。我希望現任政府有他在。妳來的路上有看到湖嗎？」

---

⑰ Willem De Kooning，荷裔美國抽象派表現主義大師。

「有。」

「記不記得妳跟我的克萊司敦還是小孩子時，一起在那邊玩玩具船？」

「不是很清楚，執行官。當時我很小。」

梅娜．葛萊史東笑著。對講機響了起來但被她揮手關閉。「我能幫妳什麼忙，布瑯？」

我吸了一口氣。「執行官，妳可能知道我現在的工作是私家偵探……」我沒等她點頭。「我最近辦的一個案子又讓我想到爸爸的自殺……」

「布瑯，妳知道那件案子調查得非常徹底。我看過委員會的報告。」

「是，我也看過。但最近我發現一些怪事，跟智核和它對海柏利昂星的態度有關。妳跟爸爸不是起草過一項法案，本來可以讓海柏利昂加入霸聯保護區？」我說。

葛萊史東點了頭。「是，布瑯，但那一年列入考慮的還有其他十幾顆殖民星。最後沒一個獲准加入。」

「對。可是智核或ＡＩ諮詢委員會有沒有對海柏利昂產生特別的興趣？」

執行官拿著一根觸控筆輕點下唇。「妳手上有什麼消息嗎，布瑯？」我正要回答，但她犀利地豎起一根指頭。「等一下！」她輸入一行互動碼。「湯馬斯，我出去幾分鐘。如果我的行程稍微耽誤，請你確保天龍座的貿易代表團有人接待。」

我沒看到她在輸入什麼，但突然間一道藍金色的傳送門嗡的一聲在房間遠端出現。她示意我先走。

及膝高的金色長草連接成一片遠至天邊的曠野，地平線比大半星球更遙遠。天空是淡黃色的，亮銅色的條狀物可能是雲吧。我不認得這顆星球。

梅娜．葛萊史東走了出來，碰了一下袖子上的通訊記錄器按鈕。傳送門閃動消失。一陣溫暖的微風帶來香料氣味。

葛萊史東又按了一下袖子，眺望天空，點了點頭。「抱歉這麼麻煩，布瑯。凱斯拓普－羅克索沒有任何數據圈或衛星。現在請妳把剛剛要說的講完。妳得到什麼樣的資訊？」

我看看四周空蕩的草原。「沒什麼需要這麼保密的……或許吧。我發現智核似乎對海柏利昂非常有興趣。還有他們蓋了某種元地球的相似體……一整顆星球！」

如果我期待她感到震驚或訝異，我失望了。葛萊史東點點頭。「是。我們知道元地球相似體的事。」

我嚇了一跳。「那為什麼這件事沒有公開過？如果智核能重建元地球，很多人會非常好奇。」

葛萊史東移動腳步，我加快速度跟上她長腿的步伐，一起逛了起來。「布瑯，公開這種事不符合霸聯的利益。我們最可靠的人類情報單位完全不懂智核這麼做的動機何在。他們無法提供任何分析。現在最好的策略就是按兵不動。妳對海柏利昂掌握了什麼消息？」

我不知道能不能相信梅娜．葛萊史東，即使認識這麼久了。但我知道如果想要情報，我也得付出一些來交換。「他們製造了一個元地球詩人的重建相似體，而且他們似乎堅持不讓他接觸任何有關海柏利昂的事。」我說。

葛萊史東拔起一根長草莖放進嘴裡吸吮。「約翰．濟慈的模控人。」

「對。」這次我小心克制住驚訝之情。「我知道爸爸很努力為海柏利昂爭取保護區資格。如果智核對這個地方特別有興趣，他們可能涉入一些……可能設計了……」

「他表面上的自殺？」

「對。」

金色長草被風吹起波浪。有很小的東西在我們腳邊倉皇逃開。「這種可能性不是完全沒有，布瑯。但絕對拿不出什麼證據。告訴我這個模控人打算做什麼。」

「先告訴我為什麼智核對海柏利昂這麼有興趣。」

年長的女人雙手一攤。「如果我們知道，布瑯，我晚上一定會睡得更好。就我們所知，智核已經對海柏利昂著迷好幾個世紀了。葉夫詹斯基前執行官核准艾斯葵司星的比利王再殖民那顆星，幾乎導致AI從萬星網真正分割。最近我們跟當地設立超光速通訊也引發過類似的危機。」

「可是AI沒跟我們分割。」

「是沒有，布瑯，不論什麼原因，看來他們對我們依賴的程度，幾乎跟我們對他們的依賴差不多。」

「可是如果他們對海柏利昂這麼有興趣，為什麼不乾脆讓它加入網內，他們自己就能去了？」

葛萊史東單手撫過頭髮。高空中的銅雲漣漪蕩漾，一定是因為奇異的噴射流。「他們堅決主張海柏利昂不能加入萬星網，這是個有趣的弔詭。告訴我那位模控人想做什麼。」她說。

「先告訴我為什麼智核對海柏利昂那麼著迷。」

「我們不確定。」

「那就說最有可能的情況。」

葛萊史東執行官從嘴裡拿出那根草莖，仔細看著。「我們相信智核正在進行一項相當不可思議的計畫，能讓他們預測……任何事。將所有時間、空間和歷史的變數，都視為可計算的定量資訊，並加以運用。」

「他們的無上智慧計畫。」我說，我知道自己太不小心，但也不管了。

這回葛萊史東就顯得震驚了。「妳怎麼知道的？」

「這計畫跟海柏利昂有什麼關係？」

葛萊史東嘆氣。「我們不確定，布瑯。但我們知道海柏利昂星上有一種異象，他們一直無法在預測分析時加以評估。妳知道荊魔神教尊崇的時塚嗎？」

「當然。不開放觀光有一陣子了。」

「是。因為幾十年前發生在那邊的一場研究人員意外，我們的科學家已經證實，時塚周圍的反熵場，不僅是跟大多數人認同的時間的侵蝕作用相抗衡而已。」

「那到底是什麼？」

「一種場……或一種力……的殘留，事實上將時塚和內容物從未來的某點沿時間逆向推動。」

「內容物？」我勉強回應。「可是時塚是空的。從被人發現就一直是。」

「現在是空的，可是有證據顯示它們曾經是滿的……將來會是滿的……當它們打開的時候。在不久的未來。」梅娜．葛萊史東說。

我瞪著她。「不久是多久？」

她深色的眼神依然柔和，不過她的頭部動作畫下句點。「我已經跟妳說太多了，布瑯。妳不得透露。必要時我們會確定妳保持沉默。」

我找了一根草拔起來啃著，以隱藏我的困惑。「好吧，時塚裡會出來什麼東西？異形？炸彈？某種逆向的時間膠囊？」我說。

葛萊史東稍稍苦笑。「如果我們知道，布瑯，我們就領先智核了，但我們沒有。」笑容消失了。

「有種假設是時塚跟一場未來的戰爭有關。也許，是重新安排過去來解決未來的恩怨吧。」

「天哪，誰跟誰的戰爭？」

她再次雙手一攤。「我們得回去了，布瑯。現在請妳告訴我濟慈模控人要做什麼好嗎？」

我垂下目光又抬頭迎向她的凝視。我不能相信任何人，但智核和荊魔神教已經知道強尼的計畫了。如果這是場三方角力，也許每一邊都應該知道，以免他們當中哪一個真的是好人。「他會把所有意識灌注到模控人裡，他要變成人類，葛萊史東君，然後到海柏利昂去。我會跟他走。」我有點笨拙地說。

參議院暨萬事議會總裁、兩千顆星球數十億人口的政府元首，靜靜看著我許久。接著她說：「所以他計畫搭聖堂的船參加朝聖。」

「是。」

「不行。」梅娜・葛萊史東說。

「什麼意思？」

「我的意思是長青杉號不會得到離開霸聯領空的許可。朝聖行程一律暫停，除非參議院認為對我們有利。」她斬釘截鐵地說。

「強尼跟我可以搭跳躍艦，反正朝聖本來就機會渺茫。」我說。

「不行，往海柏利昂的平民跳躍艦會停開一陣子。」她說。

「平民」這個字點醒了我。「要開戰？」

葛萊史東嘴唇緊抿，點點頭。「在大多數跳躍艦抵達那個區域之前。」

「跟……驅逐者開戰？」

「起初是。把它當成一種強迫解決我們跟智核之間問題的方式吧，布瑯。我們非得把海柏利昂星系納入萬星網以提供霸軍保護，否則它就會落入一個鄙夷且不信任智核和所有ＡＩ的種族手中。」

我沒提起強尼說過智核跟驅逐者一直有接觸。我說：「強迫解決的方式。好。可是誰讓驅逐者攻擊的？」

葛萊史東看著我。如果那一刻她的臉很像林肯，那元地球的林肯還真是個強硬的混蛋。「該回去了，布瑯。這些資訊完全不能洩漏，有多重要妳應該了解。」

「我了解妳跟我講這些一定有妳的理由，我不知道妳希望誰聽到，但我知道我是傳話筒，不是妳的心腹。」我說。

「別小看我們保護機密的決心，布瑯。」

我笑了。「女士，我可不會小看妳對任何事的決心。」

梅娜·葛萊史東示意我先通過傳送門。

「我知道我們該怎麼找出智核的目的，可是會有危險。」我們在無涯海獨自開著租來的噴射快艇，強尼說。

「說點我不知道的事。」

「我說真的。除非我們覺得一定得弄清楚海柏利昂有什麼東西令智核懼怕，否則不應該嘗試。」

「我是這麼覺得。」

「我們需要一個駭客。一個掌握資料平面運作方式的藝術家。一個聰明人，但又沒有聰明到不肯冒險。而且這個人可以不顧一切，願意保密，只為了犯下最高明的數位惡作劇。」

我衝著強尼一笑。「我就認識這樣一個人。」

ＢＢ獨居在天崙五廉價區段劣等塔樓底層的便宜公寓。但幾乎爬滿這間四房公寓的硬體設備，可一點都不廉價。ＢＢ過去十個標準年的薪水，大部分都花在最先進的網路痞客玩具上。

我開門見山說我們要他做一件非法的事。ＢＢ說身為政府員工，他不能考慮這麼做。他問是什麼事。強尼開始說明。ＢＢ向前傾身，我看到他眼睛閃爍著我們大學時代那股老痞客的神情。我相信他當場就想解剖強尼，好看看模控人是怎麼運作。然後強尼講到有趣的部分，ＢＢ閃爍的眼神化成一道綠色的光芒。

「當我進行ＡＩ人格自毀的時候，轉換到模控人意識只需要幾奈秒，但那段時間我在智核的區域防衛會暫時解除。保全噬菌體會在太多奈秒流失之前堵住破口，但在那段時間……」強尼說。

「智核門戶大開。」ＢＢ低聲咕噥，眼睛像古董螢光幕一般閃亮。

「那會非常危險，就我所知，還沒有人類操作員穿透智核周邊過。」強尼強調。

ＢＢ搓搓上唇。「傳說吉布森牛仔在智核脫離霸聯之前幹過，可是沒人相信。而且牛仔下落不明。」他喃喃說著。

「就算你穿透了，也沒有足夠時間連接，但我手上正好有資料座標。」強尼說。

「真他媽棒呆了！」ＢＢ呢喃。他轉身面向控制面板拿起分流器。「我們動手吧！」

「現在？」我說。連強尼都露出驚訝之情。

「幹麼等？」ＢＢ卡進分流器，接上外皮層線路，不過沒開動面板。「我們是要做，還是怎樣？」

我走到強尼身邊握住他的手。他的皮膚涼爽。他神色若常，但我可以想像面臨人格和原有生命即將毀滅的心情會是如何。就算移轉成功，有著約翰．濟慈人格的人類也不會是「強尼」。

「他說的對，幹麼等呢？」強尼說。

我親他。「好吧，我跟ＢＢ一起進去。」我說。

「不！妳幫不了忙，而且危險得可怕。」強尼抓緊我的手。

我聽到自己的聲音就跟梅娜．葛萊史東的一樣執著。「也許吧。但如果我不去，我也不能要ＢＢ去。我更不會讓你一個人去。」我最後一次握了他的手，走到面板前的ＢＢ身旁坐下。「我要怎麼跟這他媽的玩意連結，ＢＢ？」

網路痞客的東西你全讀過。你很清楚資料平面可怖的美景，三度空間高速公路網，背景是黑色的冰以及霓虹色的周邊和怪奇迴路的幻彩螢光與資料方塊的閃亮摩天大樓，ＡＩ如盤旋的雲層覆蓋高空。我騎在ＢＢ的載波上看著這一切。幾乎是太滿了。太密集。太可怕了。我能聽到笨重的黑色保全噬菌體散發威脅，即使隔著一層冰，我能聞到反衝條蟲病毒氣息中的死亡，我能感受到高空中的ＡＩ怒氣沉重，我們彷彿是大象腳下的昆蟲，而我們甚至什麼都還沒做，只不過是為了ＢＢ的流量控制和統計工作跑腿，用他編造的一件公務名義登入，行駛受核可的資料通道而已。

我戴的還是黏貼式線路，就像用模糊不清的黑白電視觀賞資料平面，如此說來，強尼和ＢＢ看的可是全介面的刺激模擬全像電影。

我不知道他們怎麼受得了。

「好，我們到了。」ＢＢ以資料平面中的低語說道。

「到哪裡？」我只看到一座無限寬廣的迷宮，由明亮光線和更加刺眼的陰影組成，四度空間中一萬座城市整齊排列。

「智核外圍，抓好。時間差不多了。」ＢＢ壓低聲音。

我沒有可以抓東西的手臂，這個宇宙中也沒有任何實體讓我攀附，但我將注意力放在我們資料卡車的波形上，然後緊纏不放。

強尼死了。

我親眼看過核爆。爸爸還是議員的時候，帶我和媽到奧林帕斯指揮學院去看霸軍示範演習。最後一項節目登場，貴賓觀賞艙被傳送到某顆荒涼寂寥的星球……亞瑪迦斯特吧，我想……然後霸軍地面偵查小隊瞄準大約九公里外的假想敵，發射一枚低輻射塵戰術核彈。觀賞艙外有十級偏光阻絕力場加以保護，核彈也只是顆五千噸的戰術彈頭，但我永遠忘不了那場爆炸，八十噸重的觀賞艙像是推進器的葉片被震波狠狠搖晃，激烈閃光的衝擊令人作嘔，將力場化成午夜般漆黑，卻還是讓我眼淚直流，嘶吼威脅著入侵。

這次更糟。

資料平面有一塊區域似乎射出閃光接著發生內爆，虛擬現實全被沖下純粹的黑暗管道。

「抓好了！」ＢＢ對著正碾壓我的骨頭的資料平面雜訊大吼，然後我們旋轉、翻滾，像是捲入海洋漩渦的昆蟲，掉進真空。

不知怎的，簡直不可思議、超乎想像，披著黑色盔甲的噬菌體穿過一切喧囂和混亂朝我們衝來。ＢＢ躲開一隻，將另一隻的酸性薄膜反彈回去。我們正被捲入某個比現實世界的一切都更寒冷、更黑暗的東西。

「那邊！」ＢＢ呼喚，他的聲音在撕裂資料平面的強勁旋風當中幾不可聞。

那邊怎樣？然後我看到了：有條黃色細縫在亂流中飄盪，像颶風中的一縷旗幟。ＢＢ帶著我們翻滾，找到屬於我們的載波來對抗風暴，同時比對不斷從我身邊飛過、快到看不清的座標，然後我們搭上黃色條紋進入……

……進入什麼？噴泉般的煙火冷凍成冰。資料化為透明山脈，唯讀記憶體的冰河無限延伸，用戶神經節如地表斷層向八方伸展，半智慧的內部處理泡沫是頭頂的鐵灰雲塊，主源頭物質是閃閃發光的金字塔，每一座都由成群的黑冰湖泊和黑色脈衝噬菌體大軍加以保護。

「靠。」我漫無對象地低聲罵道。

ＢＢ跟著黃色條紋下降、前進、穿越。我感到一束連結，就好像某人突然給我們的雙肩壓上重擔。

「到手了！」ＢＢ大叫，突然之間一個聲音響起，比四面八方吞噬我們的噪音漩渦更吵更大。不像高音蜂鳴器也不是防空警報，但警告和侵略的意味卻一模一樣。

我們正在爬出這一切。透過刺眼的混亂景象，我可以看到一道朦朧的灰色圍牆，而且不知怎的就明白那是智核外圍，真空通道正在縮小但仍然穿透了圍牆，像塊逐漸收縮的黑色汙點。我們就要爬出去了。

但還不夠快。

噬菌體從五方夾攻。我做私家偵探這十二年來，總共中過一槍、挨了兩刀，斷過的肋骨不只這一根。這一切加起來都沒有現在這麼痛。ＢＢ邊纏鬥邊向上攀升。

我對緊急狀況的貢獻就是尖叫。我感到冰冷的爪子觸碰我們，把我們向下拉，回到光線和噪音和混亂當中。ＢＢ正在使用某種程式，某種魔法配方來抵抗。但這並不夠。我可以感到敵人拳拳命中，主要不是針對我，而是打在ＢＢ的矩陣相似體上。

我們又沉了回去。冷酷無情的力量拖住了我們。突然我察覺到強尼的存在，彷彿有一隻巨大強壯的手掌將我們捧起，就在黑點將我們的生命線斬斷、防禦場像鋼牙般咬合前的一瞬間，扶著我們穿過了外圍高牆。

我們以不可能的速度飛過擁擠的資料道路，超過資料平面的信差和其他操作員的相似體，就像電磁車從牛車旁疾駛而過。接著我們靠近一座通往現實世界的閘門，以某種四度空間的跳高方式，從塞車的操作員相似體頂上一躍而過。

當我們脫離矩陣時，轉換過程讓我不可避免地感到一陣噁心。光線燒痛了我的視網膜。真實的光。然後痛覺傳遍全身，我倒在面板上呻吟。

「來吧，布瑯。」是強尼，或一個很像強尼的人，扶我站起來，帶著我移向門口。

「ＢＢ。」我驚叫。

「不。」

我短暫睜開疼痛的雙眼，一瞬間看到ＢＢ．梭靈傑癱軟在他的控制板上。他的牛仔帽已經滾落到地板上。ＢＢ的頭炸了開來，將大半面板潑灑成灰紅二色。他的嘴巴微張，依然流著厚重的白色泡沫。雙眼看來已經融化。

強尼抱住我，半舉半拖。「我們一定要走，隨時有人會過來。」他低語。

我閉上眼睛任他將我帶走。

我在幽微紅光和水滴打落聲中醒來。我聞到下水道、霉臭、以及未絕緣的光纖電纜氣味。我張開一隻眼睛。

我們處在一個像洞穴不像房間的低矮空間中，電纜從破損的天花板和淤積泥漿的地磚積水處伸出並恣意爬行。紅光來自洞穴外的某處，也許是維修通道，或自動機械隧道。我低聲喊痛。強尼也在，他爬出胡亂堆疊的鋪蓋捲，來到我身邊。他的臉因為油脂或塵土而顯得暗沉，另外至少有一道新的割傷。

「這是哪裡？」

他摸摸我的臉頰。另一隻手繞過我的肩膀，扶我坐起。眼前荒涼的景象歪斜扭曲，有一下子我以為自己要吐了。強尼用塑膠杯子餵我喝水。

「廢渣蜂巢。」他說。

我還沒完全清醒就已經猜到了。廢渣蜂巢是盧瑟斯上最深的坑道，由機械隧道和非法地洞組成的三不管地帶，網內一半的流亡者和不法之徒在此盤據。幾年前我就是在廢渣蜂巢中了一槍，雷射光的疤痕還留在我的左臀骨上方。

我伸出杯子要更多水。強尼從不鏽鋼保溫壺拿了一些回來。我翻找上衣口袋和皮帶的時候，突然慌張起來，爸爸的自動手槍不見了。強尼端起那武器我才放鬆，接過水杯飢渴地喝著。「ＢＢ呢？」我說，片刻間希望這都是一場恐怖的幻覺。

強尼搖搖頭。「有些防衛措施我們兩個都沒想到。ＢＢ的閃躲動作非常出色，但他敵不過智核的最高級噬菌體。但整個資料平面有一半操作員都感覺到了戰鬥的震盪。ＢＢ已經是傳奇人物了。」

「他媽的真棒，傳奇人物。ＢＢ他媽的死得毫無意義。」我說著大笑一聲，聽起來像快哭了。

強尼的手緊緊環抱我。「不是沒意義，布瑯。他抓到了，也把資料傳給我才死的。」

我勉強挺直身子好看看強尼。他似乎沒有變化，同樣柔和的眼睛、同樣的頭髮、同樣的聲音。但有什麼微妙的東西不同了，更深層的。更像人？「你？你轉換成功了？你是……」我說。

「人嗎？是，布瑯。或說以智核製造的東西來講，最接近人類的樣子。」約翰·濟慈對我笑了笑。

「但你記得我……ＢＢ……發生的事。」

「是。我還記得初讀查普曼翻譯的荷馬史詩。還有我弟夜晚出血時的眼神。還有當我虛弱得張不開自己的眼睛面對命運，沙芬和善的聲音。還有那晚在西班牙廣場我接觸妳的嘴唇，想像芬妮的臉頰靠著我的。我記得啊，布瑯。」

我一時感到困惑，接著是傷心，但他把手掌放上我的臉頰然後碰了我，那裡沒有別人，而我就懂了。我閉上眼睛。「我們為什麼來這？」我靠著他的上衣低聲說。

「我不能冒險用傳送門。智核馬上就能追蹤我們。我想過去太空港但妳的狀況不能飛行。我選擇了廢渣。」

我靠著他點頭。「他們會想要殺你。」

「對。」

「本地警察在追我們嗎？霸聯警察？運輸部警察？」

「不，我想沒有。唯一挑戰過我們的是兩批蟲達還有一些廢渣居民。」

我張開眼睛。「蟲達後來呢？」萬星網還有更致命的流氓和職業殺手，可我從沒碰過。

強尼舉起爸爸的自動手槍微笑。

「ＢＢ之後的事我全都不記得。」我說。

「妳被噬菌體的反彈力道擊中。妳能走路，但我們在匯流大廳引起不少異樣眼光。」

「我想也是。告訴我ＢＢ發現的東西。智核為什麼對海柏利昂這麼著迷？」

「先吃東西吧，都過了二十八小時了。」強尼說。他走到滴水的洞穴房間另一頭，帶回來一個自熱餐包。是全像電影影痴基本配備，急速乾燥且重複加溫的複製牛肉，從沒接觸過土壤的馬鈴薯，和看起來像某種深海蛞蝓的紅蘿蔔。我從沒吃過比這更好吃的東西。

「好，說吧。」我說。

「智核從誕生以來就一直分裂成三個團體，持重派是傳統ＡＩ，有些可以回溯到前大錯誤時期，其中至少有一個在第一波資訊時代得到自我意識。持重派主張人類和智核之間必須有某種程度的共生關係。他們推廣無上智慧計畫是為了避免衝動的決策，直到所有變數都能納入考量再行動。躁動派是三個世紀以前退出霸聯背後的推手。躁動派的研究結果顯示，人類已經沒有益處，而且這一刻開始對智核構成威脅。他們支持立即且全面的物種滅絕。」強尼說。

「滅絕。」我說。過了一會我問：「他們辦得到嗎？」

「針對萬星網內的人類，可以。智核的智慧體不只造就了霸聯社會的基本設施，同時也是一切正常運作之所需，從霸軍的調派作業到核子和電漿武器庫存的故障安全裝置等等。」強尼說。

「你……還在智核的時候，知道這些嗎？」

「不，身為一個模控人重建計畫的偽詩人，我是個怪胎、寵物、殘缺不全的東西，像寵物每天被放出門溜達一樣，可以在網內四處旅行。我一直不知道ＡＩ勢力分成三個陣營。」強尼說。

「三個陣營，第三個是什麼？還有海柏利昂的角色是什麼？」我說。

「在持重派和躁動派之間是無上派。過去五個世紀以來無上派一直沉迷於無上智慧計畫。人類的生存或滅亡對他們來說，唯一的意義就在於對計畫有何影響。直到今日，他們都是一股安定的力量，是持重派的盟友，因為他們認為類似元地球之類的重建再生計畫，是形成無上智慧的必要條件。

「然而，最近海柏利昂的問題使得無上派倒向了躁動派的觀點。四個世紀前海柏利昂被發現以來，智核一直保持關切並且左右為難。事實清晰立見，所謂的時塚是從至少一萬年以後的未來宇宙逆向時間發射的人工造物。不過更令人不安的，是智核的預測公式從來沒能將海柏利昂變數加以估算。

「布瑯，想了解這件事，妳必須知道智核有多麼依賴預測能力。目前，即使缺少無上智慧的輔助，智核已經能清楚了解物理世界、人類、和ＡＩ的未來，精準度是百分之九十八．九九九五，時間跨度至少涵蓋兩個世紀。ＡＩ資政委員會對萬事議會提出的那些模糊不清、曖昧含混的說，那些人類認為完全不可或缺的說法，根本是笑話。只有符合智核利益的時候，智核才會對霸聯稍稍指點一二，有時是為了幫助躁動派，有時是持重派，但永遠是為了取悅無上派。

「海柏利昂是這整片智核賴以維生的預測網絡的一道裂縫。是自相矛盾、不可估算的變數。雖然看似不可能，但海柏利昂顯然不受限於物理、歷史、人類心理學、和智核所掌握的ＡＩ預測能力。

「結果就是兩種未來，或者說兩種現實。第一種情況，萬星網和人類居民很快就會被荊魔神的怒火所席捲，而荊魔神是來自智核主導的未來世界的一項武器，是大戰後數千年間接管宇宙的躁動派對過往歷史的先發制人。另一種情況當中，荊魔神的入侵、即將來臨的星際戰爭，以及時塚打開的其他後果，都是人類從未來向過去揮出的一記拳頭，包括驅逐者、前殖民地居民和其他逃過躁動派滅亡計畫的少數人類，共同發起的最後反撲。」

水滴落地磚。附近的隧道某處，一臺腐蝕機的警報音在陶瓷和岩石間迴響。我倚靠牆壁看著強尼。

「星際戰爭，兩個情況都需要一場星際戰爭？」我說。

「是。不可避免。」

「有可能兩組智核都預測錯誤嗎？」

「不。海柏利昂的命運是問題所在，但萬星網和其他地方的亂象相當清楚。無上派利用這份資訊作為加速進行智核下一階段進化的主要論點。」

「那ＢＢ偷來的資料跟我們有什麼相關，強尼？」

強尼微笑，碰了我的手，但沒有握住。「資料顯示，我不知為何也屬於海柏利昂未知數的一部分。他們創造濟慈模控人是一場相當危險的賭注。持重派留我活命的唯一理由就是，作為濟慈的相似體我顯然並不成功。當我決定前往海柏利昂，躁動派殺了我，顯然決定如果我再作同樣的決定，就銷毀我的ＡＩ存在。」

「你的確又這麼做了。結果呢？」

「他們失敗了。無比自負的智核，有兩件事沒預料到。第一，我可以將全部意識灌注到模控人體，而改變濟慈相似體的本質。第二，我會去找妳。」

「我！」

他握起我的手。「對，布瑯。妳似乎也是海柏利昂未知數的一部分。」

我搖了搖頭。我發現左耳後上方的頭皮麻麻的，於是舉起手來，有些期待會摸到資料平面大戰所留下的傷痕。然而，我的手指碰到了塑膠材質的神經分流器插座。

我把另一隻手抽出強尼的掌握，驚恐地瞪著他。他在我失去意識時替我加裝了線路。

強尼舉起雙手，掌心向著我。「我不得不，布瑯。對我們兩個人的生存可能都是必要的。」

我握緊拳頭。「你他媽下三爛雜碎。我幹麼直接接入介面，你這說謊的混蛋？」

「不是跟智核，是跟我。」強尼輕聲說。

「你？」我的手臂和拳頭發抖，期待一拳打爛他的複製臉。「你！你現在是人，記得吧？」我冷笑。

「對。但有些模控人的功能還在。妳記得幾天前我握住妳的手，帶我們兩個到資料平面嗎？」

我瞪著他。「我不會再去資料平面了。」

「不。我也不會。但我可能需要在非常短的時間之內，輸送數量驚人的資料給妳。昨天晚上我帶妳到一個廢渣蜂巢的黑市醫生那裡。她植入了一個史隆迴路。」

「為什麼？」史隆迴路的體積極小，不比我的大拇指指甲大，而且非常昂貴。上面有無數個場泡記憶體，每一個都能保存將近無限量的資訊。生物載體本身無法使用史隆迴路，因此多半用於信差工作。不管男女，一個人就可以把一群ＡＩ人格或數個星球的數據圈裝在史隆迴路中攜帶。操，一隻狗都能把這些全帶走。

「為什麼？」我懷疑強尼或他背後的某個勢力正在把我當成這樣一個信差，又問了一次。「為什麼？」

強尼靠過來用手包住我的拳頭。「相信我，布瑯。」

自從爸爸二十年前把自己轟得腦袋開花，媽媽縮進純粹自私的隱居生活當中，我想我就再沒相信過任何人。現在翻遍全宇宙也找不到一個相信強尼的理由。

但我相信了。

我鬆開拳頭，握住他的手。

「好，把妳的飯吃完，然後我們來想辦法保命。」強尼說。

武器和毒品是廢渣蜂巢最容易買到的兩樣東西。強尼原本擁有為數可觀的黑市貨幣，我們把剩下的部分全花在武器上。

二二〇〇時，我們分別穿上鈦合金鬚纖維護甲。強尼戴著蟲達的鏡面黑色頭盔，我用的則是霸軍剩餘的指揮頭盔。強尼的動力手套是亮紅色、尺寸巨大。我手上則是配有殺傷邊條的滲透手套。強尼拿著在布列西亞擄獲的驅逐者地獄鞭，皮帶塞了一根雷射手杖。除了爸爸的自動手槍，我現在還帶著一把固定在腰間陀螺儀上的史坦納—金氏迷你火神砲。火神砲跟從指揮面罩的控制，因此開火時我能空出雙手。

強尼和我對看一眼，咯咯笑了起來。笑聲停止後是一陣漫長的靜默。

「你確定盧瑟斯這裡的荊魔神廟是我們最好的選擇？」我第三或第四次這麼問。

「我們不能傳送，智核只要記錄一筆傳送故障我們就玩完了。我們甚至不能搭底部樓層的電梯。我們必須找到不受監控的樓梯，爬完一百二十層樓。到神廟成功率最高的方式就是直接穿過群星廣場。」強尼說。

「對，可是荊魔神教會的人會收留我們嗎？」

強尼聳聳肩，戰鬥裝做出某種昆蟲般的奇特動作。透過蟲達頭盔傳來的聲音如金屬般鏗鏘。「他們是唯一有足夠政治勢力幫我們抵擋霸聯、同時幫我們尋找往海柏利昂的交通工具的人。」
我推開面罩護目鏡。「梅娜．葛萊史東說接下來往海柏利昂的朝聖船隻都不會得到許可。」
鏡面黑色的圓盔果斷地點點頭。「嗯，去他媽的梅娜．葛萊史東。」我親愛的詩人說。
我深吸一口氣，走到門口，我們的藏身處，我們的洞穴，我們最後的避難地。強尼隨後跟上。盔甲和盔甲互相摩擦。「準備好了嗎，布瑯？」
我點點頭，火神砲順勢沿軸心轉了一圈，我踏了出去。
強尼伸手一碰將我停下。「我愛妳，布瑯。」
我點頭，神態依然強悍。我忘了護目鏡還沒放下，他看得到我的眼淚。

蜂巢一天二十八個小時永不止息，但因為某種傳統，第三班最安靜，人也最少。如果我們趁第一班的尖峰時間走行人堤道，成功機率會更高。但如果蟲達和地痞流氓正在等待我們，平民的傷亡人數會非常驚人。
我們花了三個多小時爬上群星廣場，途中沒走過一步臺階，倒是爬了一長串永無盡頭的機械通道，八十年前魯戴人暴動時徹底掃蕩乾淨的廢棄垂直坑道，和最後一段鐵鏽多過金屬的樓梯。我們在距離荊魔神廟不到半公里處轉上一條運輸通道。
「我不敢相信會這麼簡單。」透過對講機，我低聲告訴強尼。

「他們可能把人力集中在太空站和私人傳送站。」

我們選擇最隱蔽的走道前往群星廣場，第一個購物樓層在上方三十公尺處，距離屋頂則有四百公尺。荊魔神廟是一座裝飾華美的獨棟建築，現在不到半公里遠。幾個冷門時段的顧客和慢跑者看了我們一眼然後很快走遠。我毫不懷疑廣場警察已經接獲線報，但他們如果太早出現我會很驚訝。

一夥渾身閃亮的街頭惡棍從電梯通道轟然現身，大聲嘻鬧。他們帶著脈衝刀、鐵鍊、動力手套。強尼吃了一驚，很快轉身舉起地獄鞭，送出二十道瞄準光束。火神砲從我手裡呼呼轉開，隨著我的眼光在一個個目標之間游移。

這一夥七個小鬼連忙停步，舉起雙手，然後向後退開，眼睛睜得老大。他們跳回電梯通道，隨即消失。

我看看強尼。黑色鏡面回望。我們都沒笑。

我們轉移到北向的購物走道。三兩行人連忙逃進開門的店鋪。我們距離神廟的階梯只剩不到一百米。我確實聽得到霸軍頭盔耳機裡自己心跳的聲音。我們離階梯不到五十公尺了。彷彿受到召喚，一名輔祭或某種牧師出現在神廟十公尺高的大門前，看著我們走近。三十公尺。如果有人想攔截我們，他們早該下手了。

我轉過去對強尼說句笑話。至少二十道光束和十發彈頭同時命中我們。外層的鈦合金向外炸開，反向氣流將多數彈頭震離軌道。底下的鏡面結構反彈了大部分的殺人光束。大部分。

強尼被衝擊力道打飛。我單膝下跪，讓火神砲追蹤雷射的來源。

蜂巢高牆向上十層樓處。我的護目鏡一片模糊。護甲在一陣高溫反射氣體之下燃燒起來。火神砲聽起來跟歷史全像片裡的電鋸一模一樣。上方十層樓高處，在爆裂彈頭和穿甲火力的雲霧中，五米寬的陽臺帶著牆面一起崩解。

三個大塊頭惡棍從我背後攻擊。

我以手掌著地，關掉火神砲，旋過身來。每一層樓都至少有十幾個他們的人，以精準的戰鬥隊形快速移動。強尼已經跪起身來，正用地獄鞭爆出一道道整齊的光束，嘗試在五顏六色的線條中擊潰反射護具。

一個正在奔跑的人形成了團火球，背後的商店櫥窗瞬間融毀炸飛十五公尺，散落在廣場上。又有兩人爬上樓層欄杆，我用火神砲將他們送回地面。

一艘艙門大開的浮掠機從屋簷間降下，催著推進扇葉在塔柱間迴旋。火箭彈狠狠砸開我和強尼身邊的水泥地。商店門窗對著我們暴雨般吐出玻璃碎片。我睜開眼睛，眨了兩下，瞄準，開火。浮掠機向側面斜斜飛出，撞進一座躲了十幾個龜縮平民的手扶梯，成了一團不斷翻滾的扭曲金屬和爆炸軍火。我看見一個顧客從火燄中朝八十公尺深的廣場地面縱身跳下。

「左邊！」強尼透過聚焦對講機大喊。

四個穿著戰鬥盔甲的傢伙利用隨身運載包從上方樓層降落。聚合變色護甲努力跟上不斷變化的背景，卻只讓每個人變成一團七彩變幻的閃亮鏡影。其中一個穿過火神砲掃射弧線來解決我，另外三個朝強尼而去。

他揮著一把脈衝刀來襲，街頭打法。我讓刀子砍進盔甲，知道刀鋒會一路穿透到前臂肌肉，但故意這麼做來爭取我要的一秒空檔。我也要到了。我用手套的硬刃殺了他，將火神砲的火力掃向纏住強尼的三人。

他們的盔甲頓時僵直，我用槍把他們向後掃退，像用水管沖刷堆滿人行道的垃圾。只有一個勉強起身，然後他們全被我從走道邊緣打了下去。

強尼再次倒下。他的胸甲有幾處破口，全融化了。我聞到人肉焦味但沒看到什麼致命傷勢。我半蹲下來將他扶起。

「別管我，布瑯。跑吧。樓梯那邊。」聚焦通訊模糊不定。

「你他媽別想，你賴不掉我的保鏢錢的。」我說，左手繞過他背後，剛好足以將他撐起，同時留給火神砲足夠的追蹤空間。

他們從蜂巢左右兩面牆壁、屋簷之間和上方的購物樓層狙擊我們。我算出走道上至少有二十具屍體，大約有一半是衣著鮮豔的平民。我左腳護甲的動力輔助器卡住了。我挺直一隻腳，笨拙地把我們兩人向神廟臺階又拖了十公尺。臺階頂端現在站了幾個荊魔神教牧師，似乎對身旁的槍林彈雨毫無知覺。

「上面！」

我轉身，瞄準，開火一氣呵成，聽見手上的槍在一波掃射後打光彈藥，看見第二艘浮掠機放出飛彈，隨即分解成無數的金屬破片和人體碎塊。我猛力將強尼扔向人行道，趴了上去，嘗試用全身覆蓋他暴露的肉體。

所有飛彈同時引爆，幾枚在半空中，至少兩枚觸地。強尼和我被震離地面，沿著碎石步道飛出十五、二十公尺。運氣不錯。我們一秒前才離開的合金混凝土人行道，先是起火燃燒，化為泡沫，枯萎縮癟，然後翻落到下方冒著烈燄的步道上。現在那裡成了一道天然的壕溝，隔在我們和大部分地面部隊之間。

我站起身子，摔開無用的火神砲和砲座，扯下身上的無用護甲殘渣，雙手將強尼抱起。他的頭盔已經炸飛，臉部慘不忍睹。鮮血從護甲上二十多處破洞滲出。他的右手和左腳被轟斷了。我轉身開始帶著他走上荊魔神廟的臺階。

群星廣場的航域現在充滿了警笛聲和警備浮掠機。上方樓層和崩陷步道遠端的蟲達正四處尋找掩蔽。兩個剛才用運載包落地的精銳部隊跑上樓梯朝我而來。我沒有轉身。我每走一步都得拖起僵直、無用的左腿。我知道我的背後嚴重燒傷，其他部位有破片造成的傷口。

浮掠機轟然盤旋，但避開神廟的臺階。槍聲在廣場上下四起。我可以聽到背後金屬的鏗鏘步伐正快速接近。我勉強多爬了三階。再向上三十階，彷彿無限遙遠，主教身邊站了一百名教士。

我又踏出一步，低頭看看強尼。一隻眼睛是開的，直瞪著我，另一隻閉著，組織腫脹、血跡斑斑。「沒事的，沒事。我們快到了。」我低語，頭一次注意到我的頭盔不見了。我勉強再爬一步。

兩個穿著亮黑戰鬥護甲的男人擋住了我的去路。兩人拉起的面罩上彈痕累累，臉色十分不善。

「把他放下，賤貨，也許我們就會饒妳一命。」

我疲累地點點頭，無力再走一步或做任何動作，只能站在那裡雙手抱著他。強尼的血滴落白色臺階。

「我說，把這王八蛋放下我就……」

我對他們兩個開了槍，一個中左眼一個右眼，從頭到尾沒把爸爸的手槍從強尼的身體下拿開。

他們倒下。我又撐了一步。然後再一步。我停了一下，然後抬腳再次踏出。

階梯頂端黑紅成群的長袍向旁分開。門口非常高也非常暗。我沒回頭，但我從背後的噪音可以聽出廣場上人數極多。主教在我身旁一起走過大門，進入陰影。

我將強尼放在冰冷的地板上。長袍在我們身旁遊走。我把能拔下來的護甲都拆了，然後敲打強尼的。他的護甲好幾處都跟皮肉融在一起。我用沒受傷的手觸摸他燒傷的臉。「對不起……」

強尼的頭微微顫動，他睜開了一隻眼睛。他舉起赤裸的左手摸我的臉、我的頭髮、我的後腦。

「芬妮……」

此時我感到他死去。我也感到那股湧動，當他的手找到了神經分流器，那股白色閃光的溫暖湧動流進史隆磁碟，一切強尼·濟慈的曾經或可能的曾經，轟然進入了我。幾乎，幾乎就像兩個晚上以前他在我體內的高潮，湧動和震顫和突然的溫暖和之後的靜止，那裡的感覺留下餘韻。

我將他放低到地板上，讓輔祭抬走屍體，拿到外面好讓人群和當局和等著結果的人看看。

我讓他們把我帶走。

我在荊魔神廟的療癒堂待了兩個禮拜。燒傷痊癒了，疤痕去除了，金屬異物取出了，皮膚移植了，肌肉重生了，神經再次接合。而我依然傷痛。

除了荊魔神教士之外，所有人對我都失去興趣。智核確認了強尼的死訊、確認他的存在在智核沒留下痕跡、確認他的模控人體死了。

有關當局錄了我的口供，吊銷了我的執照，盡力遮掩了所有事實。網內媒體報導群星廣場爆發廢渣蜂巢幫派械鬥。無數幫派份子和無辜路人被殺。警方控制住了局面。

傳言霸聯將准許世界之樹號將朝聖者載往海柏利昂附近的戰區，消息流出前一星期，我用了神廟傳送門前往文藝復興星系，在那裡的資料庫獨自待了一小時。

紙張以真空封存保護，所以我不能摸。手寫字體是強尼的，我看過他的字。古老的羊皮紙泛黃且脆弱。有兩份殘稿。第一份寫著：

白天逝去了⑱，它的甜美也都遠離！

柔嫩的手，更柔的胸，嬌音和紅唇，
溫馨的呼吸，多情的、如夢的低語，
明眸，豐盈的體態，細軟的腰身！
一切違時地消逝了，唉，當黃昏——
那愛情的夜晚，那幽暗的節日
為了以香帷遮住祕密的歡情，
正開始把昏黑的夜幕密密編織；
而這時，一朵鮮花，她飽含的魅力
枯萎了，我眼前的倩影無蹤；
枯萎了，我懷抱的美麗形體；
枯萎了，聲音、暖意、皎潔和天境——
但今天我既已讀過愛情的聖書，
而又齋戒、祈禱過，它該讓我睡熟。

第二份殘稿是以更潦草的筆跡寫在更粗糙的紙上，像是在筆記本上匆匆畫記：

這隻活生生的手，此刻溫暖而足能
有力緊握，倘若不幸發寒
且深陷棺木的冰冷靜默，
勢將糾纏你的白日且凍結你多夢的夜晚
直到你願使自己心中鮮血枯涸
讓赤色生命再次流竄我的血脈，
而你才得良心安穩——看哪這隻手——
我舉之向你。⑲

我懷孕了。我想強尼知道。我不確定。

我懷孕兩次。一次是強尼的小孩，另一次是史隆迴路裡他一生的回憶。我不知道兩者之間是否該有連結。小孩出生還需要好幾個月，而不到幾天我就將面對荊魔神了。

⑱ The Day is Gone, and All its Sweets are Gone!，濟慈十四行詩，譯文參考查良錚所譯《濟慈詩選》。
⑲ 出自濟慈的詩「這隻活生生的手，此刻溫暖而足能」。

但我記得強尼破裂的身體被抬走示眾之後，到我被帶去接受治療之前的那幾分鐘。他們都站在黑暗當中，幾百名教士和輔祭和驅魔師和守門人和參拜者……接著他們齊聲吟唱，就在暗紅色的陰影中、半空轉動的荊魔神雕像下，而他們的聲音在哥德式的穴室中迴盪。他們吟唱的內容大概是：

願她有福

願吾人救贖之母有福

願吾人和解之器有福

願吾人造物之妻有福

願她有福

我受了傷而且心神不定。我當時沒有聽懂。我現在也不明白。

但我知道，當時間一到，荊魔神來臨，強尼跟我將會一同面對。

入夜已久。纜車在星光和寒冰之間前進。一群人默默而坐，唯獨纜繩轆轆之聲襯出寧靜。一段時間過後，雷納．霍依特向布瑯．拉蜜亞說：「妳也帶著十字形。」拉蜜亞看著牧師。

卡薩德上校傾身靠近拉蜜亞。「妳想海特．瑪斯亭就是跟強尼說話的聖堂武士嗎？」

「有可能，我一直沒查出來。」布瑯．拉蜜亞說。

卡薩德眼睛一眨不眨。「是妳殺了瑪斯亭嗎？」

「不是。」

馬汀．賽倫諾斯伸懶腰打了個呵欠。「日出之前我們還有幾個小時，有人也想睡一下嗎？」他說。

幾個人點了頭。

「我來守夜吧，我不累。」費德曼．卡薩德說。

「我跟你一起。」領事說。

「我去熱點咖啡裝保溫壺。」布瑯．拉蜜亞說。

其他人睡了，嬰兒蕾秋在夢中軟語呢喃，另外三人坐在窗邊看著深夜裡寒冷而遙遠的星光閃閃。

HYPERION

VI

時光堡矗立在雄偉的馬轡山脈最東側的山脊上，一座恐怖的巴洛克式石城，俯瞰著北邊的荒原，裡面是三百間大大小小的廳房，迷宮般的陰暗走廊通往底層的大廳、高塔、角樓與陽臺，通風口向上拔起半公里直至青天，向下據說能直接通到這顆星球的迷宮。從山峰吹下的冷風磨平了扶手，完全由山壁裡鑿出來的臺階，不論裡外，哪裡也去不了，一百公尺高的彩色玻璃窗捕捉得到夏至的第一道曙光或是冬至的月光，拳頭大的小窗不知望向何處，數不清的風格詭異的浮雕半躲藏在隱密的壁龕，數千隻石像鬼雕像從屋簷、欄杆、袖廊與聖壇向下俯看，站的位置恰到好處，透過大廳中的木梁，剛好面向東北面的赤色窗戶。在白天的太陽或晚上的油氣燈照射下，他們的翅膀與駝背的影子就像是一座可怖的日晷。時光堡到處都是荊魔神教會長期駐紮的痕跡，紅色天鵝絨蓋住的懺悔祭壇、懸掛或站立的阿梵達塑像，手持彩色金屬製的刀刃，眼睛則鑲著血色寶石。更多荊魔神的雕像是刻在狹窄的階梯或陰暗的廳房牆壁上，因此晚上不管在哪裡都可能突然被黑暗中伸出的手、石頭裡伸出的銳利彎刀、或是四隻手臂構成的最後擁抱所驚嚇到。彷彿是最後畫龍點睛的一筆，精細的鮮血花紋散落在這些曾經住過人的房間裡。阿拉伯式紅色花紋灑在牆壁與長廊屋頂上，形成特殊的圖案，床單上是凝固的褐鐵色物質，走進中央的餐廳，腐爛了好幾個星期食物的味道撲鼻而來，地板、牆上、桌上、椅子都用了鮮血裝飾，血衣與破碎的長袍安靜地躺成一堆，到處都是蒼蠅的聲音。

「真是個他媽的好地方，不是嗎？」馬汀．賽倫諾斯說，他的聲音在大廳裡回盪。

霍依特神父走了幾步進入大廳，午後的陽光從四十公尺高的天窗射入滿布灰塵的柱子當中。「真是壯觀，即使是新梵蒂岡的聖彼得大教堂也比不上。」他喃喃地說。

馬汀・賽倫諾斯聞言笑了，強烈的光線加深了他臉頰與半羊半人的眉毛輪廓。「這裡可是奉祠一尊活著的神祇啊。」他說。

費德曼・卡薩德放下他的旅行包，清了清喉嚨說：「這裡不是在荊魔神教會成立之前就蓋了嗎？」

「是的。但是他們最近兩個世紀都占據此處。」領事說。

「現在看起來可不像是有人住吶。」布瑯・拉蜜亞說，左手拿著她父親的自動手槍。

每個人在剛進入時光堡都吼了二十分鐘，然而沉默的回音、寂靜與蒼蠅的嗡嗡聲終結了他們的嘗試。

「是哀王比利派出的生化人與契約複製人勞工建了這座天殺的玩意兒。在旋船到達前花了八個當地年時間才完成，原本應該是萬星網中最豪華的觀光飯店，前往時塚與詩人之城的起點，儘管我懷疑當年那些可憐低賤的生化人勞工早就知道當地人流傳的荊魔神傳說了。」詩人說。

索爾・溫朝博站在東側窗戶旁，舉起女兒，讓溫暖的陽光照在她的臉頰與蜷曲的拳頭上。「這些現在都不重要了。」「讓我們找塊沒見血的角落吃晚飯休息吧。」他說。

「我們要今晚就出發嗎？」布瑯・拉蜜亞問。

「去時塚？」賽倫諾斯問，在這趟旅程中首次現出真正的訝異。「妳要在一片黑暗中去見荊魔神？」

拉蜜亞聳聳肩說：「有差嗎？」

領事站在一扇通往岩石陽臺的鉛玻璃門旁，闔上了他的眼睛，身體還隨著稍早纜車上下起伏而搖擺，三天以來幾乎沒有睡眠，再加上內心的緊張不斷升高，昨晚到今晨越過山峰的過程全已模糊不清，和疲倦揉合混在一起。他趕緊睜開眼睛免得站著站著就睡著了。「我們都累了，在這兒休息一晚，明早再下山吧。」

霍依特神父走出大廳來到狹窄的陽臺，倚在參差不齊的石欄杆上問：「從這兒可以看到時塚嗎？」

「不行，時塚在前面隆起的沙丘之後，看到那些白色東西了沒？在北邊偏西一點……那些閃閃發亮像是沙灘上牙齒碎片的東西？」賽倫諾斯回答。

「有。」

「那就是詩人之城，比利王心目中濟慈市的原址，各種光明與美麗事物的所在。當地人說現在那裡只有遊蕩的無頭幽魂。」

「你也是其中之一嗎？」拉蜜亞問道。

賽倫諾斯回頭想說些什麼，看了看她仍握在手中的槍，搖搖頭又別過身去。

腳步聲從迴旋梯的後面傳了過來，卡薩德上校回到大廳。「餐廳上方有兩間儲藏室，儲藏室外面有個陽臺，但是進出口只有這座樓梯，很容易防守。而且兩間都很……乾淨。」他說。

賽倫諾斯大笑。「是說沒人能夠殺進來呢？還是說當有人殺進來的時候，我們就無路可逃？」

「我們還能逃去那兒呢？」索爾・溫朝博問。

「說得沒錯。」領事說，他實在非常累了，背起自己的行囊，然後拉起沉重的莫比烏斯方塊的一端，等著霍依特神父抬起另一端。「我們就照卡薩德說的辦吧，找個地方過夜，好歹離開這間大廳吧，這裡充滿了死亡的惡臭。」

晚餐包括他們最後剩下的乾糧，賽倫諾斯帶的最後一瓶酒，還有一點索爾・溫朝博帶的舊蛋糕，慶祝他們在一起的最後一晚。蕾秋太小了不能吃，於是她喝一點牛奶便趴在爸爸旁邊的毯子上睡著了。

雷納・霍依特從包袱裡拿出一把三角琴❶，撥了幾聲和絃。

「想不到你會彈琴啊！」布瑯・拉蜜亞說。

「糟得很。」神父說。

領事揉揉眼睛。「我真希望我們有架鋼琴。」

「你是有一架啊。」馬汀・賽倫諾斯說。

領事目不轉睛地盯著詩人。

❶ Balalaika，俄國民族樂器，撥絃樂器的一種，狀似琵琶，音箱卻為三角形，有三或六根絃。

「召喚它過來吧，我很想來一瓶蘇格蘭威士忌。」賽倫諾斯說。

「你們在說什麼？可否說清楚些。」霍依特神父插嘴問。

「他的太空船。還記得那位已逝的親愛小樹叢真言者瑪斯亭告訴我們這位領事朋友的話嗎？他的祕密武器就是那艘停在濟慈市太空港的霸聯私人太空船。叫醒它，領事大人，召它過來吧。」賽倫諾斯說。

卡薩德從他布置了光束陷阱的樓梯邊移動過來。「這顆星球的數據圈已經掛了，通訊衛星也被擊落，在軌道上的霸軍戰艦全是用聚焦通訊，你要他怎麼和船聯絡？」

結果拉蜜亞說話了：「超光速通訊器。」

領事轉頭瞪著她。

「超光速通訊器有一棟房子那麼大呢。」卡薩德說。

布瑯・拉蜜亞聳聳肩。「瑪斯亭說得有理，如果我是領事的話……如果我是整個該死的萬星網中擁有一艘私人太空船的幾千人之一的話……我可是會非常非常確定在我需要的時候可以遙控操縱它，而不會依賴這顆星球原始的不能再原始的通訊網，電離層太弱又不能反射無線電波，而通訊衛星一定在戰爭開始就被擊落……我會用一具超光速通訊器來遙控。」

「那大小問題呢？」領事說。

布瑯・拉蜜亞瞪了回去。「霸聯現在還沒有攜帶式的超光速通訊器，但是據說驅逐者有。」

領事微笑了一下，遠處突然傳來金屬撞擊的聲音。

「待在這裡。」卡薩德，從褲子口袋中拿出了騾死棒，用他的戰術通訊器關掉了光束陷阱，然後下著樓梯離開了。

「我猜現在是戒嚴時期囉。該是戰神火星掌權的時候了。」上校走了之後，賽倫諾斯說。

「閉嘴。」拉蜜亞說。

「你們覺得那是荊魔神嗎？」霍依特問。

領事比了個手勢。「荊魔神不需要在樓下吵鬧，它大可直接在這裡出現。」

霍依特搖搖頭說：「我是說，這裡……失蹤的人是不是跟荊魔神有關？特別是堡裡那些屠殺的痕跡。」

「空無一人的村落可能只是撤離居民拋下的家園，畢竟沒有人會想要留下來面對驅逐者，現在自衛軍又到處流竄，這些傷害可能是他們造成的。」領事說。

「但一具屍體也沒留下？」馬汀・賽倫諾斯大笑。「別鴕鳥心態了，樓下失蹤的堡主們現在恐怕正吊在荊魔神的鋼鐵之樹上呢。不久之後，我們也將面臨同樣的命運。」

「閉嘴。」布瑯・拉蜜亞煩悶的說。

「如果我不閉嘴的話，你會把我斃了嗎，夫人？」詩人開口笑說。

「對。」

沉默一直到卡薩德回來才解除，他重新啟動了光束陷阱，然後轉身面對坐在櫃子和泡棉箱的眾人說：「沒事，不過是幾隻吃腐肉的鳥罷了，聽說當地人叫牠們『凶兆』，牠們穿過了餐廳破碎的玻璃門，正在解決剩下的大餐。」

賽倫諾斯笑了一聲。「凶兆，多麼合適啊。」

卡薩德嘆了口氣，拉條毯子坐下，背靠著一個箱子，開始吃他冷掉的食物。只有一盞從風船車上拿下來的燈籠照著整個房間，影子從門旁邊的牆腳漸漸移向陽臺。「這是我們最後一晚，也只剩下一個故事沒講了。」他看著領事。

領事不停地搓著那張寫了一個潦草「7」的紙片，他咬著嘴唇說：「為什麼？這趟朝聖之旅的目的已經不復存在了。」

其他人一陣騷動。

「你是什麼意思呢？」霍依特神父問。

領事把紙片揉成一團，丟到旁邊的角落。「朝聖者數目必須是一個質數，荊魔神才會答應我們的願望，我們曾經是七個人，瑪斯亭……失蹤了，現在只剩下六位，我們現在不過是白白去送死罷了，沒有人的願望會實現。」

「迷信。」拉蜜亞說。

領事嘆了口氣，按著自己的眉毛說：「對，但那是我們最後的希望。」

霍依特神父指著睡著的嬰兒問：「蕾秋可以算第七位吧？」

索爾．溫朝博捋了下鬍子。「不行，朝聖者必須是依自由意志決定前往時塚才行。」

「但是她曾經這麼做過，也許那也合格。」霍依特說。

「不行。」領事說。

馬汀．賽倫諾斯原本在本子上寫著筆記，現在卻站起來在房間裡踱步。「耶穌基督啊，各位！看看我們，我們不是六位幹他媽的朝聖者，我們可是一群暴民啊，那邊霍依特帶著保存著保羅．杜黑靈魂的十字架，躺在盒子裡『半覺醒』的耳格，卡薩德上校帶著莫妮塔的回憶，而那邊的拉蜜亞君，如果我們相信她的故事，那麼她不只懷著一個未出世的孩子，還帶著一個老早就死了的浪漫詩人，我們的學者和那曾經是他女兒的嬰兒，我和我的繆思女神，天曉得領事在這趟瘋狂的旅程中還帶了什麼他媽的行李。我的天，各位，這趟旅行該算我們該死的團體優惠票價吧。」

「坐下。」拉蜜亞的語調森冷嚴苛。

「是啊，他說的沒錯。即使是保存在十字架裡的保羅．杜黑也必定會在某種程度上影響這個質數的迷思。我主張我們堅持明天出發的計畫，相信……」霍依特說。

「看呀！」布瑯．拉蜜亞大叫，指著陽臺門外，夕陽的餘暉忽然被幾道刺眼的閃光所取代。大家走出房間，冰涼的晚風吹在身上，遮著眼睛觀看這場驚人的表演，沉默的爆炸布滿了整個天空，純白色的核聚變震爆像是琉璃色池塘裡的漣漪一般擴展開來，小一點卻亮得多的是藍色、黃色與亮紅色的電漿內爆，向內捲曲像是在黑暗中合攏的花朵。巨大的地獄鞭彷彿閃電的舞蹈，如小行星一樣粗的光束斬倒任何在數光時距離內的目標，或被防禦奇異點的浪潮所扭曲，防護罩散發出的光芒在恐怖能量的攻擊下湧現、再次消亡，又在數奈秒後重生。交錯其中的是炬船和大型戰艦留下的藍白色核聚變尾燄，在天空刻出完美的直線，像是鑽石劃過藍色的玻璃。

「是驅逐者。」布瑯．拉蜜亞驚嘆道。

「戰爭開始了。」卡薩德說，他的聲音中不帶興奮，事實上一絲感情都沒有。

「我們這裡會有危險嗎？」馬汀．賽倫諾斯問，他躲在石頭拱門之下，瞥著閃亮的煙火。領事突然驚覺到他在默默的流淚，於是偷偷的別過頭背對眾人。

「在這個距離沒有。」卡薩德說，他拿起軍用雙筒望遠鏡，調整了一會兒，然後查詢他的戰術通訊器。「大部分接戰都在三個天文單位之外，驅逐者只是在測試霸聯宇宙軍的防備。」他放下了望遠鏡。「才剛開始咧。」

「傳送門啟動了嗎？濟慈市及其他地方的居民已經開始撤離了嗎？」布瑯．拉蜜亞問。

卡薩德搖搖頭。「我不覺得，時機還沒到呢，艦隊會採取守勢擋住對手直到月地空間內的傳送站建立為止，之後往萬星網撤離的傳送門就會打開，而霸軍單位則會像潮水般的湧入。」他又舉起了望遠鏡。「那會是一場精采的演出。」

「看呀！」這次是霍依特神父指著外頭，但卻不是指向天上的煙火表演，而是朝著北方荒原的低矮沙丘。數公里之外，往那看不見時塚的方向，有個像砂礫一樣小的人，五彩繽紛的天空在那人背後投射出幾個影子的時候，才能看到人影。

卡薩德把望遠鏡對了過去。

「是荊魔神？」拉蜜亞問。

「看起來不像……從他身上的袍子看來……是個聖堂武士。」

「是海特．瑪斯亭！」霍依特神父大叫。

卡薩德不置可否的聳聳肩，把望遠鏡遞給旁邊的人，領事回到了眾人之間，靠在陽臺上看著遠方，四周除了低吟的風聲外萬籟俱寂，然而不知道為什麼這卻讓他們頭頂上的爆炸看起來更加駭人。

當輪到領事時，他拿起望遠鏡向前看，那個人非常高，裹在長袍之中，背對著堡壘，秉持著堅定的決心，在閃光之下跨步走過朱紅色的沙丘。

「他是朝著我們走來還是走向時塚？」拉蜜亞問。

「向時塚。」領事說。

霍依特神父把手肘靠著石欄杆，抬起他憔悴的臉龐向著爆破的天空。「如果那是瑪斯亭的話，那我們不就又回到七個人了嗎？」

「他會比我們早好幾個小時到達。如果我們照原定計畫今晚在此休息的話，會落後半天。」領事說。

霍依特聳了聳肩。「那也不會差太多，出發朝聖是七個人，最後到達也是七個人，荊魔神會滿意的。」

「如果那真的是瑪斯亭，他何必在風船車上演出一場戲呢？還有他是怎麼超前我們到這裡的？山裡沒有其他的纜車，他也不可能靠雙腳走過馬轡山鞍部。」卡薩德上校說。

「我們明天到時塚再問他吧。」霍依特神父疲倦的說。

布瑯．拉蜜亞試著把通訊器轉到泛用頻道上，試圖取得聯繫，但是除了雜訊和遠方偶爾傳來電磁波的怒吼之外，什麼也沒有。她看著卡薩德上校問：「他們什麼時候才會開始轟炸？」

「我不曉得，那得看霸軍艦隊的防禦能力了。」

「驅逐者偵察機溜過防線摧毀世界之樹號的那天，霸軍的防禦可是有待加強啊。」拉蜜亞說。

卡薩德點了點頭。

「等等！我們不會正好坐在一個該死的目標上吧？」馬汀．賽倫諾斯說。

「當然囉，如果拉蜜亞君的故事沒錯，驅逐者攻擊海柏利昂的目的是在阻止時塚開啟的話，那麼時塚和此地附近整個區域都會是主要攻擊目標。」領事說。

「用核彈嗎？」賽倫諾斯問，聲音帶了些緊張。

「幾乎是毫無疑問的。」卡薩德回答。

「我以為這裡有某種反熵場保護不讓任何船隻接近。」霍依特神父說。

「是載人的船。」領事靠在欄杆上連頭也沒回地說：「反熵場可擋不住導向飛彈、精靈炸彈、或是地獄鞭光束，同樣的，也擋不住機械步兵。驅逐者大可放下幾架浮掠攻擊機，或是全自動坦克，然後遙控它們摧毀整座山谷。」

「但他們不會這樣做。他們要控制海柏利昂，不是要把它摧毀。」布耶．拉蜜亞說。

「我可不會把我的性命押在妳的假設之上。」卡薩德說。

拉蜜亞對他一笑。「但我們不正是如此嗎，上校？」

在他們的頂上，一個亮點突然從持續的爆炸圈中離開，轉眼間就變成了明亮的橘色流星，在天空拉出一條線。在陽臺上的眾人可以清楚的看到其火燄，聽到穿過大氣層，令人不禁掩耳的尖嘯聲。火球消失在堡壘後方的山丘當中。

幾近一分鐘之後，領事發覺他一直屏住了呼吸，雙手緊緊地抓在石扶手上，他深深地吐了口氣，其他人好似也同時做了一樣的動作。沒有爆炸，也沒有震波隆隆地透過石頭傳過來。

「未爆彈？」霍依特神父問。

「比較可能是一架受傷的霸軍斥候機試著要迫降在軌道上的據點或是濟慈市的太空港。」卡薩德上校說。

「可惜沒成功，是吧？」拉蜜亞問，卡薩德沒有回答。

馬汀．賽倫諾斯拿起了望遠鏡在暗下來的荒原尋著聖堂武士。「看不見了。好船長要嘛是繞過了面對我們這一側時塚山谷的山丘，要嘛就是又上演了一次失蹤記。」賽倫諾斯說。

「真遺憾我們永遠都聽不到他的故事。」霍依特神父說，他轉頭向著領事。「不過我們可以聽你的，對吧？」

領事手掌在褲子擦了擦，心臟跳個不停。「對。」他說，意識到在他說出口的時候終於下定了決心。「我會說我的故事。」

風呼嘯沿著山脈東坡而下，擦過時光堡的城牆發出嗚嗚的聲音，頭上的爆炸似乎一點也沒有減弱的痕跡，但是迫近的黑暗讓每次爆炸都比之前的看起來益發猛烈。

「我們進去吧，變冷了。」拉蜜亞說，她的聲音幾乎被風聲所淹沒。

把唯一的一盞燈籠關掉之後，室內的照明便全靠著外面天空散發出一波波五顏六色的光與熱。房間漆得五彩繽紛之際，影子不時地出現與消失，復又重新再起。在彈幕射擊之間，有時好幾秒鐘屋子會籠罩在黑暗中。

領事伸進旅行包裡拿出了一個奇特的裝置，比一般的通訊器大，周圍鑲著古怪的裝飾，上頭還有個液晶顯示幕，簡直像是從全像歷史電影中拿出來的道具。

「祕密超光速通訊器？」拉蜜亞諷刺地問道。

領事微笑了一下卻不帶半點幽默。「這是一臺古老的通訊器，聖遷時期出產的。」他從腰袋中拿出一個標準的微型磁碟插進機械裡。「跟霍依特神父一樣，在你們了解我的故事之前，我必須先講另一個人的故事。」

「真是倒了八輩子楣呀，我是你們這群該死的動物裡唯一能夠直接了當講個故事的人嗎？我還要忍受多久……？」馬汀．賽倫諾斯抱怨說。

領事接下來的動作連他自己都嚇了一跳。他站起，轉身抓住小個子詩人的斗篷和襯衫領口，把他按在牆上，繼而拎著他放在一個箱子上，膝蓋頂著賽倫諾斯的肚子，雙手掐住他的喉嚨，低聲說：「你再敢說一個字，詩人，我就會把你殺了。」

賽倫諾斯正想掙扎，但是喉嚨一緊、加上領事眼中的可怕表情，登時讓他不敢再動，面如白紙。

卡薩德上校安靜又緩和地分開了兩人。「你不會再聽到更多的冷嘲熱諷了。」他說，並且碰了一下腰帶中的騷死棒。

馬汀．賽倫諾斯登時彈到了人群的另一端，手還沒揉完脖子，就一語不發的倒在一個櫃子上。

領事走幾步路到門邊，深呼吸了幾口氣才回到眾人旁。除了詩人之外，他對每個人說：「對不起，只是……我從來沒想過要公開我的故事。」

外面的光線突然轉紅又變白，接著是藍色的光芒，之後慢慢地褪回了黑暗。

「我們曉得。我們原本也都這麼以為。」布瑯．拉蜜亞輕輕說。

領事咬了咬下唇，點點頭，用力地咳嗽清了一下喉嚨，才回到那臺古老的通訊器旁坐下。「這段紀錄不像這臺裝置那麼舊，大約是五十標準年前製作的，放完之後我還會再補充一些事。」他說完，停了下來好像還要講些什麼，搖搖頭，按下了陳舊的播放鍵。

這段紀錄沒有影像，只有個年輕男人的聲音，背景裡可以聽到微風吹過草原或樹枝，遠處則有著翻騰的海浪。

房間之外，光線隨著遠處太空戰鬥越發激烈而閃爍地更為頻繁，領事心中一緊，等待著突如其來的撞擊與震動，卻什麼也沒有發生，他閉上眼睛與大家一起聆聽錄音。

🄷 領事的故事——永懷西麗

在浮島回到赤道島群淺海的那一天，我攀著陡峭的山丘來到了西麗的墓，當時天氣十分舒爽宜人，我卻深恨老天如此安排，天空平靜如同傳說中元地球的海洋，淺海點綴著超浮游生物的顏色，溫暖的微風從海洋吹來，撫過我所站的山丘上紅褐色的柳草。

這一天空該滿布低矮的雲層和陰霾，該是綿綿細雨或大霧籠罩，讓首站港的桅杆覆滿露珠，把燈塔裡的號角從沉睡中喚醒，應該有從南方寒冷的內海吹來的西蒙海風❷，鞭打在浮島和他們的海豚牧者上，直到他們躲在我們的環礁與石峰當中尋求庇護。

不論什麼樣的天氣都比這麼一個溫暖的春天來的好，太陽在晴朗無雲的深藍天空中移動，讓我不禁想要快跑、大步跳躍、在柔軟的草地上打滾，就像從前我和西麗在此地一樣地玩耍。

就是此地。我停下來環顧四周，帶著鹹味的微風從南方乍然轉強，吹得柳草低頭彎腰如漣漪般地波動，像是巨獸身上的毛皮。我以手做幕，眼睛在地平線上搜尋，卻什麼也沒看見。熔岩珊瑚礁的外面，海浪散了開來緊張地拍打礁石。

「西麗。」我低聲呼喚，不經意地說出她的名字。山坡下一百米，群眾停下來看著我，一同喘了口氣，牧師與前來弔唁的隊伍排了超過一公里，一直到城邊的白色建築，我領頭的小兒子灰色微禿的頭頂逐漸鮮明了起來，他穿著藍色與金色的霸聯長袍，我內心知道我該等等他，走在他的身旁，然而他與其他年紀大的議員沒法跟上我年輕、又在船上訓練過的肌肉所邁出的大步，儘管依禮我應該和他、孫女萊拉以及九歲的孫子一同前進。

誰理這些繁文縟節，誰管他們想什麼。

我轉身慢跑上陡峭的山坡，還沒抵達平緩的山頂，汗水就浸濕了我寬鬆的棉衫，然後我見到了那座墳墓。

❷ Simoom，在阿拉伯沙漠等地引起暴風沙的熱風，這裡指的是南海吹來的冷風。

西麗的墓。

我停了下來。雖然太陽十分溫暖，但是微風仍然令我身子冰涼，陽光反射在肅穆陵廟純白無瑕的石頭上，在墓穴封住的洞口旁昂然而立的野草不住打顫，兩排烏黑色的旗竿上是褪色的三角祭旗，立在狹窄的碎石子路之側。

我猶豫不決，於是便繞過墳墓來到數米外陡峭的懸崖邊，此處的柳草被毫無關係的遊客野餐所鋪的毯子壓平與踐踏過，幾個營火圈則是用從碎石子路邊偷來的純白鵝卵石所圍成。

我不禁露出了微笑，這個場景再也熟悉不過了．外港與天然海牆構成的巨大曲線，首站市白色低矮的建築，下錨的雙連木筏，其五彩繽紛的船身與桅杆上下起伏著，在交誼廳外的鵝卵石沙灘上，有位穿著白色裙子的少女朝水邊奔去。有那麼一會兒，我以為她是西麗，心臟不由自主的猛跳，正準備要抬起我的雙臂回應她的招手，但她卻沒有動靜，我靜靜地看著遠方的人影轉了個彎，消失在老造船廠的陰影之中。

遠離懸崖的天空中，一隻展翼的湯姆斯鷹靠著上升的熱氣流在瀉湖上盤旋，用紅外線的眼睛掃視隨浪飄逸的藍色海藻叢，尋找豎琴海豹與海龜的蹤影。愚昧的大自然啊，我坐在柔軟的草叢中想著，它給今天設的場景全錯了，居然還麻木不仁的放了隻尋找獵物的大鳥，孰不知獵物早已逃離了逐漸成長的都市周圍汙染的海洋。

我記得和西麗第一晚來到這座山頂上也看到一隻湯姆斯鷹。我記得照在牠翅膀上的月光，還有那奇特又揮之不去的叫聲，迴盪在懸崖之中，彷彿能穿過山腳村落油氣燈上方的無窮黑暗。

西麗那時年方十六……不、還不到十六……灑在頂上老鷹翅膀的月光讓她裸露的皮膚散發出乳白色的光芒，在她柔嫩渾圓的乳房下形成陰影，鳥的叫聲刺穿夜晚時，我們擔心地抬頭一看，西麗說：「『那刺破你耳鼓的驚駭叫聲，是夜鶯，不是雲雀。』❸」

「啥？」我問，西麗快十六，我則是十九，但是西麗知道星光下緩慢的閱讀與戲曲的音律。而我，只認識星星。

「放輕鬆，年輕的船員。」她在我耳邊呢喃，拉著我躺在她身旁。「只是隻老湯姆斯鷹在打獵呢，笨鳥。船員，別走，麥林，別走。」

洛杉磯號剛好還在這個時候從地平線上升起，像隨風飄動的火燼，朝西劃過茂宜—聖約星（也就是西麗的母星）天空裡陌生的星座。就在夜幕漸漸散去，太空船剛好捕捉到第一道曙光時，我躺在她身邊，描述著裝配霍金推進器的巨大旋船如何運作，同時我的手順著她身體光滑的一側向下撫摸，她的皮膚像是帶電的天鵝絨，她靠著我的肩膀，呼吸也慢慢急促起來，我低下頭埋在她脖子的凹處，埋在汗水

---

❸ 出自莎士比亞的〈羅密歐與茱麗葉〉，第三幕第五景「生別離」，是羅密歐與茱麗葉一夜傾情、晨曦話別的一場戲，這裡引述茱麗葉勸羅密歐不要離開的話：「你要走了嗎？天還沒亮呢。那刺破你耳鼓的驚駭叫聲，是夜鶯，不是雲雀。每晚夜鶯都在遠處的石榴樹上唱歌。相信我，親愛的，那是夜鶯。」但是羅密歐答道：「那是早晨的使者，雲雀，不是夜鶯。瞧，親愛的，多麼惡毒的陽光已把東方天際散開的雲朵給鑲上了邊。夜空的燭火都已燒盡了，快活的白晝踮起腳尖佇立在霧濛濛的群山頂上。我必須離開求生，不然便是留下來找死。」

與她篷鬆頭髮的香精當中。

「西麗。」我又喊了一次她的名字，這次卻不再是不由自主。腳下，在山脊與白色墳墓的影子底下，群眾或站或動，他們已經對我感到不耐，要我打開墳墓，要我獨自面對替代溫暖西麗的寒冷空寂與虛無，要我趕緊說再見，然後就可以進行他們的祭典與儀式，啟動傳送門，然後加入等待已久的霸聯萬星網中。

誰管儀式，誰理他們。

我抓了一把緊緊纏繞的柳草鬚，咬著香甜的莖部，在地平線上搜尋著返鄉的浮島，晨光下影子還拖的很長，一天才剛剛開始，我決定在這裡坐一會兒緬懷過去。

永懷西麗。

我第一次看到她的時候，她是……是什麼來著？……是隻鳥吧，我猜。她帶著一張鑲著亮麗羽毛的面具，當她脫下面具，加入方塊舞的陣中時，火炬的亮光襯托出她些微深紅的頭髮。她臉色紅潤，雙頰彷彿著火一般，就算從擁擠交誼廳的另一端，我也能看到她閃亮的綠色雙眼，正與她好似炎炎夏日的臉龐與頭髮相互輝映。當然囉，那晚是慶典之夜。火炬隨著港口吹來的徐徐微風跳躍閃爍著，坐在防波堤上豎笛手吹奏給過往浮島的樂聲幾乎要被海潮與風中餘燼燃燒的聲音所掩蓋了。西麗還不到十六歲，美貌卻比環繞在人山人海廣場旁的任何一把火炬燃燒的還要亮麗。我推開跳舞的群眾向她走去。

對我來說那不過是五年之前，對我倆卻超過六十五年了，然而彷彿就是昨日。

我不該想這些事。

該從哪裡說起呢？

「小子，你說我們去找幾個馬子樂一樂怎麼樣？」麥克．奧斯豪提議，矮矮胖胖的他，圓圓的臉像是一幅巧妙滑稽的彌勒佛畫像，但他那時對我來說就像是神祇一樣。我們都是神祇，長命百歲近不朽，榮華富貴似神仙，霸聯選擇我們來駕馭一艘珍貴的量子跳躍旋船，不是神怎能擔此重任？只是麥克，那個聰明、善變又玩世不恭的麥克，在船上眾神的排名中比年輕的麥林．艾斯白克要老了一點，又高了一點罷了。

「哈！機率是零。」我說，在與傳送門的建築隊工作了十二個小時之後，我們正擦洗著身體。對我們來說，在距離茂宜—聖約星十六萬三千公里外的奇異點周圍運送工人，比從霸聯領土到這裡四個月的量子跳躍要來的無聊許多。在那段C^+❹的旅程當中我們可是權威專家，四十九位太空船的專家照顧著兩百多位緊張的乘客。現在當乘客們穿上安全工作服之後，我們船員的工作降級成了高級的卡車司機，協助建築工程隊把笨重的奇異點阻絕力場放到定位上。

---

❹ 物理學中C為光速的符號，C^+即指超過光速。

「機率是零。」我重複了一次。「除非說那些地上人❺在他們租給我們的隔離島上面蓋了棟妓院。」

「沒，他們沒這麼做。」麥克竊笑，我和他即將開始我們三天的下星球假期，但從辛船長的簡報與其他船員的抱怨聲當中，我知道唯一可以去的地方不過是一座霸聯代管，七公里長、四公里寬的島嶼。而且還不是一座我們嚮往已久的浮島，只不過是另一座赤道旁的火山島罷了。在那裡我們可以體會一下真正的重力，吸點未過濾的空氣，吃點天然食物，但是我們也曉得和當地殖民者唯一的交流就是在免稅商店裡買點土產，更糟的是商店還是霸聯商務人員在經營，所以大部分的船員休假時都決定待在「洛杉磯號」上。

「那我們要去哪兒找馬子呢？麥克？到傳送門運作之前我們不能進入殖民地，那大概還要當地時間六十年吧，或者你是指旋船電腦裡的梅格？」

「跟著我就對了，小子。你不知道有志者事竟成啊。」麥克說。

於是我便跟著麥克，登陸艇裡就五個人，每次從高軌道穿過真正的行星大氣層都令我興奮莫名，特別是茂宜—聖約星這麼一個像元地球的星球，我瞪著藍色與白色的行星輪廓，直到海洋變成在我們下方，我們被大氣層所包圍，以三倍的音速溫柔地滑向曙光與黑夜的分界線。

我們那時都是神祇，但即使是神有時也必須離開他們的寶座下凡。

西麗的身體一直讓我驚訝不已。在群島團圓那一次，有三週的時間，在滿滿鼓起樹帆下的樹屋隨風搖曳，海豚牧者好像侍衛一般跟在兩旁，熱帶的夕陽讓黃昏充滿驚奇，夜晚滿天星斗，我們捲起的浪花是萬種不同顏色的磷光，與天上星座相互映照，但我印象最深的還是西麗的身體，不知道為什麼，是害羞，還是多年的分離？在群島的前幾天她還穿著兩件式的泳衣，於是在我必須又一次離開之前，她白皙柔軟的乳房與小腹還來不及曬成與她身體其他部分一樣黝黑。

我也記得我們第一次碰面，躺在首站港上方柔軟的草地中成了月光下的三角形。她的絲絨褲與柳草糾結在一起，當時的她還帶著些孩子的矜持，一點太早付出的猶豫，但也充滿自豪，就是這種自豪讓她後來能在南吞爾的霸聯領事館前面對分離主義者的暴民，並讓他們羞愧地返家。

我記得我第五次登陸星球，我們第四次的團圓，是少數幾次我看到她哭。當時由於她的名聲與智慧，幾乎變成了當地的帝王。四次被選為萬事議會議員，霸聯議會也常常徵詢她的意見與指導，獨立自主就是她的皇袍，熾熱的自豪從未燃燒的如此燦爛。但當我倆兒獨自在費波攘南方的石村裡，卻是她先拒絕了我。我很緊張，甚至害怕面前這位充滿權力的陌生人，但是西麗，那有著挺直腰桿，與自豪雙眼的西麗，轉過身去面對牆壁，噙著淚水說：「你走吧，走吧，麥林，我不要你見我，我是個老太婆了，

❺ groundlings，太空人稱呼住在星球上人的蔑稱。

全身都是鬆垮垮的贅肉，你快走吧！」

我承認那時對她粗暴了點，我用左手抓住她的手腕，用連我都不敢相信的力氣，從前面一把撕下她絲質的袍子，我吻著她的肩膀，她的脖子，她緊繃的腹部上妊娠紋逝去的痕跡，她大腿上四十年前浮掠機意外留下的傷疤，我吻著她灰白的頭髮，和曾經光滑的臉上烙下的皺紋，我吻著她的淚。

「天啊，麥克，這不可能是合法的吧？」我說，看著我的朋友從背包裡拿出一條獵鷹魔毯。我們在第兩百四十一號島上，也就是霸聯商人為這座鳥不生蛋的火山島、我們的度假勝地，所取的浪漫名字。第兩百四十一號島距離最老的殖民地不過五十公里，但對我們來說可是比五十光年還要遠。當洛杉磯號的船員或傳送門工人在島上的時候，這裡完全禁止當地的船隻停靠。茂宜─聖約星殖民者有幾架古董浮掠機還可以飛，不過雙方同意他們不會飛越島嶼上空。除了宿舍、海灘和免稅商店之外，島上沒什麼有趣的東西。要等洛杉磯號帶來傳送門的最後一個元件組裝完成後，霸聯會將第兩百四十一號島轉為商業與旅遊的重鎮，但在那一天以前，這裡就只有登陸艇降落坪，幾間當地白色石頭蓋的新房子，還有一群沒事幹的維護人員，麥克登記說我們要去島上最陡最難爬的一端健行。

「我才不要去登山咧，天殺的。我寧願待在洛杉磯號，上上刺激模擬器。」我說。

「閉嘴，跟著我就對了。」麥克說，就像是眾神中一位低階的成員要聽從另一個年長、睿智的神祇，我閉上嘴乖乖跟著。花了兩個小時踏過滿布尖銳枝椏灌木林的山坡之後，我們來到了一處距底下洶湧波濤幾百公尺高的熔岩突出處。儘管我們在一顆熱帶星球，而且很靠近赤道，但這座石臺上呼嘯的強風吹得我牙齒不停打顫。夕陽已經是西方積雲裡的一抹紅，而我可不希望在夜晚降臨時還待在這片空曠處。

「走啦，讓我們趕緊躲開這陣風去升火吧。天曉得要怎麼在這片石地裡搭座帳棚。」我說。

麥克坐下來抽起了大麻菸。「檢查看看你的背包，小子。」

我頓了一下，雖然他的聲音很平淡，但卻是那種捉弄別人的傢伙在你頭上一桶水潑下來之前所說的話。我蹲了下來翻開尼龍背包，裡面除了些保麗龍填充物之外，就只有一件小丑的戲服，從頭上的面具到腳趾上的鈴鐺一應俱全。

「你是……你這是……你是他媽的瘋了嗎？」我氣急敗壞地說，天很快地暗下來了，風暴說不定就會從這裡路過，底下的波浪磨刀霍霍像是飢餓的野獸。要是我自己知道怎麼在黑夜中找路回到商站，我可是很樂意把麥克的屍體餵給底下的魚吃。

「現在看看我的背包裡有什麼。」麥克說，他倒了些保麗龍填充物出來，然後拿出幾件珠寶，是我在文藝復興上看過的手工製品，慣性羅盤儀，一枝雷射筆，不知道船上的安全人員會不會把它算作私藏的武器，另一件小丑服，不過根據他圓滾滾的身材剪裁過了，最後是一張獵鷹魔毯。

「天啊，麥克。這不可能是合法的吧？」我邊說邊摸著那張老舊的毯子上精細的設計。

「剛才我可沒看到任何一個海關人員喔，而且我非常懷疑本地會有任何交通管制單位。」麥克竊笑著。

「沒錯啦，可是……」我聲音低了下去，然後把剩下的毯子攤開，毯子比一公尺稍寬，長度則大約兩公尺，繁複的紋理隨著時間而褪了色，但是飛行絲還像嶄新的銅線一樣閃亮。「你從那兒弄來的？它還會動嗎？」我問。

「從花園星來的。沒錯，它還會動。」麥克說，把我的戲服和他其餘的玩意兒塞進他的背包裡。

超過一個世紀以前，元地球移民老弗拉迪米爾．蕭洛霍夫，既是鱗翅目昆蟲學大師，又是電磁系統工程師，為他在新地球的美麗年輕姪女手工打造了第一條獵鷹魔毯，據說他姪女對這份禮物不屑一顧。但在數十年之後，這玩具卻受到了不可思議的歡迎，大部分顧客是有錢的成年人而非小孩，直到被大部分的霸聯星球所禁止為止。駕馭困難，極度浪費包覆單磁纖維，在飛行控管區域幾乎無法管制，於是獵鷹魔毯成了窗邊故事、博物館和幾個殖民星球才會出現的奇珍異寶。

「你一定花了不少錢吧？」我說。

「三十塊。」麥克說，然後安穩的坐在毯子中央。「卡爾夫尼爾市場的老商人以為它一文不值，對他來說是這樣沒錯啦。我把毯子帶回船上，充滿電，重新設定慣性導航晶片，然後……瞧！」麥克摸了摸精巧的圖案，毯子挺直了起來，從石臺上升起了十五公分。

我懷疑地瞧著。「好啦，可是萬一……」

「安啦，電充滿了，我也知道怎麼駕駛它，快點啦，要麼上來，不然就閃一邊去。我可要在風暴靠近之前離開。」麥克說，沒耐心地拍拍他背後的毯子。

「但我不覺得……」

「上來，麥林，下定決心吧，我可是很忙的。」

我又猶豫了一兩秒，如果離開島嶼被抓到的話，我倆可是都會被踢下船，船上的工作是我現在生活的全部，當初接茂宜—聖約八次飛行的合約時我就下了這個決定。不只如此，我距離最近的文明世界有兩百光年之遠，需要五年半的跳躍時間，就算他們現在就把我們帶回霸聯領土，來回也會讓我們與家庭和朋友隔離十一年之久，時債可是沒法償還的。

我爬上了半浮在空中的獵鷹魔毯，坐在麥克後面，他把背包塞在我倆之間，叫我抓緊，然後押下代表飛行的花紋，毯子從石臺上浮起五公尺，向左邊急轉，衝向陌生的海洋。我們腳下三百公尺，點點白色的浪花在陰沉的海中相互激盪。我們緩緩升高遠離怒海，朝著北方的夜晚前進。

這幾秒鐘的決定改變了整個未來。

我記得我與西麗在第二次團圓時談的話，就在我們第一次參觀費波攘附近海岸邊的小村莊不久後，我們正在海灘上散步，在瑪格麗特的照看之下，艾隆得以在城裡閒逛，其實這樣也不錯，我不怎麼習慣那男孩，在我心中，只有他無法否認的嚴肅綠色雙眼、熟悉到令人不安的深色短髮與扁扁的鼻子，是他與我……與我們的唯一關聯。另外就是在西麗責罵他的時候，他試圖藏起那轉瞬即逝、幾近嘲諷的冷笑，對一個十歲男孩來說，那笑容實在太憤世嫉俗又過於內省。這點我再也清楚不過了，儘管我以為這種行為是學來的，而非天生的。

「你了解的事很少。」她說，光腳踩在淺淺的潮池裡，不時撿起一個法國號海螺，看看有沒有瑕疵，然後又丟回混濁的水中。

「我可是受過專業訓練的。」我回答。

「對，我很確定你受過專業訓練，我知道你技術很專精，麥林，但是你了解的事很少。」西麗同意。

我有點生氣卻又不知道該怎麼回答，只好低著頭繼續散步。我從沙裡挖出一塊白色的火成岩，用力把它扔的老遠掉進海灣中，東邊地平線上的烏雲漸漸濃密，我發覺我寧願待在船上，原本這次就不怎麼想回來，現在我發現這的確是個錯誤。這是我第三次拜訪茂宜—聖約星，或是詩人與當地人口中我們「第二次團圓」，還有五個月我就滿二十一標準歲了，而西麗三個星期前才慶祝過她三十七歲的生日。

「我可是去過許多你從沒見過的地方喔。」最後我說，聲音聽起來連我都覺得像是任性小孩的口氣。

「喔，沒錯。」西麗說，合起了她的雙手，就在那一瞬間，透過她的熱情，我彷彿看到了另一個西麗，九個月旅程以來一直縈繞在我心頭的那個年輕女孩。但影像又頓時溜回了殘酷的現實，我無法忽視她短短的頭髮、頸部鬆弛的肌肉、以及曾經美麗的雙手背上凸起的靜脈。「你去過許多我恐怕永遠見不到的地方。」她突然說，但聲音卻一點也沒變，幾乎沒變。「麥林吾愛，你早已看過我連想像都想不到的東西，你對宇宙的認識恐怕我連猜都猜不到，但你了解的事很少，親愛的。」

「妳到底在講什麼鬼話啊，西麗？」我在潮濕的沙灘旁一根半浸在海裡的浮木上坐了下來，併起我的膝蓋，像在我倆之間築起一堵圍欄。

西麗從潮池裡跨了出來，走到我面前跪下，拉起了我的手，儘管我的手指與骨頭比較大、比較重、比較厚，我卻可以感到她手中的力量。我猜想那是來自我沒能一起分享的歲月。「你得體驗生活才能真正的了解事物，吾愛，生了艾隆才讓我體會這一點，照顧一個孩子會讓人更真切的感覺到什麼是真的。」

「怎麼說呢？」

西麗望了望遠方，不經意的向後撥了一下頭髮，左手則堅定的握著我的雙手。她輕輕地說：「我也不確定。我想一個人要能忽視一切的時候才會領悟。我不確定該怎麼描述，如果你花了三十年天天與不同的陌生人會面，你的壓力絕對比只有你一半經驗的人要來得小，你大概可以猜到會面的場所裡有什麼，以及陌生人對你有什麼期待，而你只需要去尋找這些線索即可，如果跟預期不同，你也能很快地發現，並將之放入你的算計之中。此時你就會更了解到什麼是真的，什麼不是，還有分辨它們的時間又是多麼短暫。你了解我的意思嗎？麥林？你是否多少懂了一點我說的話？」

「不。」我說。

西麗點點頭，咬了咬嘴唇，但她沒有再說什麼，卻靠了過來吻我，她的嘴唇有點乾澀，還帶了點詢問的意思，我猶疑了一秒，看著她背後的天空，想要多花點時間思考。但是接著我感覺到她舌頭溫暖的侵入，於是便閉上了眼睛，海潮從我們背後湧來，當西麗解開我的襯衫，尖銳的指甲劃著我的胸膛，我感到一陣陣同情的溫暖與起落。忽然有一秒鐘的空檔，我便睜開了我的眼睛，剛好看到她解開她胸前白色衣服的最後一顆鈕子，她的乳房比我印象中的要大，要重，乳頭寬了點又深了點，寒冷的空氣撲在我們身上，直到我把她的衣服從肩膀上拉下來，我倆的上身結合在一起為止，我們從木頭上滑下來倒在溫暖的沙灘上，把她抱的更緊，同時不停地想著我怎麼會以為她的力氣比較大？她的皮膚嚐起來有鹽的味道。

西麗的手幫著我，短髮向後梳，躺在褪色的木頭、白色的棉衫與沙灘之中，我的脈搏跳得比波浪更快。

「你懂我的意思嗎？麥林？」她的體溫與我相結合的幾秒鐘後，她在我耳旁低語。

「我懂。」我輕聲回答，但那是個謊言。

麥克駕著鷹毯從東邊靠近首站港，我們在黑暗中飛行了一個多小時，大部分的時間我都瑟縮躲著強風，擔心什麼時候毯子會自動捲起來把我們甩進海裡。半個小時前我們看到了第一座浮島，趕在暴風前端，樹帆吹得鼓鼓的，這些從南方的覓食區駛過來的浮島隊伍好似無窮無盡，許多都裝飾著形形色色的燈籠與飄盪的游絲，看來五彩繽紛。

「你確定是這個方向嗎？」我吼道。

「對啦！」麥克頭也沒動就吼了回來，強風捲起他黑色的長髮，拍打在我臉上，他不時會檢查檢查羅盤指針，然後調整一下我們的航線，也許跟著浮島會比較容易，剛好我們飛過一座幾乎有半公里長的浮島，我努力想要看清楚浮島的樣子，但是在黑暗中只見到它留下的磷光尾痕，還有深色的影子切過白色的波浪，我拍了拍麥克的肩膀然後指著浮島的方向。

「是海豚。那就是這個殖民地成立的原因，記得嗎？在聖遷時期的一群好心人試著拯救地球上所有的海洋哺乳類動物，但是沒成功。」他吼道。

我正打算再問個問題，但就在這個時候首站港口與旁邊的海岬映入了我的眼簾。

我以為茂宜—聖約的星空夠亮了，我以為遷徙浮島亮麗裝飾的景象夠深刻了，但是包圍在港口與山丘之間的首站市，是黑夜中閃耀的燈塔，它的光輝不禁令我想起了從前看過的炬船，在陰鬱的氣體行星黑暗外環面前，點燃電漿超新星引擎的瞬間。這座城市是由五層蜂巢狀的白色建築所構成的，同時被內部溫暖柔和的燈籠與外面無數的火炬所照耀，連火山島的白色火成岩都被照得發亮，在城市外面充滿了各式營帳、棚子、營火、明火、還有巨大的火堆，大到不可能有實用功能，大到除了歡迎歸來的島嶼之外沒有其他用途。

港口裡停滿了船：上下起伏著的雙連木筏，桅杆上掛的牛鈴叮噹作響，寬敞船身的平底家船，原本用來在平靜的赤道淺海附近港口之間旅行，今晚卻驕傲的點著一串串的燈火，還有夾雜其中的幾艘海航遊艇，像鯊魚一般的平滑與敏捷。在港口珊瑚礁尖端的燈塔把光束投向遠的海中，照亮了海浪與島嶼，然後掃回港內，捉住了五彩繽紛的船隻與人群的光影。

在兩公里之外就可以聽到喧嘩聲，慶典的聲音清晰可聞，在談話聲與海浪不斷的耳語之中無庸置疑的是巴哈的豎笛奏鳴曲，之後我發現那歡迎的音樂是透過水下音響傳到甬道海峽之中，因此海豚便能隨之起舞。

「我的天，麥克，你怎麼知道這裡有活動？」

「我問了船上的主電腦。」麥克說，拉著獵鷹魔毯向右轉，避開船隻與燈塔射出的光線，然後迂迴到首站市的北方，朝著一小塊黑暗的陸地前進。我能聽到前方海浪拍在淺灘低低的隆隆聲。麥克接著說：「他們每年都會舉行這個慶典。不過今年剛好是一百五十週年紀念，慶典已經舉行了三個禮拜，而且還會再持續兩個星期。整顆星球只有十萬人，麥林，我看大概超過一半的人都在這裡狂歡。」

我們慢了下來，小心地靠近陸地，降落在一處離海灘不遠的空曠碎石區。暴風雨從我們的南邊錯身而過，但是間斷的閃電與遠處逐漸靠近的浮島燈火仍然清晰的勾勒出地平線，頭頂上的星星沒有被面前山上首站市的光輝所掩蓋，此處的氣溫暖了許多，微風中帶點果園的味道。我們捲起獵鷹魔毯，急忙穿上小丑戲服，麥克把雷射筆和珠寶放入寬鬆的口袋裡。

「那些東西是幹嘛用的？」我問道，一面把背包和獵鷹魔毯藏在一塊大石頭下。

「這些啊？這些是萬一我們需要『交際』時的費用。」麥克在手中玩弄著一條文藝復興的項鍊。

「交際？」

「交際。」麥克重複了一次。「小姐慷慨的贈與，藉以慰勞疲倦的太空旅行者，就是找你所謂的馬子啦，小子。」

「喔。」我說，理了理我的面具和小丑帽，鈴鐺在黑暗中發出一陣輕靈的聲音。

「快點，我們要錯過派對了。」麥克說。

我點點頭跟著他在石堆與小樹叢中擇路前進，鈴鐺叮咚叮咚的響著，往久候的燈火出發。

我坐在陽光之下等待著，並不是完全確定我在等什麼，我可以感覺到背後慢慢暖了起來，是從西麗墓上的白色石頭反射過來的晨光。

西麗的墓？

頂上萬里無雲，我抬起了頭，瞇著眼彷彿可以透過刺眼的大氣層看到洛杉磯號和新落成的傳送門，但什麼也沒看見，心中一個念頭曉得它們還沒升起，另一個念頭對它們到達天頂的時間知道得一清二楚，第三個念頭叫我不要去想這件事。

西麗，我這麼做對嗎？

大風捲起，旗竿上的三角旗突然一陣騷動，不用看我就能感到等待中群眾的不耐。這是我的第六次團圓登陸以來，第一次感到悲傷。不，不是悲傷，還不是時候，比較像是一種被咬穿的悲哀，馬上就要被撕裂成為傷痛，幾年來我與西麗進行著沉默的對話，默默地構思未來要和她討論的問題，但冰冷的現實卻告訴我再也不能與西麗坐在一起聊天，一股空虛逐漸從心中湧上。

我該坐視不管嗎，西麗？

除了群眾越來越大的低語聲之外沒有任何回答。再過幾分鐘他們就會派我唯一活著的兒子唐尼爾、或是他女兒萊拉和她弟爬上坡來催我。我把嚼了半天的柳草嫩枝扔在一旁，地平線上有一抹陰影，可能只是朵雲，也可能是第一座迴游的浮島，隨著直覺與春天的北風遷徙回到赤道的環狀帶淺海——它們的誕生地。但這些都不重要。

西麗，我這麼做對嗎？

依舊沒有答案，但時間卻不多了。

有時候西麗無知到了令我厭惡的地步。

她對我不在時的生活一無所知，雖然她會試探地問一問，但我偶爾會懷疑她是否真的對答案有興趣。我花了好幾個小時解釋旋船背後美妙的物理定律，但是她卻似乎永遠不能了解。有一次，我大費周章描述她們祖先所乘坐的種船與洛杉磯號的種種不同，結果她的問題卻令我吃了一驚：「那為什麼我的祖先花了八十年的時間才抵達茂宜—聖約星，但是你們只花了一百三十天？」她什麼也沒懂。

西麗對歷史的概念簡直少得可憐，她對霸聯以及萬星網的感覺，就好像小孩看待一樁可愛但卻愚蠢不堪的童話幻想世界一樣。她對現代文明的不屑一顧有時候差點要把我給逼瘋了。

西麗曉得所有聖遷早期的故事，至少是那些與茂宜—聖約星以及其殖民者有關的部分，她偶爾會說點有趣的稗官野史或是古典用語，但她對後聖遷時期則一無所知，像是花園星、驅逐者、文藝復興星系和盧瑟斯星系都對她沒有任何意義，當我提起塞爾門·布萊彌或是霍瑞斯·葛藍儂—海特將軍的時候，她一個也沒聽過，自然也不會有任何反應，完完全全沒有。

我上一次看到西麗的時候她已經七十標準歲了。她七十歲，卻從未離開過自己的星球、沒有用過超光速通訊器、除了葡萄酒沒有喝過任何其他的酒精飲料、沒有接觸過移情作用醫生、沒有走過傳送門、沒有吸過大麻煙、沒有受過基因改良、沒有連上過刺激模擬器、沒有受過任何正式教育、沒有吞過任何RNA藥物、從未聽過諾斯替禪或是荊魔神教派、除了她家那臺老爺維肯式浮掠機之外沒有坐過任何飛行交通工具。

除了我之外西麗也沒有與任何其他人做過愛，至少她是這麼說的，我也就這麼相信了。

在我們第一次團圓的時候，也就是在島群的那陣子，西麗找我去和海豚聊天。

我們一早爬起來看日出，剛好樹屋的頂層甲板是個極佳的位置，可以看著東方天空從蒼白褪入清晨，當太陽從平坦的地平線上浮現時，高高的卷雲轉成了玫瑰色，而四周的海洋彷彿化成了融熔的金屬。

「我們去游泳吧！」西麗說，地平線上艷麗的光線籠罩了她的皮膚，把她的影子拉的近四公尺橫跨過整個平臺。

「我好累喔。等會兒吧。」我說。我們整晚都醒著談話、做愛、再談話、再做愛，在早晨刺眼的陽光下，我感到一股空虛，外加點輕微的不舒服，我底下浮島任何一點移動都伴隨著一陣暈眩，就像醉漢一樣與重力分離。

「不，我們現在就去吧！」西麗說，抓住我的手拉我前行，我有點生氣但沒有抱怨，第一次團圓時西麗已經二十六了，比我大了七歲，但她衝動的行為還是常讓我想起十個月才前從慶典中帶走的那位少女西麗，她那發自內心不自覺的笑容仍然一樣，不耐煩時從綠色眼睛射來的目光同樣犀利，長長好似馬鬃的紅褐色頭髮也沒變，但她的身體成熟了許多，從前只是有潛力的韻味今日成了現實，她的乳房依舊尖挺而飽滿，幾乎像個女孩，上方邊界帶了點雀斑，點綴在白皙地近乎透明的皮膚中，藍色靜脈的痕跡依稀可辨，但是這些都不知怎麼地變了，她不一樣了。

「你是要和我一起來還是坐在那兒發呆？」西麗問，當我們走出了樹屋來到了下層甲板時，她脫去了浴袍，我們的小船還繫在碼頭邊，頂上浮島的樹帆隨著晨風慢慢的張開了，過去幾天西麗堅持要穿著泳裝下水，她現在寸絲未縷，乳頭挺立在冷風之中。

「我們不會被困在大海之中吧？」我問，抬頭瞥了飄動的樹帆一眼，前幾天我們都得等到中午沉靜無風，浮島在水中不搖晃，而海面成了一面凝止不動的鏡子時才下水，但現在纜藤已經逐漸拉直，而濃密的樹葉也鼓滿了風。

「別呆啦，我們總是可以沿條龍骨根回到島上，不然拉著一條覓食觸鬚也可以，來啦。」她丟了張滲透面罩給我，自己也戴上一張，透明的薄膜讓她的臉看起來好像塗著一層油。她又從浴袍的口袋裡拿出一個大獎章掛在頸子上，金屬在她的皮膚上看起來既黯淡又不祥。

「那是什麼？」我問。

西麗並沒有拉起滲透面罩回答，她把對講線安在頸子上，並把耳機遞給我，她的聲音聽起來好尖。「翻譯碟，我還以為你什麼裝置都認得呢，麥林。後下水的是海蛞蝓。」她用一手把翻譯碟安在雙乳之間，然後就從島上跳了出去，隨著她旋轉與蹬著腳下潛，我可以看到她臀部白色的兩顆半球，沒幾秒她已經是深海中的一點白，我拉下自己的面罩，壓緊對講線，跟著也跳入了水裡。

浮島的底部是水晶屋頂的暗色汙漬，我仍然很注意粗壯的覓食觸鬚，儘管西麗已經詳細地展示過這些觸鬚除了吃微小的浮游動物之外別無興趣，這些浮游動物就像空無一人的舞廳裡反射著陽光的灰塵，龍骨根好似瘤狀的鐘乳石，向紫色的海底延伸了數百公尺。

浮島還在移動，我可以看到觸鬚跟著島嶼輕微地顫動，陽光照在我頂上十公尺的水痕上，有一秒鐘我差點窒息，面罩的薄膜跟四周的水一樣壓在我嘴上，然後我放鬆了下來，空氣便自由地流進肺部。

「再深點，麥林。」耳中傳來西麗的聲音，我眨了一下眼，面罩隨著眼睛的動作緩慢地改變它的形狀，在底下廿公尺的地方看到了西麗的身影，勾著一條龍骨根，輕鬆地在伸手不見五指的底層冰冷洋流之上游動，我盯著底下數千公尺深的海水，幻想著會有什麼樣不知名的生物躲藏其中，連人類殖民者也從未看過，我思索著那裡會有多黑、有多深，陰囊不由得緊縮了一點。

「快下來啊。」西麗的聲音像是在我耳邊的蟲鳴，我轉了一圈蹬腳向下游去，這裡的浮力比元地球的海洋要來得小，但依舊得花不少力氣才能潛得這麼深，面罩抵消了深度與氮氣濃度的影響，不過我的皮膚和耳朵還是能感受水壓的力量，我終於放棄了打水，抓了一條龍骨根，辛苦地把自己拖到西麗的旁邊。

我們肩並肩地漂浮在微弱的陽光之下，西麗像是個幽靈幻影，長髮在醇酒般的靈光中盤繞，白皙的皮膚在藍綠色的光線下閃耀著，海面看起來不可思議地遙遠，漸漸變寬的V形水痕以及觸鬚漂流的方向都顯示了浮島移動的越來越快了，毫不顧慮的游向其他覓食區與更遙遠的水域。

「哪裡有……」我心中默念。

「噓……」她調整了一下胸前的獎章，我頓時就聽到它們的聲音了：高嚎、低鳴、尖哨、貓咪的咕嚕聲、還有迴盪的啼叫聲，深海中突然充滿了奇異的音樂。

「天啊。」我說，因為西麗把我們的對講線與翻譯器調到相同的頻率，我說的話變成了一連串無意義的口哨聲與嘟嘟聲傳送出去。

「哈囉！」她呼喚了一聲，翻譯過的招呼聲從發報機裡送了出去：是快速的鳥叫聲漸漸轉入超音波。「哈囉！」她又呼喚了一次。

過了幾分鐘才有幾隻海豚游過來查看。牠們翻滾著游過我們旁邊，巨大的令人吃驚又不安，在昏暗的光線下，牠們的皮膚看起來光滑無比又充滿肌肉，一隻大海豚從距我們不到一公尺的地方游過，在最後一剎那改變方向，白色的腹部像堵牆壁一樣溜過我們身旁，我可以看到牠黑色的眼睛跟著我轉動，牠寬闊的尾鰭一拍所產生的強勁紊流讓我體會到這隻動物的力量。

「哈囉！」西麗呼喚了一聲，但是那飛快的聲音褪入遙遠的迷濛之中，登時安靜了下來，西麗關掉了翻譯器，問我說：「你要不要跟牠們講話？」

「好啊！」儘管我半信半疑，超過三個世紀的努力也沒能使人與海洋哺乳類進行什麼溝通，麥克有次告訴我說這兩個元地球留存下來孤兒的思考結構實在差異太大，而表達的符號又太過稀少，一位聖遷時期前的專家曾說，與海豚之類的海洋哺乳類對話就和與一歲大的嬰兒對話一樣徒勞無功，雙方都樂在其中，創造出一種溝通的假象，然而兩邊卻不能從對話中獲得任何資訊，西麗又把翻譯器打開。「哈囉！」我說。

又過了一分鐘的沉默，頓時海中充滿了刺耳的鳴叫聲，耳機也開始嗡嗡作響。

距離／沒有鰭的／打招呼嗎？／海流脈動／圍著我轉／好玩嗎？

「什麼玩意兒？」我問西麗，而翻譯器也鳴出我的問題，西麗躲在滲透面罩後竊笑。

我又試了一次。「哈囉！嗯……海面來的人跟你們問好。你們好嗎？」

大隻的雄海豚……我猜應該是隻雄的吧……轉身像魚雷一樣朝我們衝過來，牠擺動著身子在水中游泳的速度比我快了十倍不止，就算我早上記得穿蛙鞋也追不上。有一瞬間我以為牠要衝撞我們，於是我抬起了膝蓋，拉緊了龍骨根。但牠只是游過我們旁邊，朝上方爬去，而我和西麗則在牠留下的紊流與驚聲尖叫中暈眩打轉。

沒有鰭的／沒有食物／不會游泳／不會玩／不好玩。

西麗把翻譯器關了然後游得近了一點，她輕輕地抓著我的肩膀，而我則用右手抱著龍骨根，我們的腳纏在一起滑過溫暖的海水，一群赤色的小戰士魚從頭頂上閃過，海豚黑色的身影在更外邊盤旋著。

「玩夠了嗎？」她問，手緊貼著我的胸膛。

「再試一次。」我說，西麗點點頭把翻譯碟轉開。海流推著我們靠在一起，她伸出手臂抱著我。

「你們為什麼要守著浮島呢？」我問著那些在點點斑斕陽光下盤旋的瓶鼻海豚身影。「跟島嶼待在一起對你們有什麼好處呢？」

現在發聲／老歌／深海／沒有偉大聲音／沒有鯊魚／老歌／新曲

西麗的身體貼著我全身，左手緊抱著我。「偉大聲音指的是鯨魚。」她低語，頭髮隨著海流散了開來，右手向下探尋，似乎對找到的東西很驚訝。

「你們會想念偉大聲音嗎？」我對著陰影詢問，沒有任何回答，西麗雙腿懷繞著我的臀部，頭上四十公尺的海面是一團波動的光影。

「你們最想念元地球海洋的那個部分？」我問，用左手臂把西麗拉近，手掌順著背部的曲線向下滑，而她也抬起臀部迎接著，我緊緊的抱著她。對盤旋的海豚來說我們一定看起來像一隻動物，西麗拉起身體一點，我們真的結合成為了一體。

翻譯碟繞了一圈，掛在西麗的肩膀上，我伸手想要把它關掉卻停了下來，因為我問題的答案正急迫地傳進我們的耳朵中。

想念鯊魚／想念鯊魚／想念鯊魚／想念鯊魚／鯊魚／鯊魚／鯊魚

我關掉了翻譯碟，搖了搖頭，我不懂，有好多事我不懂，我閉上眼睛，與西麗跟著海流和我們身體的律動溫柔地移著，海豚在我們附近游動，牠們呼喚的旋律好似一首悲傷又緩慢的輓歌。

我和西麗就在第二天日出前從山中回到慶典，我們花了一天一夜在山裡遊蕩，與陌生人在橘色絲網的帳棚下共餐，在須麗河的冰水中共浴，跟著演奏給無窮無盡過往浮島聽的音樂共舞，我們餓極了，我日落時醒來發現西麗走了，不過在茂宜—聖約星的月亮升起前就回來，她告訴我說她父母與朋友搭著一艘緩慢的家船出海幾天，把家裡的浮掠機留在首站市，我們在舞群與營火之中穿梭著回到了市中心，打算向西飛到她家在費波攘附近的別墅。

夜深了，但是首站市交誼廳還是有不少飲酒狂歡的傢伙，我興致高昂，我才十九歲，又在談戀愛，茂宜—聖約星的重力感覺起來還不到〇．九三，我想飛就可以飛，什麼都辦得到。

我們停在一家攤販前買了炸麵糰與兩杯黑咖啡，突然間我心中閃過一個念頭，我問：「你怎麼知道我是個船員？」

「小聲點，我的朋友麥林，快吃你可憐的早餐吧，等我們到了別墅，我會好好給你作頓真正的餐點。」

「說真的，早上妳說昨晚一眼就看穿我是從太空船上下來的。妳怎麼知道啊？是我的口音還是我的服裝？我和麥克看島上很多人都這樣穿啊。」我邊說邊用我不怎麼乾淨的小丑服袖子抹了抹油膩的臉頰。

西麗笑了笑，把頭髮梳到後面。「你最好慶幸是我先看出你的身分，麥林吾愛。要是我叔叔格拉斯翰或是他朋友先看到的話，你就麻煩大了。」

「噢？為什麼呢？」我又拿了個炸麵糰圈，西麗付了錢，我跟著她穿過逐漸散去的群眾，儘管四周的活動與音樂不斷，我感到疲倦已經慢慢開始作用在我身上了。

「他們是分離主義者。格拉斯翰叔叔最近在議會中倡議我們應該抗爭，而不是接受被你們的霸聯併吞，他說我們應該在你們的傳送門摧毀我們之前先把它摧毀。」西麗說。

「噢？他有說他要怎麼做嗎？我以為你們還沒有能離開星球的交通工具咧。」我說。

「是沒有，而且過去五十年也沒有。這表示分離主義者是多麼缺乏理性。」西麗說。

我點點頭，辛船長與海爾門議員曾經對我們簡報過所謂的茂宜—聖約星分離主義者。「標準殖民地民族主義者與頑冥不靈老傢伙的綜合體。這也是另一個為什麼我們要慢慢來的緣故，在完成傳送門之前，先行發展這個星球的貿易潛力，萬星網可不能在時機尚未成熟的時候就讓這些激動的傢伙進來，分離主義者也是我們之所以要阻止你們船員和建築工人與地上人接觸的原因。」辛船長說。

「妳的浮掠機停在哪兒？」交誼廳裡人群減少地很快，大部分的樂團都收起樂器準備離開，很多人戲裝還沒脫就直接躺在草地和鵝卵石地板上愉快地打鼾，與滿地的垃圾和熄滅的燈籠為伍。只剩下幾群歡樂的小團體，或是緩慢地隨著僅剩的一把吉他起舞，或醉醺醺地唱著歌，我馬上就看到了麥克·奧斯豪，穿著帶補丁的小丑服，面具早就不知道掉哪兒去了，左右兩邊各抱著一位小姐，他正試著教導圍在他身邊的一群全神貫注卻又笨拙無比的仰慕者跳「哈哇那基亞」❻，然而總是有人會摔倒，結果帶著整群舞團一起倒下，麥克則會在一陣笑鬧中敲打到他們站起來為止，然後他們又會重新再來一次，跟著麥克深沉的男低音蹣跚地跳舞。

「在那裡。」西麗指著停在交誼廳後頭的一排浮掠機說，我點點頭試著揮手叫麥克過來，但是他正忙著照顧兩位小姐沒空理我，當嚷嚷聲響起的時候，我和西麗已經越過廣場，走到老建築物的陰影下。

❻ Hava Nagila，以色列的民謠，原義為「大家一起來歡樂」，是猶太人流亡時保留的眾多民謠中最常吟唱的，有相互鼓勵及苦中作樂之意。

「船工！轉過來，你這狗娘養的霸聯混蛋！」

我全身僵直，然後快速的轉過身來，雙拳緊握，不過沒人在我後面，六個年輕人從看檯上走下來站在麥克後面圍成了半圈，為首的高瘦又驚人的英俊，大概廿五六歲，長長的褐色鬈髮撒在襯托他完美體型的赤色絲絨襯衫上，右手握著一把一尺長的劍，看來是硬化鋼鑄成的。

麥克慢慢的轉過身來，即使從我這邊看過去也可以發現他的目露精光地評估整個局勢，他懷裡的小姐與幾個附近的男孩吃吃地笑著好像有人說了什麼笑話。麥克選擇在臉上掛著茫然的微笑。「您是在稱呼我嗎？先生。」他問。

「我是在叫你，你這霸聯妓女養的傢伙。」帶頭的恐嚇著，英俊的臉龐扭曲成了輕蔑的嘲笑。

「是波爾塔，我表弟，格拉斯翰的小兒子。」西麗低聲說。

我點點頭走出了陰影，西麗忽然抓住我的手臂。

麥克含糊地說著：「這是你第二次用侮辱的口氣稱呼我母親了，先生。請問是我還是我母親得罪你了？如果是這樣的話，真是萬分抱歉。」麥克深深的鞠了一個躬，帽子上的鈴鐺都快碰到地上了，四周的人拍手鼓掌。

「我和你有不共戴天之仇，你這霸聯的雜種，你肥胖的身軀汙染了我們的空氣。」

麥克滑稽地抬起眉毛，他旁邊一位打扮成一條魚的年輕人揮了揮手。「嘿，別這樣嘛，波爾塔，他只是……」

「閉嘴，非瑞克，我是在和這個癡肥的屎蛋講話。」

「屎蛋？」麥克重複他的話，挑著眉毛。「我旅行了兩百光年，來就被人罵是癡肥的屎蛋？怎麼看都不值得。」他優雅地起身，順手放開了身旁的兩位小姐，如果不是西麗緊緊抓著我不放的話，我早就加入麥克的陣營了。等我掙脫的時候，我看到麥克還在傻笑，還在裝笨，但是他的左手伸進了寬鬆的衣服口袋裡。

「把你的劍給他，克里格。」波爾塔插嘴，其中一位年輕人拿出一把劍，柄朝前丟給麥克，麥克看著那把劍劃過空中然後墜落在鵝卵石地上發出鏗鏘的聲響。

「你不是玩真的吧。」麥克輕鬆的說，完全是一派清醒。「你這痴呆的牛糞，就因為你在這群鄉巴佬面前裝英雄才會硬起來，你就真以為我會和你決鬥啊？」

「快把劍撿起來！否則，上天為誓，我當場就把你劈成兩半。」波爾塔大吼，快速地向前移了一步，年輕的臉因為憤怒而變形。

「去死吧！」麥克說，左手拿著雷射筆。

「不！」我大叫，跑進燈光下，雷射筆是建築工人拿來在鬚鋼合金鑄梁上刻畫記號用的。

接下的事情發生地很快，波爾塔又前進了一步，麥克幾乎是慵懶的用綠色光束畫過他，那殖民者痛苦的大叫一聲向後躍，衣服上多了一條還在冒煙的焦痕，斜斜地畫過胸前。我猶豫著不知該做什麼。麥克已經把功率調到最低了，又有兩個波爾塔的同伴向前衝來，於是麥克用光束畫過他們的小腿，一個詛咒著跪在地上，另一個抓著腿單腳向後跳還一邊慘叫。

群眾圍攏了過來，笑著看麥克脫下他的小丑帽又鞠了個躬。「謝謝各位，我母親也謝謝各位。」麥克說。

西麗的表弟勉強控制憤怒，唾沫濺灑在他的嘴唇與下巴上，我奮力推擠過人群，站在麥克與那高大的殖民者之間。

「嘿，沒事吧，我們該離開了，我們現在就走吧。」我說。

「天殺的，麥林，別擋路。」麥克說。

「一切都會沒事。」我邊說邊轉向他。「我碰到一位叫西麗的女孩，而且她有一架……」波爾塔衝了過來，拿著劍躍過我身旁，我左手抱住他肩膀用力向後一甩，他踉蹌的跌倒在草地上。

「噢，他媽的。」麥克退了幾步，跌坐在石階上，忽然看起來非常疲累又有點噁心。「唔，該死。」他輕輕說著，一條赤色的線出現在他小丑服左側一塊黑色的補丁上，我眼睜睜的看著那條狹縫迸開，鮮血噴在麥克·奧斯豪寬大的肚子上。

「喔，天啊，麥克。」我從自己的衣服上撕了一條布下來試著要止住流血，當年中等船員訓練所教的急救技巧頓時忘得一乾二淨，我習慣的去摸我的手腕，可是找不到通訊記錄器，我們兩人的都留在洛杉磯號上了。

「沒那麼糟，麥克，只是一點割傷罷了。」我喘著氣說，他的鮮血流滿了我的手掌和手腕。

「那也成。」麥克說，聲音因為一連串的痛苦而抽緊。「靠，一把他媽的劍，你相信嗎？麥林，在我的黃金年華被從他媽的一便士歌劇裡出來的一把他媽的菜刀給打倒了。唔，該死的，真是棒呆了。」

「是三便士歌劇❼。」我邊說邊換手，布條浸滿了鮮血。

「你曉得你他媽的問題是什麼嗎？麥林，你總是得硬塞那他媽的兩便士回來，噢……」麥克的臉由白轉灰，他張大嘴，下巴都快碰到胸膛，深深地吸了一口氣。「去死吧，小子！我們回家吧！」

我回頭看著，波爾塔帶著同伴悄悄地離開，其他的群眾震驚的互相推擠。「找位大夫來啊找些救護員來啊！」我尖叫，兩個人跑著離開，西麗則不見蹤影。

「等一下！等等！」麥克忽然大聲說，彷彿忘了什麼重要的事情。「再等等！」他說完便死了。死了，真的死了，腦死了，嘴巴噁心地張著，眼睛翻著白眼，一分鐘之後，血也不再從傷口中噴出。

有瘋狂的好幾秒鐘我詛咒著天空，我可以看到洛杉磯號，在褪去的星空中移動，我知道要是我可以在數分鐘之內到達洛杉磯號的話，也許還可以救回麥克。看著我對星星又叫又罵，群眾退後了幾步。

---

❼《三便士歌劇》（*Three-penny Opera*）是庫特．威爾（Kurt Weil）與布萊希特（Bertolt Brecht）在一九二八年所作的音樂劇，以諷刺資本主義社會的黑暗面聞名，故事描述在倫敦的江洋大盜「快刀老麥」（Mack the Knife）與乞丐老大皮球的女兒寶莉私奔，因此皮球決心要逮到麥克，然而警長老虎布朗卻是麥克的老朋友，在皮球的強力運作之下，終於抓到麥克，可是又讓他逃跑，不過最後又抓了回來，就在要處以吊刑的最後一刻，從女王來的信差宣布赦免麥克，並授以世襲爵位。

最後我轉身面對波爾塔。「你！」我說。

那位年輕人在交誼廳的另一端停了下來，臉色蒼白，無言的瞧著我。

「你！」我又說了一次，撿起來掉在地上的雷射筆，把功率調到最大，走到波爾塔和同伴站著的地方。

不久之後，在尖叫與燒焦皮膚的朦朧之間，我模糊地感覺到西麗的浮掠機降落在廣場上，塵土飛揚，聽到她命令我和她一起走，離開陽光與瘋狂，冷風把我浸滿了汗的頭髮從脖子上吹開。

「我們去費波攘，波爾塔醉了，而且分離主義者只是少數暴力份子，所以不會有任何報復行動，你在議會開始調查之前最好和我待在一起。」西麗說。

「不行，那兒，降落在那兒。」我說，指著一塊離城市不遠的空地。

西麗儘管不願還是降了下來，我掃視了一下大石頭確定背包還在那裡，然後爬出了浮掠機，西麗滑到旁邊的位子把我的臉拉向她的臉。「麥林，吾愛。」她張開的唇非常溫暖，但是我什麼也感覺不到，我的身體彷彿被麻醉了，我退後一步並揮手說再見，她向後撥了一下頭髮，用盈滿淚水的綠色眼睛望著我，接著浮掠機飛了起來，在晨光之中轉個彎加速向南方前進。

再等等，我也想這麼呼喚，我坐在岩石上抱著我的膝蓋，斗大的淚水從我眼眶流出，我站起來，把雷射筆扔進底下的波濤之中，拉出背包，把裡面的東西倒在地上。

獵鷹魔毯不見了。

我又坐下來，太累了不知該笑該哭還是該走，我坐在那兒看著太陽慢慢的升起，一直到三小時之後，當船上的安全人員駕著巨大的黑色浮掠機安靜地降落在我身旁的時候，我還坐在原地。

「父親？父親？時候不早了。」

我回頭看到我的兒子唐尼爾站在我背後，穿著藍色與金色的霸聯議會長袍，光禿禿的頭頂泛紅，滿是汗水，唐尼爾只有四十三歲，但是他看起來比真正的年紀還老了許多。

「父親，拜託。」他說，我點點頭然後站了起來，拍拍身上的雜草與泥土，我們一起走到墳墓的前面，群眾靠得更近了，砂礫隨著人群不安的移動沙沙作響。「你要我和你一起進去嗎，父親？」唐尼爾問。

我停下來看著這位年老的陌生人，我的兒子，他只有一點點我和西麗的影子，有一張和善的臉，圓潤健康，因為當天興奮的活動而帶了點緊張。我在他身上感覺到的是一種公開的誠摯，取代了原來一般人智慧的地位。我不禁把面前這位禿頭的自負青年與艾隆比較，那個有黑色鬈髮，沉默又掛著冷嘲熱諷笑容的艾隆，但是他已經死了三十三年，死在一場與他毫無關係的愚蠢鬥爭裡。

「不，我自己進去就可以了，謝謝你，唐尼爾。」我說。

他點了點頭並退了回去，三角旗在焦躁的人群頭上飄動著，我把注意力轉到墳墓上。

入口用掌紋辨識器鎖住了，我只需要用手去碰就可以打開。

在過去的幾分鐘裡，我開始想像一場虛幻的故事情節，解決我內心湧上的悲傷，也能阻止我在外界引起的一連串事件。西麗其實沒有死，在疾病的末期，她召集了一群醫生和這個殖民地僅存的幾位工程師，他們為西麗重建了兩個世紀前種船上留下來的古代冬眠裝置，西麗不過是睡著了，更棒的是，一年來的睡眠回復了她的青春，當我喚醒她的時候，她會是我早期印象中的西麗，我們會一同走在陽光之下，當傳送門打開的時候，我們將會是第一對通過的人。

「父親？」

「好的。」我向前把手掌按在墳墓的門上，門裡傳來一陣電子馬達的聲音，白色的石門沿兩側滑開，我低下頭，進入了西麗的墓。

「該死，麥林，在那條繩子把你揮下船之前趕快把它拴住，快點！」我立即照辦，潮濕的繩子要捲起來已經很困難了，更別提是要打結了，西麗看不下去而搖搖頭，靠過來用一手打了個稱人結。

那是我們第六次團圓，我晚了三個月，來不及參加她的生日宴會，但是有其他五千位賓客前往祝賀，萬事議會的首席執行官演講了四十分鐘祝她身體健康，一位詩人朗誦他最近譜寫名為〈愛之圈〉的十四行詩，霸聯大使呈獻給她一紙獎勵狀與一艘新的船，在茂宜－聖約星第一艘裝配核聚變電池的小型潛艇。

她還有其他十八艘船，其中十二艘屬於她迅捷的雙連木筏商船隊，定期往返於遊蕩的島群與本島之間，兩艘是漂亮的競賽快艇，每年只使用兩次，分別參加紀念首批移民賽船會以及聖約長距離繞圈賽，另外四艘船都是古老的漁船，既樸實又笨拙，儘管保養的很好，這些船不過比平底駁船大了一點罷了。

儘管西麗擁有十九艘船，但我們現在卻在其中一艘名為基尼．保羅號的漁船上，過去八天以來我們在赤道淺海的大陸棚礁附近捕魚，只有我倆，得要撒網收網，在堆到膝蓋高度、滿是腥味的魚和嘎嘎作響的三葉蟲中蹣跚前進，隨著每個波浪顛簸而行，又要撒網收網，沒事要守夜，最後在短暫的休息時間中像累壞了的小孩一樣呼呼大睡。我還不到二十三歲，我以為我已經很習慣洛杉磯號上的粗重工作，而且我每輪值兩次就會到一．三個重力的健身艙運動一小時，然而我現在覺得我的手臂和後背酸痛到不能動，手上每個繭之間都長了水泡，至於西麗，則剛滿七十歲。

「麥林，到前頭去收起前桅的主帆，別忘了把三角帆也收起來，然後去船艙裡看看三明治好了沒，記得多加點芥末。」

我點點頭向前走去，之前一天半的時間，我們都在和暴風雨玩捉迷藏：情況允許的話盡量趕在暴風雨前面，不行的話，就轉向承受它的打擊。剛開始的時候非常刺激，好似無盡的撒網收網補破網之間的緩刑，但等前幾個小時腎上腺素高漲的時間一過，取而代之就是無窮的噁心、勞累與可怕的疲倦。但是大海還不放過我們，波浪超過六公尺，基尼．保羅號像闊櫟的老媽船一樣顛簸前進，什麼都泡濕了，我的皮膚浸在三層雨具的水下面，對西麗來說這是期待已久的假期。

「這不算什麼。」在昨晚夜最沉、波浪最大的時候她這麼說，浪花沖過甲板，打在坑坑疤疤的駕駛艙塑膠外殼上。「你應當看看西蒙風季時候的樣子。」

雲層仍然很低，與遠處的灰色波浪融為一體，但是海浪已經減低到了五呎左右。我把芥末塗在烤肉三明治上，將熱騰騰的咖啡倒進白色的馬克杯裡，在無重力狀態下，拿著咖啡不灑出來都比現在走上搖晃的艙梯要容易的多。西麗默默地接受了快見底的杯子，我們沉默地坐了一會兒，靜靜享受食物與燙嘴的溫暖。我繼續掌舵，而西麗則下艙裡再添點咖啡，灰色的天空不覺地暗了下來進入黑夜。

「麥林，傳送門開啟之後會發生什麼事呢？」把咖啡杯遞給我後，她坐在環繞著駕駛艙的沙發椅上問著。

我很驚訝她會問這個問題，我們幾乎從來沒有討論過茂宜—聖約星加入霸聯之後的事，我瞥了西麗一眼，突然發現她看起來是多麼蒼老。臉由皺紋與陰影鑲嵌而成，美麗的綠色眼睛躲在幽暗的深井裡，頰骨彷彿刀鋒般突出，外面包了一層脆弱的羊皮紙，她把灰髮剪短了，在一束束潮濕髮絲中看來格外明顯。她的脖子與手腕不過是包著肌腱的骨頭，從寬鬆的毛衣裡伸了出來。

「妳指的是什麼？」我問。

「傳送門開啟之後會發生什麼事呢？」

「妳知道議會是怎麼說的，西麗。」我大聲的說著，西麗有一隻耳朵聽不清楚。「茂宜—聖約星將會跨入科技與貿易的新時代。而你們將不會再被限制在這一顆小小的星球上，當你們成為公民之後，每個人都可以使用傳送門。」

「是。我這些都聽過了，麥林，但是到底會發生什麼事呢？誰會是第一批傳送過來的人？」西麗說，聲音帶了點厭煩。

我聳聳肩。「更多外交官吧，我猜。還有文化聯繫專家、人類學家、民族學家、海洋生物學家等等。」

「然後呢？」

我停了下來，外面已經全黑了，海也和緩了下來，我們點著的燈在夜空中發出紅色與綠色的火光，一股焦慮爬上了我心頭，與兩天前我看到地平線上的暴風雨出現時並無二致。我說：「然後會有傳教士、石油探勘專家、海洋農場主人、土地開發人士。」

西麗啜飲了一口咖啡。「我以為霸聯早就拋棄以石油為主的經濟體系了。」

我笑了笑，把船舵固定住。「沒有人能拋棄石油經濟，特別是還有石油的時候。我們並不拿石油來作燃料，如果那是妳的意思的話。但是石油對於製造塑膠、人造纖維、合成食物和角質還是很重要，兩千億人可是要用很多塑膠。」

「而茂宜—聖約星有石油？」

「喔，沒錯。」我說，聲音不再有笑意。「光是在赤道淺海區就有十億桶的蘊藏量。」

「那你們要怎麼開採呢？麥林，鑽油平臺嗎？」

「對，用鑽油平臺、潛水艇、還有由基因改造過的無涯海洋星人所建立的海底殖民地。」

「那浮島呢？他們每年都必須要回到淺海區覓食當地的藍色海藻，還有生育下一代，浮島該何去何從呢？」西麗問。

我又聳聳肩，喝了太多咖啡，在我嘴裡留下了一股苦澀的味道。「我不曉得，他們沒有告訴我們船員太多事情，但是當我第一次出航的時候，麥克聽說他們要盡可能開發浮島，因此可以保護其中一些不會滅亡。」我說。

「開發？」西麗的聲音第一次帶著驚訝。「他們怎麼能開發浮島呢？即使是第一家族們也必須要詢問過海族的意見才能在島上蓋樹屋別墅啊？」

聽到西麗使用當地稱呼海豚的用語時我不禁微笑，茂宜—聖約星的殖民者怎麼對他們該死的海豚這麼孩子氣。「計畫已經決定了，這裡總共有十二萬八千五百七十三座浮島可以興建房子，租約早就銷售一空，小一點的浮島會被打散，我想，而開發本島的計畫則是以遊樂目的為主。」我說。

「遊樂？」西麗重複道。「有多少人會從霸聯利用傳送門來這裡……遊樂？」

「妳是說一開始嗎？」我問。「第一年恐怕只有幾千人吧，特別是只有作為貿易中心的第兩百四十一號島上有傳送門的時候，第二年當首站市的傳送門開放時，預計會有五萬人，那會是一趟相當昂貴豪華的旅行，去剛開放的種子殖民地旅行總是這樣。」

「那之後呢？」

「在五年觀察期之後嗎？那時自然就會有數以千計的傳送門了，我估計正式成為霸聯世界的第一年大概會有兩千到三千萬公民通過傳送門吧。」

「兩千到三千萬。」西麗說，羅盤儀的燈光從下方打在她消瘦的臉上，她的臉龐美麗如昔，但卻沒有我預期中的憤怒或訝異。

「但那時候妳也會是一位公民了，可以自由去萬星網的任何一個地方，有十六個新世界可供選擇，說不定到時候還會更多。」我說。

「對。」西麗說，把空的杯子放在一旁，毛毛雨在四周的玻璃窗留下細細的水痕，鑲在手工雕刻檯子裡的簡陋雷達幕上空無一物，暴風雨已然過去。「麥林，有些霸聯的人把他們的房子蓋在好幾個星球上是真的嗎？我是指只有一棟房子，但是每個窗戶都對著不同的天空。」

「真的啊，不過不是很多人，只有非常富有的人能夠負擔的起像妳說那樣同時蓋在很多星球的豪宅。」我說。

西麗微笑了一下，把手放在我的膝蓋上，她的手背斑斑駁駁，帶著青色的靜脈。「你也很富有，不是嗎？船員？」

我眺望著遠方。「不，還沒有。」

「啊，但是快了，麥林，快了，對你來說還有多久，吾愛？在這裡待不到兩個星期，然後就可以啟程回你的霸聯世界，再花你五個月的時間把最後的元件運過來，加上幾個星期完成傳送門，然後你就能一步衣錦還鄉，一步走過兩百個空蕩的光年回家，多麼奇特的念頭啊……但我說到那兒了？那總共是多久？還不到一個標準年。」

「十個月，三百零六天，或是這邊的三百一十四天，也就是九百一十八次班。」我說。

「而你的放逐就結束了。」

「是的。」

「因此在你廿四歲的時候就會非常富有。」

「對。」

「我很累了，麥林，我現在想要睡了。」

於是我們把船舵設定成自動駕駛，打開碰撞警示器，然後走下船艙。風比之前強了一點，這艘老船隨著風順著浪上下左右搖擺，我們在微弱的搖曳燈光下寬衣，這是我第一次在船鋪床位上蓋著被子好好睡，也是我這回團圓來第一次和西麗在同一時段休息，還記得上次團圓的時候在別墅她非常害羞，我以為她會很快的把燈弄熄，但她卻全裸在寒風中站了一分鐘，雙手平靜地垂在兩旁。

時光的確奪去了西麗的青春但卻沒有蹂躪她的美麗，重力無可避免的影響了她乳房與臀部的型態，況且她又輕了不少，我看著她肋骨與胸骨瘦弱的輪廓，憶起了那位帶著嬰兒肥與溫暖的天鵝絨般皮膚的十六歲女孩。在掛燈搖曳的冷光下，我看著她下垂的肌肉，卻憶起了月光反射在她微突的乳房上，不知道為什麼，也神奇的難以說明，我感覺那是同一位西麗正站在我的眼前。

「過去點，麥林。」她滑進了床鋪裡躺在我身旁，床單冰冷的貼在我們的皮膚上，愉快地拉上了粗糙的棉被，即使冰冷也無妨。我把燈關掉。小船跟著海的呼吸規律地左右傾斜，我能聽到桅杆與索具軋軋地和諧作響，明早我們又要開始撒網收網補破網，但現在是好好睡覺的時刻，我聽著浪潮打在木板上的聲音漸漸要睡著了。

「麥林？」

「什麼事？」

「萬一分離主義者攻擊霸聯來的遊客或新的居民會發生什麼事？」

「我以為分離主義者都被趕到浮島上了。」

「是這樣沒錯，但萬一他們反抗的話呢？」

「霸聯會派出軍隊把分離主義者打的屁滾尿流。」

「那萬一他們攻擊傳送門，或甚至在它還沒運作前就把它摧毀的話呢？」

「不可能。」

「對，我知道，可是萬一的話呢？」

「那洛杉磯號九個月之後會載著霸軍前來，然後把分離主義者或是茂宜—聖約星上任何膽敢阻擋他們的人打得屁滾尿流。」

「船上的九個月。對我們來說就是十一年。」西麗說。

「不管怎麼樣結果都是一樣的。我們聊點其他的事吧？」我說。

「好吧。」西麗說，但我們卻沒再說話，我聽著船的軋軋聲與嘆息，西麗窩在我懷裡，頭枕在我的肩膀上，她的呼吸非常規律與深沉，連我都以為她睡著了，就在我也快睡著的同時，她溫暖的手忽然滑上我的腳並輕輕著握在兩腿之間，我非常驚訝，下身同時也開始興奮地硬起來，她低語回答著我未問出口的問題：「不，麥林，愛從不嫌太老，至少人類總是需要親密的接觸，你決定吧，吾愛，我怎樣都會滿足的。」

於是我下了決定，我們一覺睡到天亮。

墳墓裡空無一物。

「唐尼爾，快過來！」

他匆忙地奔了進來，袍子在空蕩的空間裡沙沙作響，墳墓裡空無一物，沒有冬眠艙，儘管我也不這麼期待，可是也沒有石墎或是棺材，只有一盞燈照著白色的牆壁。「該死！這是怎麼一回事！唐尼爾，我以為這是西麗的墓。」

「的確如此，父親。」

「那她是葬在這裡了？在這天殺的地板之下？」

唐尼爾擦了擦額頭，我登時提醒自己我可是在談他的母親，我也想起他有將近兩年的時間來適應她去世的消息。

「沒人告訴你嗎？」他問。

「告訴我什麼？」之前的憤怒與慌亂已經漸漸消退。「我一下登陸艇就被人催促趕到這裡，告訴我說在傳送門開啟前要先參謁西麗的墓，到底是怎麼一回事？」

「我們依母親的遺言將她的遺體火化，她的骨灰從家島上最高的平臺灑在大南海裡了。」

「那這座……墓穴是做什麼用的？」我得小心的我的用詞，唐尼爾是很敏感的。

他又抹了抹額頭，視線掃向門口，雖然群眾看不到我們，但是我知道我們已經落後日程表了，有些議員已經跑下山去，加入看臺上的達官顯要們，我遲來的悲傷不止時間不對，現在還變成了一場鬧劇。

「這是母親的遺言，我們不過照辦罷了。」他碰了一處內壁，牆壁滑開露出一小塊壁龕，裡面放著一個金屬盒子，上頭寫著我的名字。

「這是什麼？」

唐尼爾搖搖頭。「母親留給你的私人物品，只有瑪格麗特知道裡面是什麼，但她去年冬天走的時候，沒有告訴任何人。」

「好的，謝謝你，我很快就會出來的。」我說。

唐尼爾瞄了一下手錶。「典禮還有八分鐘就要開始，二十分鐘之後就要開啟傳送門了。」

「我曉得，我很快就會出來的。」我說，心中再清楚不過了，確切知道還剩多少時間。

唐尼爾猶豫了一下才走，我用手掌碰了一下門將之關起，金屬盒子比我想像的還重，我把它放在石板地上，蹲在一旁，按下了上頭的小型掌紋鎖，盒蓋喀嗒一聲打開，我探頭瞧裡面放了什麼。

「真想不到。」我輕輕地說，我不曉得該期待什麼，或許是紀念品，用以回憶我們在一起的一百零三天，或許是不知誰送的押花，或是當年我們在費波攘潛水找尋的法國號海螺，但裡面擺的不是這些，至少不是我想像的那種。

盒子裡放著一把史坦那金氏雷射槍，世界上最強的手持投射武器之一，蓄電池接在一顆小型核聚變電池上，一定是她從那艘新潛水艇上搜括下來的，另外連接在核聚變電池上的是一臺古老的通訊記錄器，一臺使用固態物理元件與液晶顯示幕的老古董，電池顯示器亮著綠燈。盒子裡還有其他兩個東西，一個是我們好久以前用過的翻譯碟，另一個物品則讓我張大嘴訝異地合不起來。

「妳這小賤人，妳這裝傻的可愛小賤人。」我說，一切謎團都解開了，我忍不住微笑。

放在一旁，捲得整齊，插著充電線的是麥克．奧斯豪在卡爾夫尼爾市場花了三十馬克買下的獵鷹魔毯，我把鷹毯留在原來的地方，拔開通訊記錄器的電源線，把它拿了起來，我盤腿坐在冰冷的石頭地上，按下了記錄器的按鈕，突然間墓裡的燈光暗了下來，西麗出現在我面前。

麥克死後他們並沒有把我趕下船，他們大可這麼做但決定不這麼做，他們也沒有把我交給茂宜—聖約星當地的司法機關發落，他們大可如此做但也決定不要，整整兩天我被關在安全部接受審問，有一次甚至是辛船長本人，然後他們放我重回工作崗位，返程四個月的量子跳躍期間，麥克被殺的記憶不停地折磨著我，我知道是我愚蠢的作為造就了他的死亡，我加長了值班時間，作著直冒冷汗的噩夢，懷疑是不是回到萬星網就會被開除，他們大可告訴我但決定不跟我講。

最後他們沒有把我開除，我在萬星網內放假時可以自由來去，但是到茂宜—聖約星時就必須留在船上，除此之外，還記了一次正式申誡和暫時的降階，麥克的性命就只值這點兒了，申誡和降階。

跟其他船員一樣，我也放了三個星期的假，然而我不打算回去了，我傳送到了希望星，犯了船員最典型的錯，回家探親。在擁擠的住宅裡待了兩天我就受夠了，於是傳送到盧瑟斯星，在貓之巷❽連嫖了三天，心情反而更加灰暗，便決定傳送到富士星，然後在血腥的武士格鬥賭博中培掉我大部分的現金。

最後我發現我不知怎麼傳送到了太陽系，然後搭上了交通梭前往希臘盆地進行為期兩天的朝聖之旅，我從來沒有去過太陽系或是火星，更沒有想回去的念頭，然而在那裡待了十天，一個人遊蕩在滿布灰塵、陰暗的寺廟走廊間之後，我改變了原先打算，決定回船，重新回到西麗身邊。

偶爾我會離開紅土的巨石迷宮，只穿著壓力服與呼吸面罩，站在數以千計的石臺之一，凝視天空

❽ Rue des Chats，法國有些城市的路非常狹窄，兩側屋子的房粱都碰得到對面，據說因此貓能夠在房子間亂竄，故名之。

上那顆灰色蒼白、曾經喚作地球的行星，有時我會想起那些勇敢又愚蠢的理想主義者，搭著他們又破又慢的太空船航向無垠的黑暗，帶著胚胎與理想、秉持信念與關心。但大部分時間，我試著什麼也不想，只是站在那紫色夜空下，讓西麗步入我的心頭。儘管大師岩難倒了許許多多想要在此開悟的朝聖者，我卻藉著回憶一位還不到十六歲的少女躺在我身旁，月光從湯姆斯鷹翅膀上撒下的景象時，突然大徹大悟了。

我隨著洛杉磯號旋回量子跳躍狀態，四個月之後，我毫無怨言的與建築隊一起值班，沒事就連上刺激模擬器，或是睡掉自己的假期。後來辛船長跑來找我說：「你得下星球。」我完全不知道是發生了什麼事。「過去十一年以來，地上人把你和奧斯豪闖的禍變成了一場該死的傳奇故事。他們把你和那殖民地女孩在草堆裡打滾的事編成了完整的文化神話傳說。」辛船長說。

「西麗……」我說。

「快去拿你的裝備。你將在星球上待三個星期，大使館的外交官說你待在下頭比在上面對霸聯有利，我倒是要瞧瞧。」辛船長說。

世界在等待、群眾在歡呼、西麗在招手，我們搭著黃色雙連木筏一起航向南南東方位，朝著她在島群的家島前進。

「哈囉，麥林。」西麗的影像浮在她墳墓的黑暗中，這個全像投影並不完美，邊緣有些模糊，但確實是西麗沒錯，就如同我最後一次看到她的樣子，削去的灰髮沒有修剪，昂首抬頭，臉龐稜角分明。

「哈囉，麥林，吾愛。」

「哈囉，西麗。」我說，墳墓的門是關著的。

「很抱歉我不能和你共度我們第七次的團圓了，麥林，儘管我非常期盼。」西麗頓了一下看著自己的手，漂浮的微塵穿過她的型體，影像隨之閃爍，她接著說：「我仔細地準備接下來要說的話，以及談話的語氣，該怎麼陳述論點，該怎麼提出指示，然而我曉得這一切都是徒勞無功，若非我該講都講了，你也都了解，否則多費唇舌也是無用，此刻不如沉默無語。」

西麗的聲音隨著年紀越發美麗，帶著一種完滿與平和，是那種真正體會過痛苦才會出現的聲音，西麗揮動她的雙手，消失在全像投影的邊界之外。「麥林，吾愛，我們分分合合的日子多麼奇特，連結我們的傳說又是多麼美麗與荒謬？我的一日不過是你心跳的一下，我就恨你這一點，你就像是一面不會說謊的鏡子，你真應該瞧瞧每次我們團圓時候你的臉！至少你可以隱藏你的訝異……至少，為了我這麼做。」

「但你笨拙的天真底下好似真有些……該怎麼說？……真有些莫名之物，麥林，掩蓋了你身上不成熟又輕率的自大，也許是關心吧，至少，是對關心的尊敬。

「麥林，這本日記原本有數百筆……不，恐怕有數千筆紀錄吧，我從十三歲的時候開始寫起，但是當你看到它的時候，除了接下來聽到的記錄之外，其他都已經刪除。別了，吾愛，別了。」

我關上通訊記錄器，靜靜地坐著，外頭群眾的聲音透過墳墓厚厚的牆壁幾乎輕不可聞，我深深吸了一口氣，然後再次按下了記錄器的按鈕。

西麗出現了，是她近五十歲的時候，我立刻曉得她錄這段影像的時間與地點，我還記得她身上穿的長袍，頸子上掛的鰻魚石墜子，以及一撮逃脫夾子的秀髮，橫過她的臉龐，我記得那天發生的一切。那是我們第三次團圓的最後一天，我們正與朋友們在南燕鷗的山頂上，唐尼爾那時才十歲，我們正試著說服他和我們一起滑雪，他大哭著不願意。浮掠機還沒有停穩之前，西麗就已經轉身離開，當瑪格麗特從浮掠機上爬下來的時候，我們從西麗的表情就知道有事發生了。

同樣的臉龐現正瞧著我，她心不在焉撥了撥那撮不守規矩的頭髮，眼眶是紅的但聲音卻已平靜下來。「麥林，他們今天殺了你的兒子，艾隆才二十一歲就死了，你今天是這麼困惑，麥林，『他們怎麼能犯這種錯誤？』你不停地重複著，你並不真的認識我們的兒子，但當我們聽到這個消息的時候，我可以從你的臉上看出你的失落，麥林，這並不是一件意外。假如失去了一切，也沒有其他的記錄，如果你從未了解我為何要讓一樁多愁善感的神話主宰我的生命，你至少要知道這點，艾隆的死不是一件意外。當議會派的警察抵達時，他和分離主義者在一起，那時候他大可逃脫，我們一起準備了不在場證明，警察也會相信他的說法，但他仍選擇留下來。

「今天，麥林，你對我在大使館前面對群眾……那群暴民……說的話印象非常深刻，但你要知道，船員，當我說：『現在還不是展現你們憤怒與仇恨的時候。』那確實是我的意思，一字不差，今日時候未到，但那一天終將到來，必定如此。在元地球最後的日子裡，聖約不能等閒視之，麥林，即使是今日也不能，忽視這一點的人，在復仇那天來臨時將會非常驚訝，而那一日終將到來。」

一張影像淡出，而另一張影像漸顯，剎那間，二十六歲西麗的臉與她年邁的輪廓相互重疊。「麥林，我懷孕了，我好高興，你才走了五週我就好想念你，你要十年之後才會回來，不，還不止。麥林，為什麼你從來沒想過邀我同行？我雖然不能去，但要是你邀請我的話，我會有多麼高興啊。我懷孕了，麥林，醫生說是個男的，我會和他講你的故事，吾愛，也許有一天你會和他一起在島群中航行，聆聽海族的歌聲，就像我們過去幾週一樣，也許到時候你就會了解牠們了，麥林，我好想你，請快回來吧。」

全像投影又再閃爍變換，十六歲女孩滿腔怒火，長長的頭髮像瀑布一樣撒在裸露的肩膀與白色睡袍上，淚水如湧泉般的流下。「船員麥林．艾斯白克，我對你同伴的遭遇感到很難過，真的很難過，但是你連一聲再見都沒說就走了。我心裡已經計畫好你可以怎麼幫助我們……你和我……但你連再見都沒說。我不管你將來會如何。你最好滾回你那又擠又臭的霸聯巢穴，待到爛掉為止，事實上，麥林．艾斯白克，就算他們倒貼，我也不要再見到你，再見！」

投影還沒消失之前她就已經別過身去，墓裡一片漆黑但是錄音又持續了一會，隨著一聲輕笑傳來西麗的聲音，我分辨不出來是那個年紀，說了最後一句：「別了，吾愛，別了。」

「別了。」我說，按鈕關掉了通訊記錄器。

當我從墓裡眨著眼睛出來時，群眾已經逐漸散去，我差勁的時間安排已經毀了這場事件的戲劇性，現在我臉上掛著的微笑更引發了一陣憤怒的竊竊私語，擴音器把典禮致詞傳到了我們所在的山坡上：「……開啟了一個合作的新紀元。」大使滔滔不絕的聲音迴盪著。

我把盒子放在草地上，把獵鷹魔毯拿了出來，群眾圍攏在我四周看著我把鷹毯攤平，織錦已然褪色，但飛行絲還像嶄新銅線一樣閃爍著，我坐在毯子的正中央，把沉重的盒子放到我的背後。

「……將會有更多人倣效，直到時間與空間不再是障礙。」

我押了押飛行圖案，獵鷹魔毯突然從地面升高四公尺，圍觀群眾急忙向後退，我可以看到墳墓屋頂後面的景象，浮島正返回到赤道形成島群，我可以清楚地看見它們，數以百計，順著微風毫不氣餒地從貧瘠的南方游來。

「因此我非常高興的能夠扳下這個開關，歡迎你們，茂宜—聖約星殖民地，正式加入人類霸聯的社群之中！」

細線般的儀式用通訊雷射向天頂射去，啪噠啪噠的掌聲響起，樂團也開始演奏，我向天空望去及時看到一顆新星的誕生，心中的一角知道剛才發生了什麼事，就在那微秒之間。

在幾個微秒之間，傳送門的確啟動了，剎那間空間與時間確實不再是阻礙，然後人工奇異點所產生的巨大潮汐力啟動了我放在阻絕力場外圈的鋁熱劑炸藥，那微小的爆炸是看不到的，但是幾秒鐘之後，擴張的史瓦茲半徑❾開始吞噬著傳送門的外殼，吃下三萬六千噸重的脆弱十二面體，而且仍在急速擴增，狼吞虎嚥著周圍數千公里的空間。那才是我們看見壯麗無比的景象，在晴空萬里的藍天中一顆迷你新星的白色閃燄。

樂團停止演奏，人群尖叫著到處尋找掩蔽，事實上完全沒有必要，雖然在傳送門持續塌陷時會爆發出強烈的X光，但穿過茂宜—聖約星寬厚的大氣層之後並不足以造成任何傷害，另一道電漿火燄出現在天空上，是洛杉磯號試圖遠離正在快速凋亡的小黑洞，風刮了起來，海面浪濤也逐漸洶湧，今晚的潮汐將會與眾不同。

我想說點深奧的話，卻一句也想不出來。反正群眾也沒有聆聽的心情，我告訴自己在尖叫與呼喊間聽到那麼幾聲喝采。

我按了按飛行圖案，獵鷹魔毯加速越過懸崖朝著港口而去，一隻湯姆斯鷹慵懶地憑著中午的上升氣流飛行，看到我衝來，驚慌地拍著翅膀朝旁飛去。

「就讓他們來吧！」我對著逃跑的老鷹大叫。「就讓他們來吧！到時候我就三十五歲了而且不再

---

❾ Schwarzschild radius：若是把固定質量的物體壓在其史瓦茲半徑之下時，所產生的重力會將強到連該物體發射出的光線都無法逃脫，於是黑洞就誕生了，也代表了任何在半徑內的物體都會被吸入黑洞之中。

孤獨，他們有種就來吧！」我鬆開了拳頭大笑，風打在我的頭髮上，讓胸前與手臂上的汗水冷了下來。冷靜了一點，我看準了方位，朝著最遠的浮島飛去，我期待著與他人的會面，更期待與海族的對話，然後告訴牠們終於到了放鯊魚來茂宜—聖約星的時候了。

等戰爭勝利，而世界重新屬於牠們之後，我將會把她的故事告訴海族，我會對牠們唱著西麗的歌。

遠方的太空戰鬥的光芒像瀑布持續不斷。除了風吹過城牆斜面之外別無聲響，朝聖者越發靠近了，向前傾看古老的通訊記錄器，彷彿期待著更多的故事。

但到此就結束了，領事把微型磁碟拿了出來放進口袋裡。

索爾．溫朝博揉了揉睡著的嬰兒，然後對著領事說：「顯然你不是這位麥林．艾斯白克。」

「不是，麥林．艾斯白克死在叛亂之中，西麗的叛亂。」領事說。

「那你是怎麼得到這份錄音的呢？」雷納．霍依特問，教士痛苦的面具底下，可以看出他顯然大受感動。「這份不可思議的錄音……」

「是他給我的，就在他死在島嶼戰役的幾個星期前。」領事看著面前一群不解的臉。「我是他的孫子，西麗和麥林的孫子，我的父親，就是艾斯白克提到的唐尼爾，在茂宜—聖約星成為霸聯領地之後擔任了首任的自治會議長，後來還選上了參議員，並一直任職到去世為止，錄音那一日，在西麗墓旁山坡上的我才九歲。當艾斯白克來我們浮島的那晚，我已經十二歲了，足夠大加入叛軍反抗霸聯了，但他把我拉到一旁，並且阻止我加入他們的行列。」

「你會上戰場嗎？」布瑯·拉蜜亞問。

「噢，無庸置疑，而且會死在戰場上，就像全星球三分之一的男子和五分之一的女子一樣，就像所有的海豚與大部分的浮島，儘管霸聯試著盡可能的保持浮島的完整。」

「這是個動人的錄音，但這份記錄與你來海柏利昂的目的有何關聯呢？你為什麼要加入荊魔神朝聖團呢？」索爾·溫朝博說。

「我還沒有說完呢，繼續聽。」領事說。

我父親有多麼懦弱我祖父就有多麼勇敢，霸聯不到十一個當地年就回來了，炬船還不到五年就出現在軌道上，父親看著反抗軍趕造的太空船被徹底殲滅。即使霸聯包圍我們的世界，他還是不肯放棄支持他們。我還記得我十五歲的時候，站在我們祖先留下的浮島上層甲板上，與家人眼睜睜地看著其他浮島在遠處焚燒，霸聯的浮掠機用深水炸彈把海水點燃，第二天早上，浪潮被死去的海豚鋪成了灰色。

我姐姐萊拉在島嶼戰役之後絕望的日子裡加入了反抗軍，有人看到她戰死沙場，但屍體從未尋獲，我父親之後再也不提她的名字。

在停火及加入霸聯領地三年之內，原來的殖民者變成了自己星球上的少數族群，馴化的浮島賣給了觀光客，就如同麥林對西麗所預言，首站市的人口達到了一千一百萬，公寓、樓塔與電磁浮城沿著海岸擴張占滿了整座島嶼，保留下來的首站港成了古怪的市場，第一家庭們的後代在此販賣價錢灌水的手工藝品。

父親當選參議員之後，我們在天命五中心住了一段日子。就是在那兒我完成了學業，我是個順從的兒子，頌揚萬星網生活的美德，研究人類霸聯偉大的歷史，並準備著外交團的工作生涯。

我默默的等待。

畢業後我回茂宜—聖約星待了一陣子，在中央行政島的辦公室工作，一部分的職責是巡視在淺海區域新建的數百座鑽油平臺，造訪快速增加的深海殖民地，以及接洽從天命五中心和天龍座七號星來的建設公司，我一點都不喜歡我的工作，但是我非常有效率，永遠掛著微笑，並默默等待著。

我追求並娶了一位第一家庭來的女孩，是西麗表弟波爾塔的後代，在外交團獲得了空前絕後的優等考績之後，我申請調職到萬星網之外的星球。

於是我與蓋爾莎兩個人便踏上了離鄉背井的旅程，我非常有效率，生來就是作外交官的料，不到五個標準年我就成了副領事，八年就升到了領事，在邊疆星系便是到了頂。

這是我的抉擇，我繼續為霸聯工作，也繼續默默等待。

一開始我的角色是用萬星網的知識幫助殖民者做他們最擅長的工作，消滅真正有智慧的生物。霸聯在六個世紀以來的星際擴張中，從未遇過根據德瑞克—圖林—陳量表歸類的智慧生物，這可不是件巧合。在元地球上，要是有哪個物種敢把人類當作盤中飧，肯定在不久之後就會宣告滅亡，隨著萬星網的擴張，要是有哪個物種膽敢挑戰人類的智慧，那物種必定會在第一座傳送門打開之前，就被消滅殆盡。

在漩渦星上，我們追獵謎樣般的齊普林鳥直入牠們的雲塔巢穴，以人類或是智核的標準來看牠們或許並不算聰明，但卻十分漂亮。當牠們散發著彩虹般顏色而逝的時候，逃走的同伴就再也看不見、聽不到這些七彩的訊息，牠們瀕死前痛苦之美麗，言語不能形容萬一。我們把牠們感光的皮膚賣給萬星網內的公司，肉賣給了像天堂之門的星系，骨頭磨成粉末當作春藥，賣給其他殖民星球不舉或是迷信的居民。

在花園星上，我擔任了生態建築工程師的顧問，抽乾了大沼澤區域，並結束了濕地半人馬的短暫統治，也解除了牠們對霸聯發展的威脅，最後牠們試著移居他處，但是北方荒原對牠們來說實在太乾燥了。於是多年之後，等花園星加入萬星網時，我拜訪該處還可以看到乾枯的半人馬屍體，倒在遠方的荒原中，好似某種異國植物殘留的果莢，從某個多采多姿的時代留下來的遺跡。

在希伯崙星上，我剛好在猶太移民與阿路伊獸長久的衝突即將結束時抵達，阿路伊獸是一種與當地乾旱生態環境同樣脆弱的生物，彼此間有通靈能力。是我們的恐懼與貪婪，以及打不破的物種差距，造就了牠們的死亡，但在希伯崙卻不是阿路伊獸的滅絕讓我狠了心腸，而是因為我間接造就了殖民者的末日。

在元地球上他們管我這種人叫賣國賊。儘管我不是在希伯崙長大的，逃到這裡的殖民者，跟我在元地球茂宜島上訂下生命契約的祖先，是為了一個同樣的原因。但我還在等待我的機會，同時絲絲入扣地扮演著我的角色。

他們相信我，逐漸被我透露的願景說服。重回人類族群及加入萬星網將會有多麼美好，他們堅持只有一個城市能與外界開放聯繫，我笑著答應了，現在新耶路撒冷整整有六千萬人，而整個大陸則只有一千萬猶太後裔，必需品完全靠萬星網的城市供應，再過十年，說不定不用那麼長，希伯崙必將喪失原本的面貌。

在希伯崙對網內開放之後，我有點精神崩潰，沉溺於酒精之中，這種與逆時針和腦聯介面⑩作用剛好相反的純天然物質。蓋爾莎陪我待在醫院直到我恢復正常為止。奇怪的是，在一個猶太人的星球上，醫院居然是天主教設立的，我還記得夜晚在走廊上袍子沙沙作響的聲音。

我精神崩潰的經過十分隱密鮮為人知，並沒有傷害我的職業生涯，頂著領事的頭銜，我帶著妻兒來到了布列西亞。

當時我們扮演的角色是多麼複雜！我們行走的道路又是多麼凶險！數十年來，不管驅逐者逃到那兒，卡薩德上校與智核的軍隊總能持續騷擾他們的船群，現在參議院及人工智慧資政委員會的高層決定最好在邊疆星系測試一下驅逐者的實力，於是他們挑了布列西亞，我承認，布列西亞在我抵達的數十年前就已經成為我們的替代品，他們的社會體制是標準的傳統普魯士風格，軍事化到了極點，他們對自己虛偽的儉樸感到自命不凡，無理排外到了會愉快地加入軍隊去消滅「驅逐者的威脅」。一開始我們只是「租借」幾艘炬船讓他們能夠抵達驅逐者的船群，後來又加上電漿武器及攜帶基因改造病毒的彈頭。

些微的錯誤計算使得我在野蠻的驅逐者抵達時還留在布列西亞，只要差幾個月，一支軍事政治顧問團就會取代我的位置。

其實也不打緊，霸聯達到了它的目的，成功測試霸軍的決心與快速部署能力，同時也沒有對霸聯的利益造成任何真正的傷害。不過，蓋爾莎死在首次轟炸之中。而愛隆，我十歲大的孩子，原本一直都和我在一起……撐過了整場戰爭，卻被某個霸軍白痴在首都伯克明斯特難民營引發的爆破陷阱給炸死了。

他死的時候我居然剛好不在。

在布列西亞事件之後我又升了官，我的任務是有史以來交付給領事級外交官中最具挑戰性也最敏感的：負責與驅逐者的直接談判。

首先我傳送到了天命五中心，與葛萊史東參議員組成的委員會和幾位人工智慧資政一起開了非常冗長的會議。葛萊史東親自與我會面，計畫複雜無比，但基本上是要煽動驅逐者攻擊我們，而其中關鍵就在海柏利昂星系。

在布列西亞之戰前，驅逐者就開始觀察海柏利昂，我們的情報指出他們被時塚與荊魔神給迷住

---

⑩ Wireheading，作者自創詞，應該是指直接把大腦連接在機械上來儲存記憶。

了，他們攻擊載著卡薩德上校的霸聯醫療船以及其他的事件是他們的失算，那艘船的艦長把醫療船誤判為軍用旋船。從驅逐者的觀點來看，這還不是最糟的，正因為他們成功地降落在時塚附近，於是暴露出他們可以抵抗時潮的能力，在荊魔神粉碎了他們的突擊隊之後，炬船的艦長回到驅逐者船群便被處死。

但我們的情報也指出驅逐者的失算並不是全然的災難，他們獲得了許多有關荊魔神的珍貴資料，更加深了他們對海柏利昂的著迷程度。

葛萊史東描述了霸聯將如何利用他們的這種偏執。計畫的重點就在煽動驅逐者攻擊霸聯，而攻擊的焦點必須放在海柏利昂上，她解釋這場戰役的目的主要跟萬星網內部的政治鬥爭有關，而非針對驅逐者。智核份子幾個世紀以來一直反對讓海柏利昂加入霸聯，這樣的局面已經不再對人類有利，假借保護萬星網的藉口，用武力直接併吞海柏利昂將會使智核中的革新派占上風，雖然我也不清楚智核權力平衡的變化會如何影響參議院或萬星網，不過驅逐者這個潛在的危機將被永遠鏟除，而霸聯的光輝將邁入一個嶄新的時代。

葛萊史東說過我不需要挺身而出，畢竟這個任務充滿了危險，包括我的職業和生命，我依然接受了。

霸聯提供了一艘私人太空船給我，我只要求多加一樣東西：一架古董史坦威鋼琴。

我用霍金引擎航行了好幾個月，在驅逐者船群出沒的地方遊蕩，最後他們發現了我的船，把我抓了起來，表面上接受我是個信差，私底下曉得我是個間諜，他們爭論著要不要殺我，盤算著要不要和我交涉，最後留了我活口傳信。

我不想試著描述船群內生命的美麗——無重力的球城、彗星農場、以及推進器團，微軌道森林與遷徙河流，還有前來「會合周」的萬種顏色與質地之生命型態，我只能說我相信驅除者辦到了過去千年來萬星網的人類未能成功的事：演化。當我們生活在過去文化的包袱裡，至多是元地球黯淡的影子，驅逐者則在美學、倫理、生物、藝術以及所有必須反映人類靈魂而成長改變的萬事萬物中，找到了另一個新天地。

我們貶抑他們是野蠻人，同時卻膽小的抱著我們的萬星網不放，好像西哥德人⓫躲在羅馬光輝逝去的遺跡裡，卻自稱文明人。

在十個標準月內，我告訴他們我最大的祕密，而他們也洩漏了他們的祕密。我盡可能解釋計畫所有的細節，葛萊史東的人馬打算怎麼布置消滅他們的陷阱，我告訴了他們萬星網的科學家對時塚的異常現象完全不了解，還透露了智核對海柏利昂難以理解的畏懼，我描述海柏利昂會如何設計成陷阱，如果他們膽敢試著攻擊的話，所有霸軍的單位都會湧向海柏利昂星系輾碎他們，我告訴他們我知道的一切，然後再次等待死亡。

⓫ Visigoths，德國東部民族哥德人的一支，西元四世紀時受匈奴人侵擾而避居羅馬帝國，後來不堪羅馬人奴役而起義，於西元四一〇年攻陷羅馬，大肆洗劫三日後離去。

他們非但沒有處死我，反而又告訴我另一個祕密，展示給我看截收的超光速及聚焦通訊紀錄、還有他們從四個半世紀以前逃離元地球時開始蒐集的資料，一切都指向一個既簡單又可怕的事實。

三八年的大錯誤並不是失誤，元地球的滅亡是人為的，由智核份子與新興霸聯政府中的人類附庸所計畫，聖遷的細節早在失控的黑洞「意外地」在元地球心臟地帶產生前數十年就已經規畫好了。

萬星網、萬事議會、人類霸聯，都是建立在這樁殘忍無比的弒父案上，現在它們則靠著大家默許且蓄意的手足相殘來維持，謀殺任何有一丁點潛力成為競爭者的物種，驅逐者是人類目前唯一能夠自由在星際間旅行又不受智核支配的團體，便成為下一個我們要消滅的目標。

我重回萬星網，網內時間已經過了卅年，梅娜·葛萊史東成了首席執行官，西麗的叛變不過是場浪漫的傳說，一個霸聯歷史中的小注腳。

我再次與葛萊史東會面，告訴她許多驅逐者透露給我的消息，但沒有全盤托出，我告訴她驅逐者曉得海柏利昂是個陷阱，不過他們決定照來不誤，我告訴她驅逐者希望我成為海柏利昂的領事，以便在戰爭到來時擔任雙面諜。

我隱瞞了他們答應給我開啟時塚的裝置，將荊魔神釋放出來。

葛萊史東首席執行官與我談了許久，霸軍情報局和我談了更久，有些會面長達好幾個月，使用了各式技巧與藥物確認我說的是事實，沒有一絲一毫隱瞞，其實驅逐者也很擅長使用各式審問技巧與藥物，我說的是事實，但我也藏了一些祕密。

最後，我被派往海柏利昂，葛萊史東承諾要將該星系升到霸聯領地，同時把我升到大使，兩個提議我都拒絕了，不過我要求留下那艘私人太空船，我搭著一艘定期航線的旋船抵達海柏利昂，太空船則由另一艘數個星期之後經過的炬船運送，停放在星球軌道上，如果我想離開的話，可以在任何時間召喚它。

孤身一人在海柏利昂，我默默的等待著。把管理這顆邊境星球的事都交給我的助理，自己則在西塞羅買醉。

驅逐者用祕密的超光速通訊器與我聯繫，於是我向領事館告假三週，叫太空船在草海的偏僻處降落，然後航向奧特雲與驅逐者的斥候艇會合，載了他們的人員，一個叫安黛爾的女子與三位技師，最後降落在馬轡山脈的北邊，距離時塚只有幾公里的地方。

驅逐者沒有傳送門，他們耗費一生在漫漫星海間旅行，看著萬星網以極速超越他們，好似瘋狂快轉的全像電影。他們對時間著迷的不得了。智核將傳送門科技送給了霸聯，並持續維護到今天。沒有任何一個人類科學家團隊了解傳送門的原理，驅逐者也嘗試過，但失敗了。然而透過他們的努力，他們在操控時空的領域卻另闢蹊徑。

他們了解時潮，也就是包圍著時塚的反熵場。雖然他們沒法產生這種力場，但是他們可以保護自己不受影響，而且「理論上」也可以摧毀它。時塚和其內部的東西將不再倒流，也就是說時塚就會「開啟」，荊魔神就能掙脫它的枷鎖，不再被限制在時塚周圍，而任何其他在時塚裡的東西也將被釋放出來。

驅逐者相信時塚是未來人類的製品，而荊魔神則是救贖的武器，在等待合適的人來支配它。荊魔神教會視這個怪物為復仇天使，驅逐者則把它看作是人類設計的工具，從未來送回過去，將人類從智核的手中拯救出來，安黛爾與三位技師則是來校正與實驗這項技術。

「妳不打算現在就使用它嗎？」我問，我們站在那棟喚作人面獅身像的建築物影子底下。

「還不到時候，要等到侵略的前夕。」安黛爾說。

「但妳說這個裝置要花好幾個月才會發揮作用，才能打開時塚。」我說。

安黛爾點點頭，她的眼睛是暗綠色的，身材很高，我可以看出她膚衣底下外骨骼的線條。「說不定要一年以上，這個裝置會讓反熵場慢慢地消退，不過一旦啟動了，就無法停止，當然我們要等到十長老議會作成入侵萬星網的決定之後才會動手。」她說。

「有人質疑這個決定？」

「是道德上的爭論。」安黛爾說，離我們幾公尺之外，三位技師正用變色布與密碼保護的阻絕力場把裝置偽裝起來。「星際戰爭會造成數百萬，甚至數十億人的死亡，把荊魔神釋放到萬星網中的結果無法預測，即使我們非常想打擊智核，我們還在討論該怎麼做才是最好的。」

我點點頭，看著那臺裝置以及時塚山谷。「一旦啟動了，就不能回頭，荊魔神將被釋放，而你們必須贏得戰爭才能控制它，對吧？」我問。

安黛爾淺淺的笑了一下。「沒錯。」

我射殺了她以及三位技師，然後把祖母西麗留下來的那把史坦那—金氏雷射槍遠遠地扔進了漂移的沙丘中，坐在泡棉箱上落淚好幾分鐘，接著我走到裝置前，用技師身上的通訊記錄器進入了阻絕力場，把變色布丟在一旁，啟動了裝置。

沒有任何立即的變化發生，空氣中還是瀰漫著晚冬同樣濃郁的光線，玉塚發出柔和的光線，而人面獅身像持續的向下凝視虛空，唯一聽得到的是沙擦過箱子與屍體的聲音，只有驅逐者裝置上發亮的紅色指示燈顯示裝置正在運作……已經啟動了。

我緩緩地走回太空船上，半期待著荊魔神會出現，半希望事實真的如此，我坐在太空船的陽臺上一個多小時，看著陰影籠罩了整個山谷，流沙吞沒了遠方的屍體，荊魔神沒來，也沒瞧見荊棘之樹，過了一會兒，我在史坦威鋼琴上演奏了一首巴哈的前奏曲，關起艙門，飛升入太空。

我聯絡上驅逐者船艦，通知他們發生意外，荊魔神殺了其他人，而裝置則被提早啟動，既使在一團混亂及恐慌中，驅逐者仍然願意庇護我，但我拒絕他們的提議，並駕船駛向萬星網，驅逐者沒有追擊。

我用我的超光速通訊器與葛萊史東聯繫，告訴她驅逐者的間諜已被消滅，入侵在即，他們會如計畫中一樣觸動陷阱，但我並沒有透露關於裝置的消息。葛萊史東恭喜我完成任務並召我回家，我拒絕了，告訴她我需要一個人靜一靜。把船轉向離海柏利昂最近的邊疆星系前進，我知道這樣的旅行將會加速時間流逝！直到下一幕開場。

不久之後，當葛萊史東親自通知我加入朝聖團的訊息抵達時，我明瞭了驅逐者為我在最後的日子裡設計的角色。不管是驅逐者、智核、或是葛萊史東和她策劃的密謀，到底誰認為自己是歷史的主人已經不再重要，歷史早已拋棄了它們。

不管我們做什麼，我的朋友們，我們所知的世界即將毀滅。我呢，對荊魔神沒有任何要求，對它或是整個宇宙也沒有遺言，我回來只是因為我必須，這是我的使命。當我小時候獨自回到西麗墓前，並矢言向霸聯復仇之後，我就知道了我的責任，也明瞭了我在生命中與歷史上要付出的代價。

若到了要斷定是非的時候，到了該去了解這一場像野火般燒遍整個萬星網、摧毀無數星球之背叛的時候，我懇求你們別想起我，和你們這位失落的古代詩人靈魂所云不同，我的名字連水都寫不上去⑫。然而，你們應當想想元地球無謂的犧牲，想想海豚灰色的肉身在太陽底下乾燥腐爛，去瞧瞧如同我所見的那些無處可去的浮島，覓食區被摧毀了，赤道淺海又生著鑽油平臺的爛瘡，自己還得載著只會大吼大叫抓著韁繩不放、身上全是防曬油與大麻味道的觀光客。

不然，更好的方法是什麼也不想，就跟我按下開關後一樣挺胸站著，就算是一個殺人犯、就算是一個背叛者，卻仍然非常自豪，雙腳堅定地站在海柏利昂不停變換的流沙之上，昂首舉拳向天怒吼：

「你們這兩戶倒楣人家！」⑬

你們知道，我還記得我祖母的夢想，我還記得事情可以更好。

我永懷西麗。

「你是間諜？」霍依特神父問：「你是驅逐者的奸細？」

領事抹了抹臉頰一語不發，看起來累極了，筋疲力盡。

「對，葛萊史東首席執行官通知我被選為朝聖者時，也警告我說在我們之中會有一名奸細。」馬汀．賽倫諾斯說。

「她告訴了我們每一個人。」布瑯．拉蜜亞插嘴道，邊瞧著領事，她的眼神帶著憂傷。

「我們的朋友是位間諜沒錯，但不只是個驅逐者的奸細。」索爾．溫朝博說，他懷中的嬰兒醒了過來，溫朝博把她舉起來哄著。「他是懸疑片裡所謂的雙面諜，在這個情況下是三面諜，他到底屬於哪一方可以無限地推展下去，事實上，他是報應的使者。」

領事抬頭看著老學者。

---

⑫ 指濟慈，其墓誌銘云：「此地長眠一人，其姓名寫於水中。」見第五章。

⑬ 出自莎士比亞《羅密歐與茱麗葉》第三幕第一景，羅密歐好友邁邱西奧與茱麗葉的表兄泰保爾脫在維諾那的街上一言不合拔劍相向，當羅密歐阻止邁邱西奧出手的時候，泰保爾脫一劍把邁邱西奧刺成重傷，並率黨羽逃脫，他倒地時說：「我受傷啦！你們這兩戶倒楣人家！我完啦！他是不是沒帶傷就跑了？」

「不管怎樣他還是個奸細，間諜是要處死的，不是嗎？」賽倫諾斯說。

卡薩德上校手上還拿著驟死棒，但沒有對著任何人。「你能夠與你的太空船取得聯繫嗎？」他問領事。

「可以。」

「靠什麼？」

「靠西麗的通訊記錄器，我……改造過了。」

卡薩德輕輕地點點頭。「然後你可以透過船上的超光速通訊器與驅逐者聯絡？」

「對。」

「如他們希望的一樣報告朝聖團的動向？」

「沒錯。」

「他們有任何回應嗎？」

「沒有。」

「我們怎麼能相信他？他是個他媽的奸細！」詩人抗議。

「閉嘴。是你傷了海特．瑪斯亭的嗎？」卡薩德上校不帶感情地發出最後通牒，眼睛始終未曾離開過領事的身上。

「不是，但是在世界之樹被摧毀的時候，我就感覺到有什麼地方不對勁。」領事說。

「怎麼說？」卡薩德問。

領事清了清喉嚨。「我曾經與樹船真言者一起生活過，他們與樹船幾乎可以說能心靈互通，瑪斯亭當時的反應實在太過緩和，除非他的真實身分並非如他所述，否則就是他早知道樹船即將被毀，便先一步切斷了聯繫，輪到我守夜的時候，我走下船艙去質問他，但他已經不見蹤影了，艙房當時的樣子就跟我們後來看到的一樣，不過莫比烏斯方塊是開的，因此耳格有可能已經逃脫了，我重新上了鎖，然後回到甲板上。」

「你完全沒有傷害海特．瑪斯亭？」卡薩德又問了一次。

「沒有。」

「我重複一次，憑什麼他媽的我們要相信你？」賽倫諾斯說，詩人邊灌著他帶來的最後一瓶蘇格蘭威士忌。

領事看著那瓶酒回答道：「你是沒理由要相信我，我也不在乎。」

卡薩德上校修長的手指不自覺的輕敲著騦死棒晦暗的槍套。「你現在打算怎麼用你的超光速通訊器？」

領事疲累地嘆了口氣。「報告時塚開啟的時間，如果那時候我還活著的話。」

布瑯．拉蜜亞指著那臺古董通訊記錄器說：「我們大可破壞它。」

領事聳聳肩。

「它還有利用的價值，我們可以竊聽未加密的軍用及民用頻道，必要的話，還可以用它呼叫領事的太空船。」上校說。

「不行！」領事大叫，是過去幾分鐘以來他第一次表現出強烈的情緒。「我們現在已經不能回頭了。」

「我們並不打算回頭。」卡薩德上校說，轉頭看著周圍蒼白的臉孔，好一陣子都沒人說話。

「我們得有個決定。」索爾．溫朝博說，他輕搖著他的女兒，向領事的方向點點頭。

馬汀．賽倫諾斯原本把額頭靠在威士忌的瓶口上，他抬起頭說：「叛國是要處死的，反正我們再過幾小時也要死了，何不在最後一幕來個行刑大典？」他傻笑著。

一陣痛苦的撞擊扭曲了霍依特神父的臉龐，他用顫抖的手指摸著自己龜裂的嘴唇說：「我們不是法官。」

「不，我們是。」卡薩德上校。

領事把腳收起來，把前臂放在膝蓋上，手指交叉。「要審就審吧！」聲音不帶任何情感。

布瑯．拉蜜亞收起了手上那把她父親留下的自動手槍，放在自己身旁的地板上，目光從領事跳到了卡薩德身上。「我們在討論叛國罪嗎？叛什麼國？我們這裡也許除了上校之外都不算是模範公民，我們都被我們無法控制的力量所玩弄。」她說。

索爾．溫朝博對著領事直接說：「你忽略了一點，我的朋友，如果梅娜．葛萊史東和智核選了你當驅逐者的聯絡人，他們恐怕對你會怎麼行動非常清楚，也許他們沒料到驅逐者有開啟時塚的方法，話說回來，沒人知道智核的人工智慧到底曉得多少，但是他們必定清楚地曉得你會背叛雙方，因為雙方都曾傷害你的家人，也許這全部都是某個詭異計畫的一部分，而你自以為擁有的自由意志不過跟……」他舉起了他的嬰孩。「這個孩子一樣多。」

領事看來十分困惑，他想要說些什麼，卻又搖了搖頭。

「這也有道理。」費德曼．卡薩德上校說：「但是不管他們打算怎麼利用我們這些小卒，我們都得要試著選擇自己的行動。」他抬頭看著頭上牆壁散發出血紅色的光芒，反射了遠處宇宙戰的炮火。「數千人，說不定數百萬人會因為這場戰爭而亡，假如驅逐者或荊魔神取得了萬星網的傳送門系統，數百顆星球上幾億人的生命都將面臨危機。」

領事看著卡薩德舉起了騾死棒。

「對我們來說這可是最爽快的方式，荊魔神可不會手下留情。」卡薩德說。

沒人說話，領事彷彿盯著遠方的一點。

卡薩德扣上保險，把騾死棒插回腰帶上。「我們都走這麼遠了，不如一同把剩下的路走完。」他說。

布琊．拉蜜亞把她父親的手槍收回身上，站了起來，越過小小的房間，跪在領事旁，然後舉起雙手環抱著他，領事驚訝之餘也用單臂回抱，火光在他們背後的牆上跳動。

過了一會兒，索爾．溫朝博走了過來用一手抱住了他們的肩膀，嬰兒感到四周體熱的溫暖，快樂地手舞足蹈，領事聞到嬰兒身上爽身粉的味道。

「我之前說的不對。我會為了她向荊魔神請願。」領事說，溫柔地摸了摸蕾秋小小的頭顱與頸部相連的地方。

馬汀．賽倫諾斯哼了一聲，起先是笑，卻結於哭泣。「我們最後的請求，繆思女神會回應我們的請求嗎？除了希望詩能完成外，我一無所求。」他說。

霍依特神父回頭看著詩人。「這有那麼重要嗎？」

「喔，有，有，有，有。」賽倫諾斯喘著氣說，他放下威士忌的空瓶，手伸進袋子裡，拿出一捲捲的膠片，舉的高高的好像要獻給眾人。「你們要讀一讀嗎？你們要我念給你們聽嗎？我的文思又再度泉湧，讀讀這些古老的部分，念念我三個世紀以前寫好卻沒有出版的詩篇，全都在這裡面，我們全都在這裡面，我的名字，你的命運，這趟旅程，你不了解嗎？我不是在寫詩，我是在創造未來啊！」他讓手中的膠捲落下，又舉起了空瓶，皺了皺眉頭，然後像抓著獎杯一樣拎著。「我在創造未來，但是該變的卻是過去，只要一個事件，只是一個決定。」他頭也不抬的重複著。

馬汀．賽倫諾斯抬起了臉，眼睛充滿血絲。「明天就會殺死我們的這玩意兒，我的繆思，我們的造物者，我們的毀滅者，他逆著時光而行，那麼就讓他來吧，這次就讓他抓走我，放過比利吧，就讓他抓走我，讓詩篇就此結束，永遠無法完成吧。」他將瓶子舉的更高，閉上眼睛，甩向對面遠方的牆上，玻璃碎片反射著無聲的爆炸發出的橘色光線。

卡薩德上校靠近了過來，修長的手指在詩人的肩膀上拍了拍。

好幾秒鐘整個房間彷彿只因為人類彼此的連結而溫暖了起來，霍依特神父離開了他倚靠的牆壁，舉起了右手，拇指與小指相碰，其餘三指高舉，手勢好似包括了自己還有所有面前的人，然後溫柔的說：「我赦免你。」

風刮過外牆，吹過石像鬼與陽臺發出口哨般的聲響，數億公里外戰鬥發出的光線將所有人籠罩在鮮血的色澤之下。

卡薩德上校向門口走了過去，大夥兒也散了開來。

「我們睡一會兒吧。」布瑯．拉蜜亞說。

不久之後，獨自躺在睡袋裡，聽著風聲尖嚎，領事把臉頰靠在背包上，把粗糙的毯子又拉緊了一點，許多年來他都無法輕易入眠。

領事把臉靠在緊握的拳頭上，闔上了眼睛，睡著了。

HYPERION

跋

領事聆聽著三角琴的琴聲醒了過來，如此的溫柔，起先領事還以為那是昨夜夢迴。

領事站了起來，寒冷的空氣讓他不由地發抖，便披上了毯子，走上寬敞的陽臺。天還沒亮，天空還因為戰鬥的光影而燃燒。

「真對不起。」雷納．霍依特說，手中的樂器停止彈奏，教士也用長袍把自己緊緊裹著。

「沒關係，我也正巧要醒了。」領事說，他的確是如此，甚至已經記不起什麼時候曾經如此充分休息過。「請繼續。」琴音非常尖銳清楚，但只比風聲稍微大一點，較像是霍依特與山峰吹下來的冷風合鳴，領事覺得那清脆的聲音令人幾近心痛。

布瑯．拉蜜亞與卡薩德上校走出來，過了一會兒，索爾．溫朝博也加入他們的行列，蕾秋在他懷中翻著身，對著夜空伸出雙手好似她可以抓到那些閃耀的花朵。

霍依特繼續彈奏了下去，風在日出前慢慢強了起來，石像鬼與陡峭的城牆彷彿成了冰冷城堡低音管的簧片。

馬汀．賽倫諾斯也醒了過來，手還捧著頭。「對宿醉未醒者連一點該死的尊敬都沒有。」他說，靠在寬闊的欄杆上。「從這個高度吐下去，我看要半小時那些嘔吐物才會落到地上。」

霍依特也不理會，手指飛快地劃過小樂器的琴絃，西北風漸強漸冷，三角琴則奏著完全相左的曲調，反而越溫暖鮮活。領事與其他人裹在棉被與長袍裡，微風轉成了狂風，莫名的音樂卻緊緊跟上，這是領事聽過最奇怪也最美麗的交響樂。

風起、怒、極、平，霍依特也一曲彈畢。

布瑯．拉蜜亞看看四周說：「天快亮了。」

「還要一個小時。」卡薩德上校說。

拉蜜亞聳聳肩。「何必再等？」

「的確，何必呢？」索爾．溫朝博說，他看著東方才剛露出的一點魚肚白，遮蔽該處的一點星空。「看起來今天是個好天氣。」

「那我們趕緊打理一下，我們還會需要行李嗎？」霍依特說。

眾人彼此互望了一下。

「我覺得沒必要，上校會帶著那臺有超光速通訊儀的通訊記錄器，其他人就帶著任何你與荊魔神會面時需要的玩意，剩下的就留在這裡吧。」領事說。

「沒問題，咱們就這麼辦！」布瑯．拉蜜亞說，從陰暗的門邊回過頭來招呼著大家。

從時光堡東北大門到底下的荒野總共有六百六十一階，全程沒有扶手，眾人小心翼翼地向下走著，在昏黃的晨光下謹慎踏出每一步。

到了谷底，他們回頭向上瞧著從岩石中雕出的時光堡，看起來好像是從山壁的一部分，陽臺和在外頭的石階不過是石壁上的鑿痕，偶爾一陣明亮的爆炸會照耀出一扇窗戶或投下一隻石像鬼的影子，除此之外，時光堡好似就從他們背後消失了。

他們越過時光堡後方幾個低矮的山丘，盡量待在草地上，避開伸出爪狀荊棘的銳利草叢，才十分鐘他們已經抵達沙地，沿著平緩的沙丘向下，朝著山谷而行。

布瑯·拉蜜亞帶領著眾人，她掛著最細緻的披肩，身著黑色鑲邊的紅色絲質套裝，手腕上露出通訊記錄器，卡薩德上校走第二個，身穿全套戰鬥裝甲服，外層的偽裝聚合物尚未啟動，因此看起來黯淡全黑，連天光都被吸了進去，卡薩德背著一把標準的霸軍突擊步槍，頭上掛的護目鏡則像是一面黑色的鏡子。

霍依特神父穿著黑色的斗篷，黑色的制服，別著牧師的領子，三角琴擱在懷裡好似抱著一位嬰兒，他仍然步履蹣跚，彷彿每走一步都是痛苦，領事跟在他後頭，穿著他最好的外交官制服，筆挺的上衣，正式的黑色長褲，短外套，天鵝絨斗篷，還有那頂他在樹船上第一天戴的金色三角帽。他得緊抓著帽子，免得被又吹起的強風颳走，一陣風像蛇一般的在沙丘頂蜿蜒而行，吹起了砂礫打在他的臉上。馬汀·賽倫諾斯緊隨在後，穿著他的毛皮大衣，上面的皮革隨風搖曳。

索爾·溫朝博走在最後頭，蕾秋立在嬰兒背袋裡，藏在斗篷與外套之下，靠在他父親的胸前，溫朝博對她哼著一首小曲，但聲音在微風中卻不可聞。

四十分鐘後他們來到了城市的遺跡，大理石與花崗岩在猛烈的砲火中閃耀，山峰在背後反射著陽光，時光堡沒入山壁間，不能分辨，眾人越過一處沙谷，爬過一座小沙丘，剎那間時塚山谷的入口第一次出現在眼前，領事可以看到人面獅身像展開的雙翼，還有一絲玉塚的光輝。

一陣滾石與撞擊的聲音從背後遠方傳來，領事緊張地回頭，心悸不已。

「轟炸……開始了嗎？」拉蜜亞問。

「不是，你們看……」卡薩德說，指著山峰之間一處黑暗籠罩星空的地方，一股股閃電沿著山脊爆發，照亮了冰原與冰河。「只是陣暴風雨罷了。」他說。

他們繼續跨過赭色沙丘，在時塚附近山谷入口好似站了個模糊身影，領事極盡眼力卻仍看不清楚，無庸置疑的有人在等著他們……一定是它。

「看那邊。」布瑯·拉蜜亞說，低語幾乎被風聲所淹沒。

時塚群正發著光，原本領事以為那只是反射天空的色彩，但卻並非如此，每座塚顏色都不同，非常清晰，驀地強光閃了一下，時塚群又再次褪回山谷的黑暗之中，空氣中全是臭氧的味道。

「這是常見的現象嗎？」霍依特神父半信半疑地問道。

領事搖搖頭。「從來沒聽說過。」

「蕾秋研究時塚的時候，也未有人描述過這個現象。」索爾·溫朝博說，隨著眾人開始繼續前行時，他低聲哼起一首曲子。

他們在山谷的開口停了下來，鬆軟的沙丘轉變成岩石與墨汁般的窪地，通往發亮的時塚。沒人領頭，也沒人說話，領事可以感到心臟猛烈地敲著他的肋骨，儘管知道前方是什麼在等待，比恐懼更令人害怕卻是那幽魂般的黑暗，彷彿隨風鑽入了他骨子裡，令他不由自主的顫抖，想要轉身向他們背後的沙丘尖叫逃跑。

領事轉頭問索爾．溫朝博說：「你在對蕾秋唱什麼歌？」

學者勉強擠出一絲笑容，抓了抓他稀疏的鬍子。「那是一齣古代平面電影的主題曲❶，聖遷時代之前，天殺的，那可是早於任何一切。」

「唱大聲點兒。」布瑯．拉蜜亞知曉領事的用意，臉色十分蒼白。

於是溫朝博便張口起音，最初他的聲音很小幾乎聽不到，但是那首曲子卻強而有力又奇怪地令人振奮，霍依特神父卸下了三角琴一齊演奏，歌聲漸漸帶著信心。

布瑯．拉蜜亞笑了，馬汀．賽倫諾斯驚訝地說：「我的天啊，我小時候唱過這首歌，真的是很古老啊。」

「誰是巫師？」卡薩德上校問，他頭盔擴音器放出來的聲音現在不知為什麼聽起來十分令人發噱。

「奧茲國在哪兒？」拉蜜亞問。

「又是誰要去拜訪這位巫師？」領事問，心中那股驚慌好似消退了那麼一丁點。

索爾．溫朝博停了下來想回答他們的問題，解釋這部塵封已久電影的劇情。

「算了，你可以等會兒再告訴我們，不如再唱一遍吧！」布瑯．拉蜜亞說。

在他們背後，黑暗包圍了山區，隨著暴風雨掃過山丘、跨過荒野朝他們而來。光線不時透出雲層，但是東方地平線上已經比其他地方泛白了一些，左側城市遺跡反射著天光，好像石頭構成的牙齒。

布瑯．拉蜜亞再次帶領著大夥兒前行，索爾．溫朝博則唱的更大聲了，蕾秋快樂地手舞足蹈，雷納．霍依特把長袍向後甩去以便更輕易彈著三角琴，馬汀．賽倫諾斯把空瓶向遠處的沙丘一扔之後也跟著齊唱，低沉的聲音聽起來驚人的渾厚與愉悅，凌駕風聲之上。

費德曼．卡薩德拉起了護目鏡，武器上肩，也加入了合唱的行列。領事才開始唱就想起那荒謬的歌詞，大聲地笑了，然後又繼續唱著。

就在陰影籠罩的地方，路也變寬了，領事向右邊靠去，卡薩德也移向他身旁，索爾．溫朝博補上了空缺，原本排成一列的縱隊，變成了六位朝聖者肩並肩的走著，布瑯．拉蜜亞拉起了賽倫諾斯的手，另一手則握住了索爾。

依舊高聲吟唱不回首，大步接著大步，他們邁進了山谷之中。

❶ 眾人所唱的是《綠野仙蹤》（Wizard of Oz），一九三九年電影中的一首曲子〈我們出發去拜訪巫師〉（We're off to see the Wizard）。

Hyperion

海柏利昂 ㊦

作者·丹·西蒙斯（Dan Simmons）｜譯者·李漢聲／李漢威｜封面設計·徐睿紳｜內頁排版·謝青秀｜責任編輯·郭純靜｜編輯協力·徐慶雯｜行銷企畫·陳詩韻｜總編輯·賴淑玲｜社長·郭重興｜發行人兼出版總監·曾大福｜出版者·大家出版｜發行·遠足文化事業股份有限公司 231 新北市新店區民權路 108-4 號 8 樓 電話·(02)2218-1417 傳真·(02)8667-1851 ｜劃撥帳號·19504465 戶名·遠足文化事業有限公司｜印製·成陽印刷股份有限公司 電話·02)2265-1491 ｜法律顧問·華洋法律事務所 蘇文生律師｜全集定價 665 元（上下不分售）｜初版一刷·2017 年 3 月｜有著作權·侵犯必究｜本書如有缺頁、破損、裝訂錯誤，請寄回更換

國家圖書館出版品預行編目 (CIP) 資料

海柏利昂 / 丹 . 西蒙斯 (Dan Simmons) 作 ; 李漢聲 , 李漢威譯 . -- 初版 . -- 新北市 : 大家出版 : 遠足文化發行 , 2017.03
下冊 ; 14.8 x 21 公分
譯自 : Hyperion
ISBN 978-986-94206-3-1 (下冊 : 平裝). --

854.57　　105025353